개를 데리고 다니는 부인

개를 데리고 다니는 부인

초판 1쇄 발행 | 2019년 7월 24일

지은이 안톤 파블로비치 체호프
옮긴이 김선영
발행인 이대식

편집 김화영 나은심 손성원 김자윤
마케팅 배성진 박상준 **관리** 홍필례
디자인 모리스

주소 서울시 종로구 평창길 329(우편번호 03003)
문의전화 02-394-1037(편집) 02-394-1047(마케팅)
팩스 02-394-1029
홈페이지 www.saeumbook.co.kr
전자우편 saeum98@hanmail.net
블로그 blog.naver.com/saeumpub
페이스북 facebook.com/saeumbooks
인스타그램 instagram.com/saeumbooks

발행처 (주)새움출판사
출판등록 1998년 8월 28일(제10-1633호)

ISBN 978-11-89271-77-0 03890

새움

역자의 말

"네? 고전 번역을요? 아, 저는……."

출판사의 연락을 받은 제 반응입니다.

아주 어렸을 때 책장에 빼곡하게 차 있던 세계문학전집이 떠오릅니다. 작은 크기에 꽤 두꺼운 책들이었는데 하얀 표지, 누렇게 바랜 조금 까끌한 속지, 깨알 같은 글씨에 무려 세로쓰기로 되어 있었지요! 어린 시절의 독서란, '책이 거기에 있으니까 그냥 읽을 뿐…….' 이런 식이었기에 뜻도 모르는 단어들을 눈으로 훑으며, 파악 안 되는 상황들을 대충 짐작해 가며 책장을 넘겼습니다. 그래서 당연히, 특별히 기억나는 게 없습니다.

고등학교 때의 문학 수업 시간을 떠올려 봅니다. 다른 시간엔 공식이나 기호나 숫자나 영어가 있었지만, 오로지 말뿐인 문학 수업은, 러시아어를 전혀 모른 채 현지 학교에 들어간 저에겐 넘을 수 없는 산이었습니다. 멀뚱히 선생님의 얼굴을 바라보거나, 친구들의 뒤통수를 쳐다보며 '애네들도 재미가 없나 보다' 하거나, 고개를 푹 숙이고 '이러다 미치는 게 아닐까' 하며 시간을 보냈습니다. 그래서 당연히, 문학 시간에 뭘 공부했는지 잘 생각나지 않습니다. 다만 선생님께서 『전쟁과 평화』에 대해 열변을 토하던, 그때의 교실 분위기는 어렴풋이 남아 있습니다.

시간이 흘러 어느 정도 기본적인 대화가 가능하게 되고, 시간이 조금 더 흘러 대학교에 들어가 강의를 듣고 공부를 하고 시험을 치고, 부모님의 일을 도와 통역을 하고 서류를 작성하고, 가끔은 코트라KOTRA가 주최하는 행사에서 통역 아르바이트를 할 정도가 되었어도 러시아어는 늘 저를 괴롭히는 부담스러운 존재였습니다. 그렇기에 유명한 러시아 고전을 원어로 읽어 보겠다는 생각은 꿈에도 하지 못했습니다.

1993년 러시아 땅에 처음 발을 디디고 25년이 지나서야 러시아 고전을 펼쳤습니다. 누군가의 권고가 없었다면 일어나지 않았을, 제게는 아주 큰 사건입니다. 고전 번역의 첫 발걸음을 체호프의 단편으로 뗀 것이 얼마나 다행스러운지 모릅니다. 재미있어서 중단하지 않고 할 수 있었거든요! 체호프라는 작가에 대해 더 많이 알고 싶어졌고, 그의 작품을 가능한 한 많이 한국어로 옮기고 싶다는 마음도 생겼습니다.

이 책 『개를 데리고 다니는 부인』은 체호프의 소설들 중 여성이 주인공으로 등장하는 작품들을 모은 선집입니다. 체호프 작품들의 특징 중 하나는 무언가에 대해, 혹은 누군가에 대해 뚜렷한 평가를 내리지 않는 것입니다. 그렇기에 이 책에 수록된 여덟 편의 작품에 등장하는 여성들에 대한 저나 여러분의 생각이, 실제 당시 체호프가 갖고 있던 여성에 대한 의견이나 태도와 얼마나 일치하는지는 크게 중요하지 않을 듯합니다. 각 작품이나 인물에 대한 해석은 다양할 수 있겠고, 읽고 생각해 보는 과정은 모두에게 즐거울 거라 기대합니다.

'고전 번역?' 하며 주저했던 저는 체호프를 만나 조금의 자신감을 얻게 되었습니다. 부디 독자 여러분도 어떤 경로로 이 책을 손에 쥐게 됐든 '러시아 고전은 이해하기 어렵다'는 생각을 살짝 내려놓고 즐기실 수 있기를, 결국엔 체호프의 매력에 빠지게 되기를 바랍니다.

2019년 7월

김선영

차례

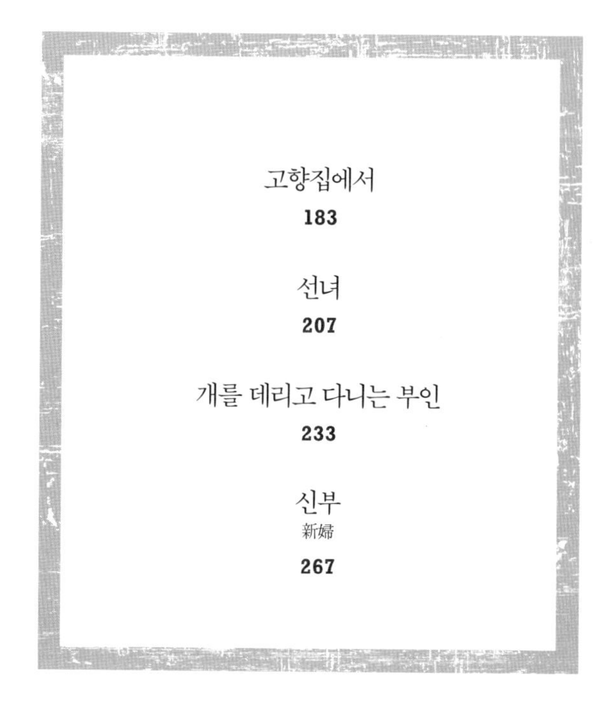

일러두기

1. 이 책은 『안톤 파블로비치 체호프 작품과 서한 전집Чехов А. П. Полное собрание сочинений и писем』(Наука, 1974~1982.) 총 30권 중에서 제8권, 제9권, 제10권에 실린 작품 여덟 편을 우리말로 옮긴 것이다.
2. 다양한 여성 캐릭터를 살펴볼 수 있는 작품들을 골라 발표된 순서에 따라 실었다.
3. 본문 하단의 설명은 역자의 주이다.
4. 역자가 쓴 작품 해설 '질문을 던지는 작가 체호프, 그가 그린 여성 인물들'을 함께 수록했다.

뜀박쟁이

ПОПРЫГУНЬЯ

1

올가 이바노브나의 결혼식에 그녀의 친구들과 가까운 지인들이 와 있었다.

"저이 좀 보세요. 뭔가 있죠? 그렇지 않나요?" 그녀는 고개로 남편을 가리키며 친구들에게 말했다. 마치 왜 자신이 아주 평범하고 뭐 하나 뛰어날 것 없는 보통 사람과 결혼을 한 건지 설명하려는 듯이 말이다.

그녀의 남편, 오시프 스테파니치 드모프*는 의사였고 관등상으로는 9등 문관이었다. 그는 병원 두 곳에서 일했는데 한 곳에선 정원 외 주임의사, 다른 곳에서는 시체 해부자였다. 매일 아침 9시부터 정오까지 자신의 병실에서 환자를 보고, 정오가 지나면 철도마차를 타고 다른 병원으로 가서 죽은 환자들을

* 러시아인들의 정식 이름은 이름, 부칭, 성으로 되어 있다. 오시프는 이름, 스테파니치는 부칭, 드모프는 성이다.

해부했다. 개인 진료로 버는 돈은 1년에 500루블 정도로 보잘것없었다. 이게 전부다. 이 사람에 대해 또 무슨 말을 할 수 있을까? 한편 올가 이바노브나와 그녀의 친구들, 가까운 지인들은 전혀 평범한 사람들이 아니었다. 그들은 각자 무언가에 뛰어나서 조금씩 알려져 있었으며, 이미 이름을 날려서 유명인으로 여겨지거나, 혹은 아직은 유명하지 않더라도 반짝이는 미래가 기대되는 사람들이었다. 드라마 극장의 배우는 큰 체구에 오래전 재능을 인정받은, 세련되고 똑똑하고 겸손한 사람이고, 올가 이바노브나에게 낭독을 가르치는 뛰어난 낭독자이기도 하다. 오페라 가수는 선량한 뚱뚱보로, 만약 올가 이바노브나가 게으름 부리지 않고 열심을 먹는다면 훌륭한 가수가 될 텐데 그 재능을 썩히고 있다며 탄식했다. 그다음엔 몇 명의 화가들이 있는데 그 선두에는 풍속화가이자 동물화가, 또 풍경화가인 랴봅스키가 있다. 그는 금발의 아주 잘생긴 스물다섯 살 젊은이로 전시회마다 성공을 거두었고 그의 최근 작품은 500루블에 팔렸다. 그는 올가 이바노브나가 그린 습작들에 대해 조언을 해주곤 했는데, 어쩌면 그녀에게서 유의미한 것이 나올 수 있다고 했다. 그다음엔 흐느끼는 음색의 첼로 연주가로, 그는 자신이 아는 여자들 중에서 오직 올가 이바노브나만이 제대로 피아노 반주를 할 수 있다고 공개적으로 말했다. 그다음엔 젊지만 벌써 유명한 문학가가 있는데, 그는 소설·희곡·단편을 썼다. 또 누가 있을까? 음, 또 바실리 바실리치가 있는데 그는 귀족 지주이고, 아마추어 삽화가이자 비네트* 화가로서 러시아 고풍 양식과 고대 서사시, 영웅문학에 일가견이 있었고, 종이에, 도자기에, 완성된 접시 위에 말 그대로 기적을 일으켰다. 이런 예술적이고 자유로우며 타고난 운명을 가진, 게다가 품위도 있고 겸손한 사람들 속에서, 하지만 의사들의 존재에 대해선 병에 걸렸을 때나 떠올리고 드모프라는 이름도 시도로프나 타라소프와 별반 다르지 않게 느끼는 사람들 속에서, 드모프는 있으나 마나 한 작고 낯선 사람처럼 보였다. 비록 큰 키에 넓은 어깨를 가졌음에도 말이다. 그는 마치 다른 사람의 연미복을 입은 것 같았으며 턱수염은 집사를 연상시켰다. 아무튼, 만일 그가 작가나 화가였다면, 사람들은 그의 턱수염을 보고 졸라**가 떠오른다고 했을 것이다.

배우가 올가 이바노브나에게 금발에 웨딩드레스를 입은 그녀의 모습이 봄이 되면 부드러운 흰 꽃송이로 뒤덮이는 늘씬한 벚나무를 닮았다고 했다.

"아니, 좀 들어 보세요!" 올가 이바노브나가 그의 손을 잡으

* 텍스트 주변에 장식을 그려 넣어 꾸미는 것.

** 에밀 졸라. 『제르미날』을 쓴 프랑스 소설가.

며 말했다. "어떻게 갑자기 이렇게 됐을까요? 좀 들어 보세요, 들어 보세요… 꼭 말씀 드려야 해요. 제 아버지는 드모프와 같은 병원에서 일하셨어요. 근데 불쌍한 아버지가 병에 걸리자 드모프가 며칠 밤낮을 아버지 침대 옆에서 떠나지 않았어요. 정말 대단한 희생이지요! 랴봅스키, 좀 들어 보세요… 그리고 작가님도 좀 들어 보세요, 아주 재밌어요. 가까이 오세요. 정말 대단한 희생이고 진심 어린 연민이었죠! 저도 몇 날 밤을 못 자며 아버지 곁을 지켰는데, 그러다가 어느 순간 이 용사의 마음을 사로잡게 된 거예요! 우리 드모프는 사랑에 빠져서 입이 귀에 걸렸어요. 정말 운명이란 게 이렇게 기묘해요. 아버지가 돌아가신 후 이이가 가끔 저희 집에 왔고, 거리에서도 마주쳤고, 그러다 어느 좋은 날 저녁에 두둥! 머리에 눈이 쏟아지듯… 갑자기 그가 청혼을 했어요… 저는 밤새 엉엉 울었고 지옥처럼 뜨거운 사랑에 빠졌지요. 그리고 보시다시피 그의 아내가 됐어요. 저이한테서 뭔가 곰처럼 강하고 위력 있는 기운이 느껴져요, 그렇지 않나요? 지금은 저이 얼굴이 4분의 3 정도 이쪽을 향하고 있고 빛이 잘 안 들지만, 그이가 옆으로 돌아서면 이마를 잘 보세요. 랴봅스키, 저 이마에 대해 뭐라고 말씀하시겠어요? 드모프, 우리 지금 당신 얘기를 하고 있어!" 그녀가 남편에게 소리쳤다. "이쪽으로 와요. 당신의 그 정직한 손을 랴봅스키에게 건네요… 자, 이렇게. 서로 친구가 되세요."

드모프는 선하고 순박한 미소를 지으며 랴봅스키에게 손을 내밀고 말했다.

"반갑습니다. 같이 졸업한 동기생 중에 성이 랴봅스키라는 사람이 있었어요. 혹시 친척 아니신가요?"

2

올가 이바노브나는 스물두 살, 드모프는 서른한 살이었다. 결혼식 후 그들은 아주 멋지게 지냈다. 올가 이바노브나는 자신의 습작과 다른 사람들의 습작을 액자에 끼우거나 액자 없이 응접실 벽에 쭉 걸어 놓았고, 피아노와 가구 옆으로는 중국 우산들, 이젤들, 색색의 천들, 단검들, 흉상들, 사진들을 이용해서 아름답고 아늑한 공간을 꾸며 놓았다. 식당 벽엔 목판화들을 붙이고, 랍티*와 낫을 걸고, 구석엔 자루가 긴 큰 낫과 갈퀴를 세워 놓아서 러시아풍의 식당이 되었다. 침실은 동굴 같은 느낌을 주기 위해 천장과 벽에 짙은 색 천을 주름 잡아 두르고 침대 위엔 베네치아 등불을 걸었으며, 문 옆에는 도끼창을 든 병사를 세워 놨다. 모두가 신혼부부의 집을 아주 멋지다고 여

* 나무 속껍질을 엮어 만든 신발.

졌다.

올가 이바노브나는 매일 11시쯤 일어나서 피아노를 치거나, 햇빛이 좋으면 유화물감으로 그림을 그렸다. 그리고 12시와 1시 사이에는 재봉사에게 갔다. 그녀와 드모프는 돈이 아주 빠듯했기 때문에, 늘 새 드레스를 입고 나타나서 화려함으로 사람들을 사로잡기 위해서는 그녀와 그녀의 재봉사가 잔재주를 부려야만 했다. 새로 염색한 오래된 드레스나 값싼 튈,* 레이스, 플러시,** 실크 조각에서 정말 넋을 잃게 하는 기적이, 단순한 드레스가 아닌 환상이 만들어지는 일이 자주 일어났다. 올가 이바노브나는 재봉사에게 들렀다가 보통은 어떤 아는 여배우에게 갔는데, 극장가의 소식을 듣고 또 그 김에 새로운 연극의 초연이나 베네피스***의 티켓을 얻어내기 위해서였다. 여배우에게 들른 다음엔 화가의 작업실이나 그림 전시회에 가야 했다. 그다음엔 유명인들 중에 누군가를 찾아갔는데 자신의 집에 초대하거나, 답방차 들르거나, 혹은 그저 수다를 떨기 위해서였다. 사람들은 어디서든 그녀를 기쁘고 반갑게 맞았고, 그녀에게 훌륭하고 사랑스럽고 보기 드문 여자라는 칭찬을 아끼지

* 그물 모양의 얇고 투명한 천.
** 한쪽 면이 부드러운 보풀로 덮인 천.
*** 어느 한 배우에게 명예와 금전적 이득을 돌리기 위해 열리는 흥행·후원·자선 공연.

않았다… 그녀가 저명하고 위대하다 부르는 사람들은 그녀를 마치 그들 중 하나처럼 동등하게 대했고, 그녀가 가진 재능과 취향과 지능이라면 스스로 내팽개치지 않는 한 뭔가 대단한 게 나올 거라고 한목소리로 예언했다. 그녀는 노래를 하고 피아노를 치고 그림을 그리고 뭔가를 만들고 아마추어 연극에 참여했는데, 그럭저럭 해내는 정도가 아니라 이 모든 것에 소질이 있었다. 조명 장식을 위한 등을 만들든, 옷을 차려입든, 누군가에게 넥타이를 매어 주든, 모든 게 그녀의 손에서 유달리 예술적이고 우아하고 사랑스럽게 되었다. 하지만 그 무엇보다 밝게 빛나는 재능은 유명인들과 빨리 안면을 트고 친분을 쌓는 능력이었다. 누구라도 조금이나마 유명해지고 사람들이 그에 대해 말한다 싶으면, 그녀는 곧장 그 사람과 인사를 나누고 그날로 바로 친해져서 그를 자신의 집으로 초대했다. 각각의 새로운 만남이 그녀에겐 진정한 축제의 날이었다. 그녀는 유명인들을 추앙하고 자랑스러워했으며 매일 밤 꿈에서도 그들을 만났다. 그녀는 그들을 갈구했고 무엇으로도 자신의 갈증을 해소할 수 없었다. 오래된 유명인들은 떠나가고 잊혀지고 새로운 인물들로 대체됐지만, 그녀는 그들에게도 곧 익숙해지거나 실망해서 또 다른 새로운 위인들을 열심히 찾기 시작했다. 발견하고 나면 또다시 찾았다. 무엇을 위해서일까?

4시와 5시 사이에는 집에서 남편과 식사를 했다. 그의 단순함, 식견, 너그러움이 그녀에게 감동과 감격을 일으켰다. 그녀는 늘 벌떡 일어나 갑자기 그의 머리를 감싸 안고는 입맞춤을 퍼붓곤 했다.

"드모프, 당신은 똑똑하고 고상한 사람이야." 그녀는 말했다. "하지만 한 가지 아주 중요한 결점이 있어. 당신은 예술엔 전혀 관심이 없잖아. 음악도 미술도 부정하고."

"난 그런 건 이해를 못해." 그가 온화하게 말했다. "평생 자연과학이랑 의학만 했지 예술에 관심을 가질 틈이 없었어."

"하지만 그건 끔찍한 거야, 드모프!"

"그게 왜? 당신 지인들은 자연과학이나 의학을 몰라, 그래도 당신은 그 사람들을 나무라지 않잖아. 각자 자신의 길이 있으니까. 나는 풍경화나 오페라는 이해를 못해. 그렇지만 이렇게 생각해. 만일 현명한 사람들이 그 일에 평생을 바치고, 또 다른 사람들은 그것에 어마어마한 돈을 지불한다면, 그건 필요한 일이라는 거지. 난 예술을 이해 못하지만, 이해를 못한다 해서 부정한다는 뜻은 아냐."

"손 좀 줘 봐, 당신의 정직한 손을 잡고 싶어!"

식사 후 올가 이바노브나는 지인들을 방문하고, 그다음엔 극장이나 콘서트에 갔다가 자정이 지나서야 집에 돌아왔다. 매일 이런 식이었다.

수요일마다 그녀의 집에서 파티가 열렸다. 이 파티에서는 여주인과 손님들이 카드놀이를 하거나 춤을 추는 게 아니라 다양한 예술을 즐겼다. 드라마 극장의 배우는 낭독을 하고, 가수는 노래를 부르고, 화가들은 올가 이바노브나가 가지고 있는 수많은 앨범에 그림을 그리고, 첼리스트는 연주를 하고, 여주인 자신도 그림을 그리고, 만들고, 노래하고, 반주했다. 낭독과 연주와 노래 사이사이에는 문학, 연극, 미술에 관해 말하고 토론했다. 부인들은 없었는데, 올가 이바노브나가 여배우들과 자신의 재봉사를 제외한 모든 여자들을 지루하고 천박하게 여겼기 때문이다. 단 한 번의 파티에서도 여주인이 초인종 소리에 몸을 떨며 승리의 표정으로 '그 사람이에요!'라는 말을 하지 않은 적이 없었고, '그 사람'이란 새로 초대된 어떤 유명인을 뜻했다. 드모프는 응접실에 있지 않았고, 아무도 그의 존재를 기억하지 않았다. 그러나 11시 30분 정각이면 식당으로 향하는 문이 열리고 너그럽고 온화한 미소의 드모프가 나타나 손을 비비며 말했다.

"선생님들, 요기 좀 하십시오."

모두 식당으로 향했고, 매번 똑같은 음식이 식탁에 차려진 걸 볼 수 있었다. 굴 요리, 햄이나 송아지 고기, 정어리, 치즈,

이크라,* 버섯, 보드카, 포도주 그라핀** 두 병.

"내 사랑 메트르 드텔!"*** 올가 이바노브나가 감격에 겨워 손뼉을 치며 말했다. "당신은 정말 환상적이야! 선생님들, 저이의 이마를 좀 보세요! 드모프, 옆으로 좀 돌아 봐. 여러분, 좀 보세요. 얼굴이 벵갈 호랑이예요, 근데 표정은 사슴처럼 순하고 사랑스러워요. 오, 사랑스러운 사람!"

손님들은 음식을 먹다가 드모프를 쳐다보며 '진짜로 좋은 사람이야' 생각했다. 하지만 곧 그를 잊었고 연극과 음악과 미술에 대한 이야기를 이어갔다.

신혼부부는 행복했고, 그들의 삶도 순조롭게 흘러갔다. 그러던 중, 신혼 첫째 달 세 번째 주는 그리 행복하지 않게, 아니 비통하게 보내게 되었다. 드모프가 병원에서 단독****에 전염되어 엿새를 침대에 누워 지냈고 멋진 까만 머리칼도 완전히 삭발해야 했기 때문이다. 올가 이바노브나는 그의 곁에 앉아 슬피 울었지만, 그의 상태가 좀 나아지자 빡빡 깎인 머리에 하얀 타월을 두르고는 베두인*****이라며 그림을 그렸다. 두 사람은 즐거웠

* 연어, 철갑상어 등의 알.
** 물, 술 등을 넣는 목이 긴 유리병.
*** Maitre D'hotel. (프랑스어) 수석 웨이터.
**** 丹毒. 피부의 헌데나 다친 곳으로 세균이 들어가 피부가 빨갛게 부어오르는 피부질환.
***** 사막에서 유목생활을 하는 아랍인.

다. 사흘쯤 지나 그가 회복되어 다시 병원에 나가기 시작했는데, 그에게 또 다른 이해 못할 일이 생겼다.

"운이 안 좋아, 엄마!" 어느 날 식사를 하다가 그가 말했다. "오늘 해부가 네 건 있었는데 한꺼번에 손가락 두 개를 베었어. 근데 집에 와서야 발견했어."

올가 이바노브나는 깜짝 놀랐다. 그는 미소를 지으며 이런 건 아무것도 아니며 해부할 때 자주 손을 벤다고 했다.

"집중하다 보면, 엄마, 조심성이 떨어지기도 해."

올가 이바노브나는 그가 시체에서 전염이 된 게 아닐까 불안해서 밤마다 하느님께 기도했고, 다행히 아무 일 없이 지나갔다. 그리고 다시 근심과 걱정 없는 평화롭고 행복한 생활이 이어졌다. 현재는 매우 좋았고, 천 가지 기쁨을 약속하는 봄이 저 멀리서 미소 지으며 그것을 대신하려고 다가오고 있었다. 행복엔 끝이 없을 것이다! 4월과 5월, 6월엔 도시 너머 먼 곳의 별장, 산책, 그림 습작, 낚시, 꾀꼬리가 있고, 그다음, 7월부터 가을까지는 화가들이 볼가강으로 여행을 떠나는데 올가 이바노브나도 소시에떼*의 불가결한 일원으로서 그 여행에 함께할 예정이었다. 그녀는 벌써 여행 때 입을 리넨 정장 두 벌을 만

* société. (프랑스어) 모임, 서클, 사교계, 공동체, 집단.

들었고, 물감과 붓, 캔버스와 새 팔레트도 장만했다. 그녀의 그림이 얼마나 발전하고 있는지 보기 위해 라봅스키가 거의 매일 그녀를 방문했다. 그녀가 자신의 그림을 보여 주는 동안 그는 손을 주머니에 깊게 찔러 넣고 입술을 굳게 다물고 있다가 콧숨을 내쉬며 말했다.

"그러니까… 구름이 소리치고 있어요, 이건 저녁 빛이 비치는 게 아니에요. 전경이 좀 씹힌 듯하고, 그리고 뭔가, 이해가 되실지 모르겠지만, 뭔가 아니에요… 그리고 통나무집이 뭔가에 눌린 듯하고 애처롭게 삐걱거려요… 이쪽 구석을 좀더 어둡게 했어야 돼요. 전체적으론 나쁘지 않아요… 칭찬합니다."

그가 애매하게 말할수록 올가 이바노브나는 그를 더 쉽게 이해했다.

3

성령강림절* 주간 둘째 날 오후 드모프는 먹을거리와 초콜릿을 사서 별장에 있는 아내에게 갔다. 벌써 2주나 아내를 보지 못해서 그녀가 매우 그리웠다. 기차를 타고, 이후 드넓은 숲에서 자신의 별장을 찾아가는 동안 내내 배고픔과 피곤함을 느꼈던 그는 아내와 함께 여유로이 저녁을 먹고 그 후엔 쓰러져 자고 싶다는 생각이 간절했다. 그리고 이크라와 치즈, 백연어가 담긴 꾸러미를 보며 흐뭇해했다.

그가 자신의 별장을 찾아냈을 때는 이미 해가 지고 있었다. 늙은 식모가 말하길 부인은 집에 없는데 곧 올 때가 됐다고 했다. 매우 초라해 보이는 별장은 필기용 종이로 도배된 낮은 천장에, 바닥은 평평하지 않고 틈새가 많았으며, 방은 세 개뿐이

* 기독교의 축일 중 하나, 오순절이라고도 함. 정교회력으로는 날짜가 매년 바뀌는데 보통 5월 말에서 6월 중순 사이이다.

었다. 방 하나에는 침대가 있었고, 다른 방에는 의자 몇 개와 창가에 캔버스, 붓, 기름때 묻은 종이, 남성용 외투와 모자들이 널브러져 있었다. 마지막 방에서 드모프는 세 명의 낯선 남자들을 맞닥뜨렸다. 두 명은 까만 머리칼에 짧은 턱수염을 길렀고, 또 한 사람은 완전히 면도를 한 뚱뚱한 남자였는데 배우 같아 보였다. 테이블 위엔 사모바르*가 끓고 있었다.

"무슨 일이시죠?" 배우가 무뚝뚝하게 드모프를 쳐다보며 굵직한 목소리로 물었다. "올가 이바노브나를 보러 오셨어요? 좀 기다리세요, 이제 오실 거예요."

드모프는 앉아서 기다리기 시작했다. 까만 머리 한 명이 졸리고 힘없는 눈빛으로 드모프를 쳐다보고는 자기 찻잔에 차를 따르더니 물었다.

"차 좀 드시겠어요?"

드모프는 목도 마르고 배도 고팠지만 입맛을 망치고 싶지 않아서 차를 거절했다. 곧 발자국 소리와 귀에 익은 웃음소리가 들렸다. 문이 쿵 여닫히고, 챙이 넓은 모자를 쓰고 손에는 케이스를 든 올가 이바노브나가 방 안으로 달려 들어왔다. 그녀 뒤로 유쾌한 표정에 볼이 빨간 랴봅스키가 큰 우산과 접이

* 러시아 전래의 특유한 주전자로, 중앙에 있는 관에 숯불을 넣어 물을 끓이게 되어 있다.

의자를 들고 들어왔다.

"드모프!" 올가 이바노브나가 기쁨에 겨워 흥분해서 소리쳤다. "드모프!" 그녀가 그의 가슴에 머리와 두 손을 얹으며 재차 외쳤다. "당신이구나! 왜 이리 오랫동안 안 왔어? 왜? 왜?"

"시간이 있어야지, 엄마. 항상 바쁘잖아. 그리고 좀 한가할 때는 기차 시간이 계속 안 맞고."

"당신 보니까 정말 기뻐! 밤에 계속 당신 꿈을 꿨는데, 당신이 아픈 건 아닌지 걱정했단 말야. 아, 당신은 자기가 얼마나 사랑스러운지 모를 거야, 정말 때맞춰 왔어! 당신이 내 구원자가 될 거야. 날 살려 줄 사람은 당신밖에 없어! 내일 여기서 굉장히 특별한 결혼식이 열리는데," 그녀는 웃으며, 남편의 넥타이를 매주며 말을 이었다. "기차역에 치켈데예프라는 젊은 전신수가 있는데 결혼을 해. 잘생기고 젊은 남잔데, 음, 꽤 똑똑하고, 얼굴에 뭔가 곰 같은 강한 기운이 있어… 그 사람한테서 젊은 바이킹의 모습을 그릴 수 있을 거야. 우리 별장 사람들이 전부 그를 응원하고 있어서 결혼식에 참석하겠다고 약속을 했어… 부자도 아니고, 외롭고 수줍어하는 사람인데 그런 사람을 동정하지 않는 건 당연히 죄스러운 일이지. 그러니까, 오전 예배가 끝나면 혼인예식이 있고, 그다음엔 전부 교회에서 신부 집까지 걸어갈 거야… 상상해 봐, 숲에 새소리가 들리고, 풀 위에 햇살이 얼룩지고, 그리고 환한 초록 바탕에 우리도 전부 색색의 얼룩이 되는 거지. 굉장히 특별해, 프랑스 인상파 스타일이야. 근데 드모프, 내가 뭘 입고 교회에 가겠어?" 올가 이바노브나는 말하더니 우는 얼굴을 했다. "난 여기 아무것도 없어, 말 그대로 아무것도 없다구! 드레스도 없고, 꽃도 없고, 장갑도 없고… 당신이 날 좀 살려 줘야 돼. 여기에 왔다는 건 운명이 날 구하라고 명했다는 뜻이야. 내 귀한 사람, 열쇠 가지고 집에 가서 옷장에서 핑크색 드레스를 가져와요. 그거 기억할 거야, 맨 앞에 걸려 있어… 그다음엔 창고방 오른쪽 바닥에 종이 상자 두 개가 있을 거야. 위에 있는 상자를 열면 계속 튈, 튈, 튈, 그리고 천조각들이 여럿 있는데 그 밑에 꽃들이 있어. 꽃을 전부 조심조심 꺼내도록 해요, 여보, 찌그러지지 않게, 나중에 내가 고를 테니까… 장갑도 사오고."

"알았어," 드모프가 말했다. "내일 가서 보내 줄게."

"내일 언제?" 올가 이바노브나가 놀란 표정으로 그를 보며 물었다. "내일 언제 가서 그걸 해? 내일 첫 기차가 9시 출발인데 결혼식은 11시야. 안 돼요, 내 비둘기, 오늘 가야 돼, 오늘 꼭 가야 돼! 당신이 내일 못 오겠으면 배달부한테 시키고. 자, 얼른 가… 기차가 곧 올 거야. 늦지 말고, 여보."

"알았어."

"아흐, 당신을 보내는 게 너무 아쉬워." 올가 이바노브나가 말했다. 그녀의 눈에 눈물이 글썽였다. "내가 왜 바보같이 전신수한테 약속을 했을까?"

드모프는 급히 차 한잔을 마시고, 베이글 하나를 집어 들고, 온화한 미소를 짓고는 기차역으로 향했다. 이크라와 치즈, 백연어는 까만 머리 두 명과 뚱뚱한 배우가 먹었다.

4

달빛이 비치는 7월의 조용한 밤, 올가 이바노브나는 볼가강의 증기선 갑판에 서서 강물과 아름다운 강변을 보고 있었다. 그녀 곁엔 랴봅스키가 서 있었는데, 물 위의 검은 그림자는 그림자가 아니라 꿈이라 했다. 환상적으로 반짝이는 이 마법의 물을 보노라면, 우리 인생의 덧없음에 대해, 숭고하고 영원하고 복된 어떤 존재에 대해 말하는, 한없이 깊은 하늘과 생각에 잠긴 슬픈 강변을 보노라면, 망각에 빠져도, 죽어도, 기억으로 남아도 좋을 것이라 했다.

과거는 진부하며 재미없고, 미래는 보잘것없는데, 인생에 단 한 번뿐인 이 기적 같은 밤은 곧 끝나서 영원과 하나가 돼 버리니— 왜 살아야 할까?

한편 올가 이바노브나는 랴봅스키의 목소리에, 또 밤의 고요함에 귀 기울이며 자신은 불멸의 존재이고 절대로 죽지 않을 거라고 생각했다. 여태껏 한 번도 본 적 없는 청록 빛깔의 물, 하늘, 강변, 검은 그림자, 그리고 마음 가득한 설명할 수 없는 기쁨이 그녀가 위대한 화가가 될 거라고, 저 멀리 어딘가, 달밤 너머 영원한 공간에 성공과 명예, 대중의 사랑이 그녀를 기다리고 있다고 말했다… 그녀는 눈도 깜박이지 않고 오랫동안 먼 곳을 바라보며 사람들 무리와 불빛, 성대한 음악 소리와 환호성, 하얀 드레스를 입은 자신과 사방에서 쏟아지는 꽃송이들을 상상했다. 또 뱃전에 팔꿈치를 괴고 그녀 곁에 서 있는 사람은 진정한 위인이요, 천재요, 신의 선택을 받은 자라고 생각했다… 지금까지 그가 만들어 낸 것은 전부 훌륭하고 새롭고 특별했으며, 시간이 지나며 만들어 낼 작품들은 그의 드문 재능에 원숙함이 더해져 경이롭고 측정 못할 만큼 고상할 것이다. 그의 얼굴에서, 자신을 표현하는 방식과 자연을 대하는 태도에서 그렇게 되리라는 게 보였다. 그는 그림자와 저녁의 색조, 달빛의 반짝임에 대해 어딘가 좀 특별하게, 자신만의 언어로 이야기했는데, 그래서 본의 아니게 자연을 장악하는 권력의 카리스마가 느껴졌다. 그 자신도 매우 잘생기고 개성 있으며, 독립적이고 자유롭고 세속적인 일상과는 거리가 먼 그의 인생은 새의 인생을 닮아 있다.

"조금 쌀쌀해지네요." 올가 이바노브나가 몸을 떨며 말했다.

랴봅스키가 자신의 외투로 그녀를 감싸며 슬프게 말했다.

"저는 당신의 권력 안에 있어요. 전 노예예요. 오늘 왜 이렇게 매혹적이신가요?"

그가 눈을 떼지 않고 그녀를 계속 바라봤고, 그 눈동자는 이글거리고 있었다. 그녀는 그를 쳐다보는 게 두려웠다.

"미치도록 당신을 사랑해요……." 그가 그녀의 볼에 숨을 내쉬며 속삭였다. "당신의 말 한마디에 죽을 수도 있어요, 예술도 버리겠어요……." 그가 매우 흥분해서 중얼거렸다. "저를 사랑해 주세요, 사랑해 주세요……."

"그렇게 말하지 마세요." 올가 이바노브나가 눈을 감으며 말했다. "무서워요. 드모프는 어쩌구요?"

"드모프가 뭔데요? 드모프가 왜요? 제가 왜 드모프를 신경 써야 하죠? 볼가, 달, 아름다움, 나의 사랑, 나의 환희, 그리고 여기엔 드모프 같은 건 없어요… 아, 난 아무것도 몰라요… 과거는 필요 없어요, 제게 이 순간을 주세요… 이 한순간을!"

올가 이바노브나의 심장이 쿵쾅거렸다. 그녀는 남편에 대해 생각하려 했지만, 결혼식과 드모프와 파티들이 있었던 자신의 과거가 작고, 하찮고, 희미하고, 쓸모없고, 멀고 먼 것처럼 느껴졌다… 정말이지, 드모프가 뭔데? 드모프가 왜? 그녀가 왜 드모프를 신경 써야 하나? 그가 과연 이 자연에 존재하는 걸까,

그저 꿈이 아닐까?

'그이처럼 단순하고 평범한 사람은, 이미 받은 행복으로도 충분해.' 그녀는 두 손으로 얼굴을 가리며 생각했다. '비난들 하라지, 저주하라 해, 그럼 난 보란 듯이 확 죽어 버릴 거야, 확 죽어 버릴 거야… 인생에선 모든 걸 경험해 봐야 돼. 맙소사, 너무 무서운데 너무 좋아!'

"응? 어때요? 어때?" 화가가 그녀를 안으며, 자신을 밀어내려 힘없이 애쓰는 그녀의 손에 격렬하게 입 맞추며 중얼거렸다. "당신 나 사랑해? 그래? 그래? 아, 이 밤은 정말! 신비로운 밤이야!"

"그래요, 이 밤은 정말!" 그녀가 눈물로 반짝이는 그의 눈을 들여다보며 속삭였고, 재빨리 주변을 돌아보고는 그를 안고 입술에 꼭 입을 맞추었다.

"키네시마*에 도착합니다!" 누군가 갑판 저편에서 말했다.

무거운 발자국 소리가 들렸다. 식당에서 일하는 사람이 지나가는 거였다.

"이봐요," 올가 이바노브나가 행복감에 울고 웃으며 말했다. "포도주 좀 가져다주세요."

* 모스크바에서 북동쪽으로 400km에 위치한 볼가강 우안 도시.

흥분해서 창백해진 화가는 벤치에 앉아 사랑이 담긴 고마운 눈빛으로 올가 이바노브나를 바라보다가 눈을 감고 나른한 미소를 지으며 말했다.

"나 피곤해요."

그리고 뱃전에 머리를 기댔다.

5

9월 2일은 따뜻하고 조용한, 그러나 흐린 날이었다. 이른 아침 볼가강엔 옅은 안개가 거닐었고, 9시가 지나자 빗방울이 떨어지기 시작했다. 하늘이 갤 거라는 희망은 전혀 없었다. 차를 마시며 랴봅스키는 올가 이바노브나에게 미술이란 가장 배은망덕하고 가장 지루한 예술이고, 자신은 화가가 아니며, 그에게 재능이 있다고 생각하는 사람들은 다 바보라고 했다. 그리고 갑자기 칼을 집어 들더니 아무런 이유도 없이 그것으로 자신의 가장 좋은 스케치를 그어 버렸다. 차를 다 마신 후 그는 침울한 표정으로 창가에 앉아 볼가강을 바라봤다. 볼가는 이제 반짝이지도 않았고, 흐릿하고 윤기 없는 차가운 모습이었다. 모든 것이, 모든 것이 우울하고 흐린 가을이 다가오고 있음을 상기시켰다. 강가의 화려한 초록 카펫, 다이아몬드 같은 빛의 반사, 투명하고 푸른 먼 하늘과 멋들어지고 호화로운 모든 것을 이젠 자연이 볼가에게서 벗겨내어 다음 봄이 올 때까지 상자 속에 넣어 버린 것 같았고, 까마귀들은 근처를 날면서 '넌 알몸이야! 알몸이야!' 하며 볼가의 화를 돋우는 듯했다. 랴봅스키는 까마귀 울음소리를 들으며 자신은 이제 기운이 다 빠지고 재능도 잃었으며, 이 세상의 모든 것은 조건적이고 상대적이고 어리석으며, 이 여자와 엮이지 말았어야 했다고 생각했다… 한마디로 그는 기분이 안 좋았고, 우울했다.

올가 이바노브나는 칸막이 뒤편 침대에 누워 자신의 훌륭한 금발을 매만지며, 지금 그녀가 응접실에 있거나 침실에 있거나 남편의 서재에 있다고 상상했다. 상상은 그녀를 극장으로, 재봉사에게로, 유명한 친구들에게로 데려갔다. 그들은 지금 뭘 하고 있을까? 그녀를 떠올리기나 할까? 공연 시즌은 이미 시작됐고, 파티에 대해 생각할 때도 되었다. 그런데 드모프는? 사랑스러운 드모프! 얼마나 온순하게, 아이처럼 간절하게 그녀에게 어서 집에 돌아오라고 편지에 썼던지! 그는 그녀에게 매달 75루블을 보냈고, 그녀가 화가들에게서 100루블을 빌렸다고 편지하자, 그 100루블도 보내왔다. 얼마나 착하고 너그러운 사람인지! 여행은 올가 이바노브나를 고단하게 했고, 그녀는 집을 그리워하며 어서 빨리 이 사내들로부터, 축축한 강 냄새로부터 떠나고 싶었다. 또 시골의 통나무집에서 살며, 이 마을 저 마을 옮겨 다니며 내내 경험해야만 했던 신체적으로 불결한 느낌을 벗어 버리고 싶었다. 만약 라봅스키가 다른 화가들에게 9월 20일까지 그들과 이곳에서 지내겠다는 약속만 안 했더라면 오늘 바로 떠나도 됐을 것이다. 그랬다면 정말 좋았을 텐데!

"맙소사," 라봅스키가 신음했다. "해는 대체 언제 나는 거야? 맑은 날의 풍경화를 해도 없이 계속 그릴 순 없잖아…!"

"당신, 흐린 하늘이 있는 스케치도 있잖아," 올가 이바노브나가 칸막이 뒤에서 나오며 말했다. "기억나? 오른쪽엔 숲, 왼쪽엔 소떼랑 거위들이 있는 거. 그걸 끝내면 되겠네."

"하!" 화가가 얼굴을 찡그렸다. "끝내다뇨! 당신은 내가 스스로 뭘 해야 될지도 모를 만큼 멍청하다고 생각해요?"

"날 대하는 게 정말 달라졌어!" 올가 이바노브나는 한숨을 내쉬었다.

"허, 훌륭해."

올가 이바노브나의 얼굴이 떨렸다. 그녀는 난로 쪽으로 가서 울음을 터뜨렸다.

"그래, 딱 하나 부족했던 게 눈물이었지. 그만해요! 울어야 할 이유는 나도 수천 가지나 되지만, 난 울지 않잖아요."

"수천 가지 이유라니!" 올가 이바노브나가 흐느꼈다. "가장 중요한 이유는, 당신이 이젠 날 부담스러워한다는 거예요. 그래요!" 그녀는 목 놓아 울기 시작했다. "솔직히 말해서, 당신은 우리 사랑을 부끄러워하잖아요. 당신은 화가들이 눈치 못 채도록 계속 애쓰고 있지만, 감출 수 없어요, 벌써 오래전부터 다 알고들 있다구요."

"올가, 딱 한 하나만 부탁할게요." 화가는 손을 가슴에 얹고 애원하며 말했다. "딱 하나예요. 날 괴롭히지 말아요! 더 이상 당신한테 원하는 건 없어요!"

"그치만, 날 아직 사랑한다고 맹세해 줘요!"

"이건 고통이야!" 화가는 이를 악물고 말하고선 벌떡 일어났다. "내가 볼가로 뛰어들든 미치든 해야 끝나겠어! 나 좀 내버려 둬요!"

"그래, 죽여요, 날 죽여요!" 올가 이바노브나가 소리쳤다. "죽여요!"

그녀는 또다시 통곡하고는 칸막이 뒤로 갔다. 짚으로 된 지붕 위로 비가 사그락거리기 시작했다. 랴봅스키는 머리를 감싸 쥐고 방 안을 왔다 갔다 하더니, 누군가에게 무언가를 증명하려는 듯한 단호한 표정으로 모자를 쓰고, 어깨에 총을 두르고 통나무집에서 나갔다.

그가 나간 후 올가 이바노브나는 침대에 누워 오랫동안 울었다. 처음에 그녀는 랴봅스키가 돌아와서 죽어 버린 자신을 발견하도록 독을 마시는 게 낫겠다고 생각했고, 이후엔 생각이 자신의 집 응접실과 남편의 서재로 흘러서 그녀가 드모프 옆에 가만히 앉아 평안함과 깨끗함을 누리고, 저녁엔 극장에서 마시니*를 듣고 있는 모습을 떠올렸다. 문명과 도시의 소란스러움, 유명인들에 대한 향수가 그녀의 심장을 옥죄었다. 아낙이 통나무집에 들어와 점심을 준비하려고 천천히 불을 피우기 시작했다. 탄 냄새가 났고 공기가 연기로 파랗게 됐다. 화가들이 더러운 긴 장화를 신고 비에 젖은 얼굴로 들어오더니 스케치들을 살피면서 볼가는 날씨가 안 좋을 때도 나름의 매력이 있다며 스스로를 위로했다. 벽에 걸린 싸구려 시계는 틱—틱—틱… 추위에 굳은 파리들은 성상聖像을 모셔 둔 모퉁이에 모여들어 윙윙거렸고, 의자 아래 두꺼운 종이철 속에서 바퀴벌레들이 기어 다니는 소리가 들렸다…….

랴봅스키는 해가 지자 집에 돌아왔다. 테이블에 모자를 던지고는 창백하고 맥 빠진 표정으로 더러운 장화를 신은 채 벤치에 앉아 눈을 감았다.

"피곤해……." 그가 말하고는 눈꺼풀을 들어 올리려 눈썹을 움직였다.

* 안젤로 마시니, 이탈리아 오페라 가수.

올가 이바노브나가 애교를 부리기 위해, 또 자신이 화나지 않았다는 걸 보여 주기 위해 그에게 다가와 말없이 입 맞추고는 빗으로 그의 금발머리를 쓸어 넘겼다. 그녀는 그의 머리를 빗어 주고 싶었다.

"왜 이래요?" 그는 뭔가 차가운 것에라도 닿은 듯 움찔하며 눈을 떴다. "왜 이래요? 날 좀 가만히 놔둬요, 부탁이에요."

그는 손으로 그녀를 밀어내며 몸을 피했고, 그녀는 그의 얼굴에서 불쾌감과 성가심을 읽었다. 이때 아낙이 수프가 든 접시를 조심스레 두 손에 들고 그에게 가져왔고, 올가 이바노브나는 그녀의 양 엄지손가락이 수프에 빠지는 걸 보았다. 배 나온 더러운 아낙도, 랴봅스키가 게걸스레 먹기 시작한 수프도, 통나무집도, 처음엔 단순함과 예술적 어수선함으로 인해 그녀가 그토록 좋아했던 이 생활도 이제는 끔찍하게 여겨졌다. 그녀는 갑자기 모욕감을 느끼고는 차갑게 말했다.

"우린 한동안 떨어져 지내야 돼. 안 그러면 싫증이 나서 진지하게 싸우고 말 거야. 난 이런 거 질렸어. 오늘 떠날래."

"뭐 타고? 빗자루 타고?"

"오늘이 목요일이니까 9시 반에 증기선이 올 거야."

"아! 맞아, 맞아… 그럼, 뭐, 가……." 랴봅스키가 냅킨 대신 수건으로 입을 닦으며 부드럽게 말했다. "당신은 여기가 심심하고 할 것도 없으니까. 당신을 붙잡아 두는 건 대단히 이기적인 일이지. 가서 20일 이후에 보자고."

올가 이바노브나는 기분 좋게 떠날 준비를 했고, 만족감에 볼이 달아오르기까지 했다. '이거 진짜인 거지?' 그녀는 자신에게 물었다. '곧 응접실에서 그림을 그리고, 침실에서 잠을 자고, 식탁보가 있는 테이블에서 식사를 한다는 게?' 그녀는 마음이 한결 가벼워졌고 화가에게도 더 이상 화나지 않았다.

"물감이랑 붓은 남겨 놓을게, 랴부샤."* 그녀가 말했다. "남은 건 당신이 가져와… 나 없다고 게으름 부리지 말고, 우울해하지 말고, 열심히 작업해. 당신은 잘하니까, 랴부샤."

9시에 랴봅스키가 작별 인사로 그녀에게 입 맞췄는데, 이것은 그녀의 생각으론, 화가들이 보는 배에서 입 맞추지 않기 위해서였다. 그는 선착장까지 배웅했고, 곧 증기선이 와서 그녀를 데려갔다.

그녀는 이틀 반이 지나 집에 도착했다. 모자와 방수코트도 벗지 않은 채 걱정스러운 마음으로 무거운 숨을 내쉬며 응접실로 들어왔다가, 응접실에서 식당으로 갔다. 드모프는 프록코트는 벗고 조끼는 단추를 끄른 채로 식탁에 앉아 칼을 포크에 그

* 랴봅스키의 애칭.

으며 갈고 있었다. 앞에 놓인 접시엔 꿩고기가 있었다. 올가 이바노브나는 집으로 들어오며 모든 걸 남편에게 숨겨야 하고 자신에게 그럴 만한 요령과 힘이 있다고 확신했었다. 그러나 활짝 피어나는 그의 순하고 행복한 미소와 기쁨으로 반짝이는 눈을 본 지금, 이 사람에게 숨기는 것은 모함하고 훔치고 죽이는 일과 마찬가지로 비열하고 역겨운 일이며, 그럴 만한 힘도 없다는 걸 느꼈다. 그래서 그동안 있었던 일을 전부 말하겠노라고 한 순간에 결심했다. 그가 그녀에게 입 맞추고 포옹을 하자, 그녀는 무릎을 꿇고 얼굴을 가렸다.

"뭐야? 왜 그래, 엄마?" 그는 부드럽게 물었다. "보고 싶었구나?"

그녀는 부끄러움에 빨개진 얼굴을 들고 죄스럽고 애원하는 눈빛으로 그를 쳐다보았다. 하지만 두려움과 부끄러움이 진실을 말하는 걸 방해했다.

"아무것도 아냐……." 그녀가 말했다. "난 그냥……."

"앉자." 그는 그녀를 일으켜 테이블에 앉히며 말했다. "자, 이렇게… 꿩고기 좀 먹어 봐. 배가 많이 고팠지, 가여워라."

그녀는 친숙한 공기를 한껏 들이마시고는 꿩고기를 먹었고, 그는 다정하게 그녀를 바라보며 즐겁게 웃었다.

6

아마 겨울 중반쯤부터 드모프는 자신이 속고 있다는 걸 눈치채기 시작한 듯했다. 그는 마치 자신의 양심이 깨끗하지 않은 것처럼 아내의 눈을 똑바로 쳐다보지 못했고, 그녀를 봐도 웃지 않았으며, 그녀와 단둘이 있는 시간을 줄이기 위해 동료인 코로스텔료프를 식사에 자주 초대했다. 코로스텔료프는 짧게 깎은 머리에 얼굴엔 주름이 많았고, 올가 이바노브나와 이야기할 땐 쑥스러워서 조끼의 단추를 전부 끌렀다가 다시 채우고 그다음엔 오른손으로 왼쪽 콧수염을 잡아당기기 시작했다. 식사를 하며 두 의사는 횡격막 고위高位로 인해 종종 심부전이 생긴다거나, 최근 신경염이 아주 많이 관찰되고 있다거나, 어제 드모프가 악성 빈혈이라고 진단된 시신을 열었는데 췌장암을 발견했다는 등의 이야기를 했다. 두 사람이 의학 이야기를 나누는 것은 오로지 올가 이바노브나가 침묵할 수 있도록, 즉 거짓말을 하지 않도록 하기 위함인 듯했다. 식사 후 코로스텔료프가 피아노 앞에 앉자 드모프가 한숨을 내쉬며 말했다.

"에흐, 친구! 어디 보자, 좀 슬픈 곡을 쳐 봐."

어깨를 올리고 손가락을 쫙 펴고는 코로스텔료프가 몇몇 코드를 짚으며 "내게 그런 곳을 일러 주오, 러시아 사내가 신음하지 않을 곳을"* 하며 테너곡을 불렀다. 드모프는 다시 한번 한숨을 내쉬고, 주먹으로 머리를 떠받치고 생각에 잠겼다.

최근 올가 이바노브나는 매우 무분별하게 행동했다. 그녀는 매일 아침 끔찍한 기분으로 잠에서 깼고, 더 이상 랴봅스키를 사랑하지 않으며 천만다행으로 모든 게 끝났다고 생각했다. 하지만 커피를 마시고 나면 랴봅스키가 그녀에게서 남편을 빼앗았으며, 이제 그녀는 남편도 랴봅스키도 잃었다는 생각이 들었다. 그리고 지인들의 대화가 떠올랐는데, 랴봅스키가 풍경화와 민속화가 섞여 있는, 폴레노프** 화풍의 깜짝 놀랄 만한 작품을 전시회에 낼 준비를 하고 있고, 그의 작업실에 갔던 사람들마다 전부 감탄했다는 이야기였다. 하지만 그것은, 그녀의 생각으론, 그가 그녀의 영향을 받아 만들게 된 것이고, 또 전체적으로

* 니콜라이 네크라소프의 시 「현관 가에서의 사색」의 한 부분을 오페라 〈루크레치아 보르자〉의 아리아에 맞춰 만든 노래 〈내게 그런 곳을 일러 주오〉를 부르고 있다.

** 바실리 폴레노프, 러시아 화가.

그녀의 영향 덕분에 그가 그렇게 발전한 것이었다. 그녀의 영향력은 아주 유익하고 본질적이어서 그녀가 그를 떠난다면 그는 몰락해 버릴지도 모른다. 또 그가 마지막으로 그녀를 방문했을 때 새 넥타이에 불꽃 무늬가 있는 회색 프록코트 차림으로 와서는 "나 멋있어?"라고 애처롭게 물었던 게 떠올랐다. 그는 실제로 세련됐고, 긴 곱슬머리와 푸른 눈동자에 매우 멋졌으며(혹은 그래 보였을 수도 있고) 그녀에게 다정했다.

많은 것들을 떠올리고 생각해 본 후 올가 이바노브나는 옷을 입고 근심에 쌓여 랴봅스키의 작업실로 갔다. 그녀는 자신의 작품에 기뻐하고 감탄하는 그를 보게 되었고, 작품은 실제로 훌륭했다. 그는 이리저리 뛰며 바보처럼 굴었고 진지한 질문에 농담으로 답했다. 올가 이바노브나는 랴봅스키의 그림에 질투가 나서 그 그림이 싫었지만, 예의상 5분 정도 말없이 그림 앞에 서 있다가, 마치 성물 앞에서처럼 깊은 숨을 내쉬고는 조용히 말했다.

"그러네, 여태까지 당신이 그렸던 작품들과는 전혀 달라. 무서울 정도야."

그다음엔 자신을 사랑해 달라고, 버리지 말라고, 불쌍하고 불행한 자신을 안타까이 여겨 달라고 애원하기 시작했다. 울면서 그의 손에 입을 맞추고, 그녀를 향한 사랑의 맹세를 요구하고, 그녀의 좋은 영향력 없이는 그가 길을 잃고 몰락해 버릴 거라고 주장했다. 그리고 그의 좋은 기분을 망쳐 놓고, 스스로는 모욕감을 느끼고는 재봉사에게 가거나 지인인 여배우에게 티켓을 구하러 가는 것이었다.

만약 작업실에서 그를 보지 못하면 편지를 남겼는데, 오늘 그녀에게 오지 않으면 바로 독약을 먹고 죽어 버리겠다고 맹세하는 내용이었다. 그는 겁이 나서 그녀의 집에 와 식사를 했다. 그리고 남편이 옆에 있음에도 개의치 않고 그녀에게 뻔뻔한 말들을 늘어놓았고, 그녀 역시 같은 식으로 응답했다. 두 사람은 자신들이 서로를 옭아매고 있으며 폭군이요 적이라고 느꼈다. 그리고 화가 나고 악에 차서 자신들이 무례하다는 것과, 심지어 짧은 머리의 코로스텔료프도 다 이해하고 있다는 것을 눈치채지 못했다. 식사 후 랴봅스키는 서둘러 인사를 하고 떠나려 했다.

"어디로 가시게요?" 현관에서 올가 이바노브나가 미움 가득한 시선으로 그를 보며 물었다.

그는 얼굴을 찌푸리고 눈을 가늘게 뜨고는 서로가 알고 있는 어떤 부인의 이름을 댔는데, 이것은 그가 그녀의 질투심을 비웃는 것이었고 그녀를 짜증나게 하려는 의도였다. 그녀는 자신의 침실로 들어가 침대에 누워 질투와 짜증, 모욕감과 수치심에 베개를 깨물고 큰 소리로 울기 시작했다. 드모프는 난감하고 당혹스러워서 코로스텔료프를 응접실에 남겨 두고 침실로 가서 조용히 말했다.

"큰 소리로 울지 마, 엄마… 왜 그래? 그런 건 말하면 안 돼… 겉으로 드러내면 안 돼… 이미 일어난 일은 다시 고칠 수 없어."

그녀는 관자놀이가 아플 정도로 심한 자신의 질투심을 어떻게 가라앉혀야 할지 모른 채, 아직은 고쳐 볼 수 있을 거라는 생각으로 세수를 하고, 부은 얼굴에 분을 바르고, 아는 부인의 집으로 쏜살같이 달려갔다. 그 부인의 집에서 랴봅스키를 보지 못하자 그녀는 또 다른 부인에게로, 다시 또 다른 부인에게로 뛰어다녔다. 처음엔 그렇게 다니는 것이 부끄러웠지만 나중엔 익숙해져서 어느 날 저녁엔 랴봅스키를 찾기 위해 그녀가 아는 모든 여자들의 집을 돌았고, 모두가 그 사실을 이해하고 있었다.

한번은 그녀가 랴봅스키에게 자신의 남편에 대해 말했다.

"그 사람은 그 넓은 아량으로 날 숨 막히게 해!"

그녀는 이 말이 어찌나 마음에 들었던지 그녀와 랴봅스키의 로맨스를 아는 화가들을 만날 때마다 힘이 넘치는 손동작을 해 보이며 남편에 대해 말했다.

"그 사람은 그 넓은 아량으로 절 숨 막히게 해요!"

일상의 흐름은 작년과 똑같았다. 수요일마다 파티가 열렸다. 배우는 낭독을 하고, 화가들은 그림을 그리고, 첼리스트는 연주를 하고, 가수는 노래를 하고, 그리고 어김없이 11시 반에 식당으로 향하는 문이 열리고 드모프가 미소를 지으며 말했다.

"선생님들, 요기 좀 하십시오."

올가 이바노브나는 예전처럼 위인들을 두루 찾아다녔고, 발견하면 만족하지 못하고 또다시 찾았다. 그녀는 예전처럼 매일 밤늦게 집에 돌아왔다. 하지만 드모프는 작년처럼 자고 있지 않았고 서재에서 뭔가 일을 하고 있었다. 그는 3시쯤 잠자리에 들어서 8시에 일어났다.

어느 날 저녁, 그녀가 극장에 갈 준비를 하며 화장대 앞에 서 있는데 프록코트를 입고 하얀 넥타이를 맨 드모프가 침실에 들어왔다. 그는 순하게 미소를 짓고, 예전처럼 즐거운 표정으로 아내의 눈을 똑바로 쳐다봤다. 그의 얼굴이 빛났다.

"나 방금 논문 심사에서 통과했어." 그가 앉아서 자신의 무릎을 쓸며 말했다.

"통과했어?" 올가 이바노브나가 물었다.

"어라!" 그가 크게 웃고선 거울에 비친 아내의 얼굴을 보기 위해 목을 내밀었다. 그녀는 머리를 만지며 여전히 그를 등진 채 서 있었다. "어라!" 그가 다시 말했다. "있잖아, 병리학 총론에 비상근 강사직을 제안 받을 확률이 꽤 높아. 냄새가 난다고."

행복감으로 빛나는 그의 얼굴을 보아, 올가 이바노브나가 그의 기쁨과 감격을 함께 나눴더라면, 그는 그녀의 모든 걸, 현재도 미래도, 모든 걸 용서하고 잊었을 테지만, 그녀는 비상근 강사와 병리학 총론이 무엇을 의미하는지 이해하지 못했고, 게다가 극장에 늦을까 봐 걱정이 돼서 아무 말도 하지 않았다.

그는 2분 정도 앉았다가 겸연쩍게 미소를 짓고는 방에서 나갔다.

7

이날은 가장 심란한 날이었다.

드모프는 두통이 심해서 아침에 차도 마시지 않고, 병원에 가지도 않고, 서재에 있는 터키식 소파*에 누워만 있었다. 올가 이바노브나는 정오가 지나 습관처럼 랴봅스키를 만나러 나갔는데 자신의 나튜르 모르트** 습작을 보여 주고 어제 왜 오지 않았는지 물어보기 위해서였다. 습작은 그녀가 보기에도 하찮은 것이었고, 그것을 그리는 이유는 오로지 화가를 방문하기 위한 구실로 삼기 위해서였다.

그녀는 초인종을 누르지 않고 그의 집으로 들어갔다. 그리고 현관에서 덧신을 벗고 있는데 작업실에서 뭔가 드레스를 사그락거리며 조용히 달려가는 소리가 들렸다. 서둘러 작업실 안을

* 터키식 소파는 등받이와 팔걸이가 없는 부드러운 소파를 말한다.

** (프랑스어) nature morte. 정물화.

들여다보니 갈색 스커트 자락이 한순간 보였다가 큰 그림 뒤로 사라졌다. 이젤에 놓인 그림에 까만 캘리코*가 바닥까지 드리워 있었다. 의심의 여지 없이 여자가 숨은 것이었다. 올가 이바노브나 자신도 얼마나 자주 그 그림 뒤에 몸을 숨겼던지! 랴봅스키는 매우 당혹한 듯했고, 그녀의 방문을 놀라워하며 두 손을 그녀에게 내밀고 부자연스러운 미소를 지었다.

"아아아—! 정말 반가워요! 무슨 좋은 소식이라도 있나요?"

올가 이바노브나의 눈에 눈물이 차올랐다. 그녀는 부끄럽고 쓰라렸으며, 100만 루블을 준다 해도 또 다른 여자, 경쟁자, 거짓말쟁이가 있는 곳에서는 말하고 싶지 않았다. 그림 뒤에 있는 여자는 아마 키득거리며 비웃고 있을 것이다.

"제 습작을 가지고 왔어요……." 그녀는 가느다란 목소리로 수줍게 말했는데, 입술이 떨렸다. "나튜르 모르트."

"아아아… 습작이요?"

화가는 습작을 건네받아 살펴보면서 자동적으로 다른 방으로 향했다.

올가 이바노브나가 순종적으로 그의 뒤를 따랐다.

"나튜르 모르트… 페르비 소르트."** 그가 운을 맞추며 중얼

* 면에 풀을 먹여 광택을 낸 천.

** (러시아어) 최고급, 1급.

거렸다. "쿠로르트*… 초르트**… 포르트***……."

작업실에서 급한 발걸음과 드레스가 사그락대는 소리가 들렸다. 여자가 나간 것이다. 올가 이바노브나는 크게 소리를 지르고 싶었고, 뭔가 묵직한 것으로 화가의 머리를 때리고 나가고 싶었다. 그러나 눈물이 앞을 가려 아무것도 보이지 않았고, 수치심에 짓눌려서 자신은 이제 올가 이바노브나도 아니고, 화가도 아니고, 그냥 작은 딱정벌레 같았다.

"저 피곤해요……." 화가는 나른하게 중얼거렸고, 습작을 보며 졸음을 쫓기 위해 머리를 흔들었다. "당연히 잘하셨지만, 오늘도 습작, 작년에도 습작, 한 달 후에도 습작… 지루하지 않으세요? 저 같으면 그림은 그만두고 음악이나 뭔가 다른 걸 진지하게 했을 거예요. 원래 당신은 화가가 아니라 음악가잖아요. 아무튼, 제가 너무 피곤해요! 차 좀 내오라고 할게요… 괜찮죠?"

그는 방에서 나갔고, 올가 이바노브나는 그가 하인에게 뭔가 지시하는 소리를 들었다. 그녀는 작별 인사를 하지 않기 위해, 고백하지 않기 위해, 더 중요한 건 울음을 터뜨리지 않기

* (러시아어) 휴양지.

** (러시아어) 악마, 제기랄.

*** (러시아어) 항구.

위해 랴봅스키가 돌아오기 전에 급히 현관으로 달려가 덧신을 신고 밖으로 나왔다. 나와서 가볍게 숨을 내쉬자 랴봅스키로부터, 그림으로부터, 작업실에서 그녀를 짓눌렀던 무거운 수치심으로부터 영영 자유로워졌음을 느꼈다. 다 끝났다!

그녀는 재봉사에게 갔고, 그다음엔 어제 막 도착한 바르나이*에게, 바르나이에게서 악보점에 갔다. 그리고 내내 랴봅스키에게 차갑고 모진, 자존감 넘치는 편지를 쓸 것이며, 봄이나 여름에 드모프와 크림**에 가고, 그곳에서 과거로부터 완전히 벗어나 새로운 삶을 시작할 거라고 생각했다.

저녁 늦게 집에 돌아온 그녀는 옷도 갈아입지 않고 편지의 내용을 지으려고 응접실에 앉았다. 랴봅스키는 그녀더러 화가가 아니라고 했는데, 그녀는 이제 복수의 의미로 그가 매년 똑같은 것만 그리고 있고, 매일 똑같은 얘기만 하고 있으며, 열정도 식었고, 이미 나온 작품을 제하면 더 이상 아무 특별한 것도 나오지 않을 거라고 쓸 참이었다. 그녀는 또 그가 많은 부분 그녀의 좋은 영향력에 빚지고 있으며, 그가 멍청한 짓을 한다면 그것은 오로지 여러 천박한 인간들, 말하자면 오늘 그림 뒤에 숨었던 그런 여자에 의해 자신의 영향력이 마비되었기 때문

* 루드비그 바르나이. 독일 배우.

** 러시아 서남부의 크림반도. 휴양지로 유명하다.

이라고 쓰고 싶었다.

"엄마!" 서재에 있는 드모프가 문을 열지 않은 채 불렀다. "엄마!"

"왜 그래?"

"엄마, 들어오지는 말고 문 앞으로 가까이 와봐. 그러니까… 엊그제 내가 병원에서 디프테리아에 감염됐었는데, 지금… 좀 안 좋아. 얼른 사람 보내서 코로스텔료프를 불러와."

올가 이바노브나는 남편을 부를 때 다른 지인 남자들을 부르듯이 늘 이름이 아닌 성으로 불렀다. 오시프라는 그의 이름이 고골의 오시프*나 '오시프 아흐리프, 아르히프 오시프'**라는 말장난을 연상시켜서 맘에 들지 않았기 때문이다. 그런데 이젠 그녀가 이름을 부르며 소리쳤다.

"오시프, 이게 대체 무슨 일이야!"

"얼른 보내! 나 안 좋아……." 문 너머에서 드모프가 말했고, 이후 소파에 가서 눕는 소리가 들렸다. "얼른 보내!" 그의 목소리가 희미하게 들렸다.

'이게 대체 뭐지?' 올가 이바노브나는 두려움에 몸이 싸늘해

* 러시아 작가 니콜라이 고골의 희곡 「검찰관」에 등장하는 하인으로, 항상 배고프다고 하소연한다.

** '오시프는 목이 쉬었고, 아르히프는 목이 잠겼고'라는 뜻.

지며 생각했다. '위험한 거잖아!'

그녀는 괜히 필요도 없는 촛불을 들고 침실로 왔고, 자신이 뭘 해야 되는지 생각하다가 우연히 화장대에 비친 자신의 모습을 보았다. 창백하고 겁먹은 얼굴, 어깨가 봉긋한 재킷, 가슴에 달린 노란색 러플, 독특한 방향의 줄무늬 스커트. 그녀는 스스로가 흉측하고 비열하게 느껴졌다. 그리고 순간 드모프가 가슴 저리도록 가여워졌다. 그녀를 향한 한없는 사랑, 그의 젊은 인생, 잠을 잔 지 아주 오래된, 주인 잃은 그의 침대마저도 가여웠다. 그리고 그의 평범하고 온화하고 순종적인 미소가 떠올랐다. 그녀는 슬피 울고서 코로스텔료프에게 애원하는 편지를 썼다. 밤 2시였다.

8

아침 7시가 넘어 올가 이바노브나는 불면으로 인해 머리가 무겁다고 느끼며 침실에서 나왔다. 머리도 빗지 않은 흉한 모습에 죄스러운 표정이었다. 이때 의사로 보이는 까만 턱수염의 신사가 그녀를 지나쳐 현관으로 갔다. 약 냄새가 났다. 서재 문 옆에는 코로스텔료프가 서서 오른손으로 왼쪽 콧수염을 돌돌 말고 있었다.

“죄송하지만 안으로 들어가시게 할 순 없어요.” 그가 침울하게 올가 이바노브나에게 말했다. “전염될 수 있거든요. 사실 들어가셔도 아무 소용 없어요. 의식이 혼미한 상태예요.”

“그이가 정말 디프테리아에 걸렸어요?” 올가 이바노브나가 속삭이며 물었다.

“위험한 일을 자처하는 사람들은 정말 재판에 넘겨야 돼요.” 코로스텔료프가 올가 이바노브나의 질문에는 대답하지 않고 중얼거렸다. "뭐 때문에 전염된 건지 아세요? 화요일에 어떤 소년한테서 튜브로 디프테리아 조직을 빨아냈어요. 어쩌려구요? 멍청한 짓이에요… 생각이 짧았어요……."

"위험해요? 아주요?" 올가 이바노브나가 물었다.

"네, 심각한 상태라고 해요. 정말 쉬레크를 불러야 할 것 같아요."

키가 작고 붉은 머리털에 코가 긴, 유태인 억양이 있는 사람이 다녀갔고, 그다음엔 키가 크고 등이 굽고 털이 텁수룩한, 보제장*을 닮은 사람이, 또 그다음엔 아주 뚱뚱하고 불그레한 얼굴에 안경을 쓴 젊은 남자가 다녀갔다. 이 사람들은 자신의 동료 옆을 지키기 위해 온 의사들이었다. 코로스텔료프는 자신의 차례에 병간호를 하고 나서도 집에 가지 않고 남았고, 그림자처럼 이 방 저 방을 돌아다녔다. 하녀는 간호하는 의사들에게 차를 내오고 약국에도 자주 다녀와야 했기에 집 안을 정리할 사람이 없었다. 조용하고 음침했다.

올가 이바노브나는 침실에 앉아 이것은 자신이 남편을 속여서 하느님이 벌을 주는 거라고 생각했다. 과묵하고 투덜대지 않고 속을 알 수 없는 존재가, 자신의 온화함 때문에 개성도 없고

* 輔祭長. 보제들의 장. 보제는 정교회에서 예배 시에 사제를 보좌하는 직무를 담당하는, 가장 낮은 급의 성직자를 말한다.

고집도 없고, 지나친 너그러움 때문에 유약한 존재가, 저기 어딘가 자신의 방 소파에서 불평도 없이 숨죽여 괴로워하고 있었다. 만일 그 존재가 혼미한 중에도 불평을 했더라면, 옆을 지키고 있던 의사들이 이게 단지 디프테리아만의 잘못이 아님을 알았을 것이다. 그럼 그들은 코로스텔료프에게 모든 걸 알고 있지 않냐고, 그래서 친구의 아내를 바라보는 눈빛이 마치 그녀야말로 주범이고 진짜 악당이며, 디프테리아는 그녀의 공범일 뿐이라는 듯한 눈빛이지 않냐고 물었을 것이다. 그녀는 더 이상 볼가강의 달밤도, 사랑의 고백도, 통나무집에서의 예술적인 삶도 기억하지 않았고, 자신의 헛되고 변덕스러운 욕망과 응석 때문에 온몸과 손발에 뭔가 더럽고 끈적한 것을 묻혀서 이젠 절대로 씻어낼 수 없다는 생각만 했다…….

'아, 내가 정말 끔찍하게 속였어!' 랴봅스키와의 불안한 사랑을 떠올리며 그녀가 생각했다. '그런 건 다 저주받아 마땅해!'

오후 4시에 그녀는 코로스텔료프와 식사를 했다. 그는 아무것도 먹지 않았고 침울하게 포도주만 마셨다. 그녀 역시 아무것도 먹지 않았다. 그녀는 맘속으로 기도를 올리며 드모프가 회복되면 그를 다시 사랑하고 충실한 아내가 되겠노라고 하느님께 서원했다. 또는 잠시 모든 걸 잊고 코로스텔료프를 보며 '사람이 참 평범하고, 특출 난 것 하나 없고, 유명하지도 않으니까 얼마나 지루해. 게다가 저렇게 쭈그러진 얼굴에 매너도 나쁘다니'라고 생각하기도 했다. 또는 전염될까 무서워 아직 한 번도 남편 서재에 들어가지 않은 것 때문에 하느님이 지금 당장 자신을 죽일 것 같다는 느낌이 들기도 했다. 종합하자면 침울하고 멍청한 기분, 인생은 이미 망가졌고 그 무엇으로도 고칠 수 없다는 확신이었다…….

식사를 마치자 어두워지기 시작했다. 올가 이바노브나가 응접실로 나왔을 때는 코로스텔료프가 금실로 수를 놓은 실크 베개를 베고 긴 안락의자에 잠들어 있었다. "크히―푸흐……." 그는 코를 골았다. "크히―푸흐……."

환자를 돌보러 왔다 간 의사들은 난잡한 집 안을 눈여겨보지 않았다. 주인도 아닌 사람이 응접실에서 코를 골며 자고 있는 것, 벽에 걸린 습작들, 복잡한 집 안, 여주인이 머리도 안 빗고 옷도 단정히 안 입은 것―이 모든 건 조금도 그들의 주의를 끌지 않았다. 의사 중 한 명은 어쩌다 웃게 됐는데 그 웃음소리가 왠지 이상하고 어색하게 들렸고, 심지어 무섭게 느껴졌다.

올가 이바노브나가 나중에 다시 응접실로 나왔을 때는 코로스텔료프는 자지 않고 앉아서 담배를 피우고 있었다.

"비강 디프테리아에요." 그가 낮은 소리로 말했다. "이젠 심장

박동도 좋지 않아요. 정말로 상황이 안 좋아요."

"그럼 쉬레크를 불러오세요." 올가 이바노브나가 말했다.

"벌써 왔다 갔어요. 그분이 디프테리아가 비강으로 전이된 걸 발견한 거예요. 에흐, 쉬레크가 무슨 소용이에요! 쉬레크도 사실 별거 없어요. 그 사람은 쉬레크, 나는 코로스텔료프— 그게 다예요."

시간은 끔찍하리만큼 더디 갔다. 올가 이바노브나는 아침서부터 정리가 안 된 침대에 옷을 입은 채 누워서 졸고 있었다. 바닥에서 천장까지 온 집 안에 거대한 철덩어리가 들어차 있었고, 그 철덩어리를 밖으로 꺼내기만 하면 모두가 즐겁고 가뿐해질 것 같았다. 정신을 차린 그녀는 그게 철덩어리가 아니라 드모프의 병이라는 걸 기억해 냈다.

'나튜르 모르트, 포르트…' 그녀는 다시 몽롱한 상태가 되며 생각했다. '스포르트… 쿠로르트… 쉬레크는 어떻지? 쉬레크, 그레크, 브레크… 크레크. 근데 내 친구들은 어딨지? 우리 집에 닥친 불행을 알고나 있을까? 주님, 살려 주세요… 구해 주세요. 쉬레크, 그레크…….'

그리고 다시 철덩어리… 시간은 길게 흘렀고, 아래층의 시계가 자주 울렸다. 그리고 또 초인종 소리가 들리고, 의사들이 다녀가고… 하녀가 빈 컵이 놓인 쟁반을 들고 침실에 들어와서 물었다.

"마님, 잠자리 펴 드릴까요?"

그리고 아무런 대답을 듣지 못한 채 나갔다. 아래층에서 시계가 울리고, 비 내리는 볼가강이 꿈에 보이고, 또다시 누군가 침실로 들어왔는데 낯선 사람인 것 같았다. 올가 이바노브나는 벌떡 일어났고 코로스텔료프를 알아봤다.

"몇 시예요?" 그녀가 물었다.

"3시쯤 됐어요."

"좀 어때요?"

"어떠냐구요? 죽어 간다는 말을 하려고 왔어요……."

그가 훌쩍이고는 그녀의 침대에 앉아 소매로 눈물을 닦았다. 그녀는 순간 이해가 안 됐지만, 온몸이 차가워졌고 천천히 성호를 긋기 시작했다.

"죽어 간다구요……." 그가 여린 목소리로 되풀이하더니 다시 훌쩍였다. "죽어 가요, 자신을 희생했기 때문이에요… 학계의 큰 상실이에요!" 그가 쓰라림을 삼키며 말했다. "이 사람은, 우리 전부랑 비교해도, 가장 위대하고 범상치 않은 사람이었어요! 얼마나 뛰어난 재능을 가졌었는데! 우리 모두에게 얼마나 큰 희망을 줬었는데!" 코로스텔료프가 주먹을 쥐며 비통하게 말을 이었다. "주님, 맙소사! 이 사람은, 대낮에 불을 켜고 찾아도 다신 없을, 그런 학자였어요. 오시카* 드모프, 오시카 드모프, 대체 무슨 짓을 한 거야! 아아, 맙소사!"

코로스텔료프는 절망에 빠져 두 손으로 얼굴을 감싸고 머리를 흔들었다.

"정신은 또 얼마나 고상했는지!" 그가 누군가를 향해 점점 더 크게 분을 내며 말했다. "선하고 순결하고 사랑할 줄 아는 영혼—사람이 아니라 유리였지! 학문을 위해 헌신하다 학문 때문에 죽은 거야. 밤낮 가리지 않고 황소처럼 일했지만, 아무도 그를 아끼지 않았어. 젊은 학자이자 미래의 교수가 진료할 곳을 찾아다녀야 했고, 밤에는 번역을 해야 됐어. 이런… 상스러운 천쪼가리에 돈을 대려고!"

코로스텔료프는 증오에 차서 올가 이바노브나를 쳐다봤고, 두 손으로 침대 시트를 움켜쥐더니 화를 내며 찢어 버렸다. 마치 그것이 잘못이라도 저지른 것처럼.

"스스로를 아끼지 않았고, 남들도 그를 아끼지 않았어. 에흐, 다 무슨 소용이야!"

"맞아, 드문 사람이지!" 응접실에서 누군가 낮은 소리로 말했다.

* '오시프'의 애칭.

올가 이바노브나는 그와 함께했던 자신의 삶을 처음부터 끝까지, 세세한 것들까지 모두 떠올렸고, 순간 그녀가 알던 사람들과 비교했을 때 이 사람이야말로 참으로 범상치 않고 보기 드문 위인이라는 것을 깨달았다. 그리고 돌아가신 아버지와 동료 의사들이 그를 어떻게 대했었는지 떠올리자 그들 모두가 그에게서 미래의 유명인을 보았음을 깨달았다. 벽들과 천장과 램프와 바닥의 카펫이 그녀를 향해 조롱의 눈을 깜박이며 '놓쳐 버렸네! 놓쳐 버렸어!' 하는 듯했다. 그녀는 울음을 터뜨리며 침실에서 뛰쳐나갔고, 응접실에서 어떤 모르는 사람을 지나치며 콧물을 훌쩍이고는 서재에 있는 남편에게 달려 들어갔다. 그는 미동도 없이 터키식 소파에 누워 있었고, 이불이 허리까지 덮여 있었다. 얼굴이 흉하도록 초췌하고 말랐으며 살아 있는 사람에게선 결코 볼 수 없는 노란 잿빛을 띠었다. 오로지 이마와 짙은 눈썹, 낯익은 미소로만 이 사람이 드모프라는 걸 알아볼 수 있었다. 올가 이바노브나는 얼른 그의 가슴과 이마와 손을 만져 보았다. 가슴은 아직 따뜻했지만 이마와 손은 불쾌할 정도로 싸늘했다. 그리고 반쯤 뜨인 눈은 올가 이바노브나가 아니라 이불을 보고 있었다.

"드모프!" 그녀가 큰 소리로 불렀다. "드모프!"

그녀는 그게 실수였다고 설명하고 싶었다. 아직 모든 걸 잃은 게 아니며, 인생은 다시 아름답고 행복할 수 있으며, 그는 보기 드문 비범한 위인이고, 평생 그를 존경할 것이며, 기도하고 경외감을 품고 살 것이라고 말하고 싶었다…….

"드모프!" 그녀가 그의 어깨를 흔들며 불렀다. 그가 다시는 깨어나지 않는다는 게 믿기지 않았다. "드모프! 드모프!"

응접실에서는 코로스텔료프가 하녀에게 말했다.

"물어볼 게 뭐 있어요? 교회 경비소에 가서 양로원 노모들이 어디 사는지 물어보세요. 그 사람들이 시신을 닦고 치울 겁니다. 필요한 건 다 해준다구요."

(1892년)

목 위의 안나
АННА НА ШЕЕ

1

혼인 예식이 끝난 후 간단한 먹을 것조차 없었다. 신혼부부는 술 한 잔씩을 마시고 옷을 갈아입고 기차역으로 갔다. 흥겨운 결혼 피로연과 저녁식사, 음악과 춤 대신 200베르스타* 떨어진 곳으로 성지 방문이 예정돼 있었다. 많은 사람들은 모데스트 알렉세이치가 이미 계급이 높고 젊지도 않으니 소란한 결혼식은 그리 점잖지 않아 보일 것이고, 쉰두 살의 관리가 갓 열여덟 살을 넘긴 아가씨와 결혼하는 마당에 음악을 듣는 것도 지루한 일이라며 이를 허용했다. 또 말하기를, 규율을 중시하는 사람 모데스트 알렉세이치가 혼인관계에서 최우선시하는 것은 종교와 윤리라고 자신의 어린 아내에게 깨우쳐 주기 위해 수도원 방문을 직접 계획했다는 것이다.

* 러시아의 옛 길이(거리) 단위로, 1베르스타는 1,066.8m, 200베르스타는 약 213km이다.

신혼부부를 배웅하는 중이다. 동료들과 친척들이 기차가 떠날 때 만세를 외치려고 술잔을 들고 기다리고 있었고, 실크해트를 쓰고 교사용 프록코트를 입은 아버지 표트르 레온티치는 벌써 취하고 아주 해쓱해져서 술잔을 든 채 창문 쪽으로 계속 몸을 빼며 애원하듯 말했다.

"아뉴타! 아냐!* 아냐, 한마디만 하자!"

아냐가 그를 향해 창밖으로 몸을 내밀자 그는 입에서 포도주 냄새를 풍기며 그녀의 귀에 무언가 속삭였고—무슨 말인지 전혀 이해할 수 없었다— 그녀의 얼굴과 가슴과 손에 성호를 그었는데 이때 그의 숨결은 떨리고 눈에선 눈물이 반짝였다. 그리고 김나지야** 학생인 아냐의 남동생 페탸와 안드류샤는 아버지의 프록코트를 뒤에서 잡아당기며 창피한 듯 속삭였다.

"아빠, 됐어요… 아빠, 그러지 마요……."

기차가 움직이자 아냐는 그녀의 아버지가 휘청거리며, 포도주를 엎지르며 잠깐 기차를 따라 달리는 모습을 보았다. 그의 얼굴은 가련하고 순박하고 잘못을 저지른 듯한 표정이었다.

"만세—에—에!" 아버지가 외쳤다.

* 아뉴타, 아냐는 안나의 애칭이다.

** 러시아의 중등교육기관.

부부는 둘만 남았다. 모데스트 알렉세이치가 쿠페*를 살펴보고는 선반에 짐을 올리고, 미소를 지으며 자신의 어린 신부 앞에 앉았다. 관리인 그는 중간 정도의 키에 꽤 뚱뚱하고 포동포동하고 배가 불룩했으며, 구레나룻은 길고 콧수염은 없고, 면도해서 선명하게 윤곽이 드러난 둥근 턱은 발뒤꿈치를 닮아 보였다. 그의 얼굴에서 가장 특징적인 것은 콧수염의 부재로, 갓 면도한 그 민둥한 곳은 점차 기름진, 젤리처럼 흔들거리는 뺨으로 이어졌다. 그는 점잖게 행동했고 천천히 움직였으며 태도도 부드러웠다.

"한 가지 상황을 떠올리지 않을 수 없소." 그가 미소 지으며 말했다. "5년 전, 코소로토프가 2급 안나 훈장을 받으러 와서 감사의 말을 전할 때 각하께서 이런 말씀을 하셨지. '그러니까 이제 자네에겐 안나가 셋이나 있군. 하나는 옷깃에, 두 개는 목에.' 당시 코소로토프의 부인이 그에게 돌아온 지 얼마 안 됐었는데 그 싸움닭 같은 경박한 부인의 이름이 안나였다는 거요. 내가 2급 안나 훈장을 받게 되면 각하께서 내게는 그런 말씀을 하시지 않길 바라오."**

* 기차 안의 독립된 객실.

** 안나 훈장은 종교인·군인·행정관리·왕실관리 등에게 수여했던 훈장으로 급에 따라 착용하는 자리가 달랐는데, 그중 2급은 목에 걸었다. 러시아어에는 '누군가의 목 위에 앉아 있다'라는 관용구가 있는데 이는 '얹혀살다', '부양의 짐을 지우다'라는 뜻이다. 안나 두 개

그가 작은 눈으로 눈웃음을 지었다. 그녀도 미소를 짓긴 했으나 이 사람이 저 두텁고 축축한 입술로 언제든 자신에게 입맞출 수 있으며, 이제 그녀에겐 그를 거절할 권한이 없다는 생각이 들어 마음을 졸였다. 그의 뚱뚱한 몸이 부드럽게 움직일 때마다 그녀는 깜짝 놀랐고, 두려웠고 혐오스러웠다. 그가 일어나 목에서 천천히 훈장을 풀고 프록코트와 조끼를 벗고 가운을 입었다.

"자, 이렇게." 그가 아냐의 옆에 앉으며 말했다.

그녀는 괴로웠던 결혼식을 떠올렸다. 사제와 하객들이, 교회에 모인 사람들이 전부 그녀를 슬프게 바라보며 '저렇게 사랑스럽고 예쁜 아가씨가 왜, 도대체 왜 저런 나이 많고 재미없는 양반과 결혼하는 걸까?'라고 생각하는 것 같았다. 오늘 아침만 해도 그녀는 모든 게 잘 준비됐다는 생각에 희열을 느꼈지만, 예식이 진행되는 동안과 기차칸에 있는 지금은 스스로가 떳떳하지 않고, 속은 듯하고, 우스꽝스럽게 여겨졌다. 그녀는 부자와 결혼했지만 돈은 여전히 없었기 때문에 결혼식 때 입을 드레스를 빚을 내어 마련했고, 오늘 자신을 배웅하는 아버지와 남동생들의 얼굴을 보니 그들에게 한 푼도 남지 않았음을 알

가 목에 있다는 것은 하나는 안나 훈장을, 하나는 '안나'라는 아내를 부양하고 있는 것을 농담조로 말한 것이다.

수 있었다. 식구들이 오늘 저녁식사나 할 수 있을까? 내일은? 그녀는 왠지 아버지와 어린 동생들이 이젠 그녀도 없이 배고픈 채로 앉아서, 어머니를 장례하고 돌아온 저녁에 느꼈던 바로 그런 슬픔을 느낄 것 같았다.

'오, 난 정말 불행해!' 그녀는 생각했다. '난 왜 이렇게 불행한 걸까?'

여자들을 대하는 게 익숙지 않았던 점잖은 사람 모데스트 알렉세이치가 쑥스럽게 그녀의 허리를 만지고 어깨를 다독였다. 그러나 그녀는 돈과 어머니와 어머니의 죽음에 대해 생각하고 있었다. 어머니가 죽자 김나지야에서 글씨 쓰기와 그림 그리기를 가르치던 아버지 표트르 레온티치는 술독에 빠졌고 가난이 들이닥쳤다. 남동생들에겐 부츠와 덧신도 없었고, 아버지가 치안판사에게 끌려가고, 집행관이 와서 가구를 압류했었다… 얼마나 부끄러웠던지! 아냐는 주정뱅이 아버지를 돌보고, 동생들의 양말을 꿰매고, 시장에 다녀야 했다. 사람들이 그녀의 아름다움과 젊음과 우아한 매너를 칭찬할 때면 온 세상이 그녀의 싸구려 모자와 잉크로 덧칠한 구멍 난 신발을 보는 것 같았다. 그리고 밤에는, 아버지가 의지가 없다며 김나지야에서 곧 쫓겨나고, 견디지 못한 아버지는 어머니처럼 죽게 될 거라는 불안한 생각이 끈덕지게 달라붙어서 눈물을 흘렸다. 그런데 그녀를 아는 부인들이 부산을 떨며 아냐를 위한 좋은 사람을 찾기 시작했다. 그리고 얼마 되지 않아 젊지도 잘생기지도 않은, 하지만 돈이 많은 사람, 바로 모데스트 알렉세이치가 발견된 것이다. 그는 은행에 약 10만 루블이 있었고 물려받은 영지는 임대하고 있었다. 규율을 중시하는 이 사람은 각하의 신망을 얻고 있었다. 사람들이 아냐에게 말하기를, 그가 각하에게서 표트르 레온티치를 해고하지 말라는 쪽지를 받아 김나지야 교장에게, 심지어 교육감에게 보내는 것쯤은 아무 일도 아니었다…….

그녀가 이런 세세한 것들을 떠올리고 있던 중에 갑자기 창문으로 음악 소리와 사람들 소리가 들려왔다. 기차가 간이역에 멈춘 것이다. 플랫폼 너머 사람들 무리 속에서 아코디언과 찡찡대는 값싼 바이올린이 신나게 연주되고 있었고, 키 큰 자작나무와 포플러나무 사이로, 달빛을 듬뿍 받은 별장들 사이로 군악단 소리가 들려오는 것이, 아마 별장촌에 무도회가 열린 듯했다. 플랫폼에는 날씨가 좋아 상쾌한 공기를 마시러 이곳을 찾은 시민들과 별장 사람들이 산책을 하고 있었다. 개중에는 아르트노프도 있었는데 그는 이 별장촌의 주인으로 부자였고, 까만 머리에 키가 크고 몸집이 있고, 아르메니아인을 닮은 얼굴에 눈은 불쑥 튀어나왔다. 그는 이상한 복장 차림이었는데 셔츠는 가슴까지 풀어 헤쳐져 있고, 박차가 달린 긴 부츠를 신고, 어깨에 걸친 까만 망토는 치맛자락처럼 땅에 끌렸다. 그레이하운드 두 마리가 뾰족한 주둥이를 내리깔고 그의 뒤를 따라다녔다.

아냐의 눈엔 아직 눈물이 글썽였지만 이미 어머니도, 돈도, 자신의 결혼식도 생각하지 않았다. 그녀는 평소 알고 있던 김나지야 학생들과 장교들에게 악수를 청했고 명랑하게 웃으며 재빨리 말했다.

"안녕하세요! 어떻게 지내시나요?"

그녀는 플랫폼으로 나와 달빛 아래에 섰다. 새로 맞춘 화려한 드레스와 모자를 쓴 자신의 전신이 보이게끔 말이다.

"여기에 왜 멈춘 거죠?" 그녀가 물었다.

"여기서 선로가 갈라지거든요." 사람들이 대답했다. "우편물 기차가 지나가길 기다린답니다."

그녀는 아르트노프가 자신을 보고 있다는 걸 눈치채고는 요염하게 실눈을 뜨고 크게 프랑스어로 말했다. 그러자 자신의 목소리가 아주 매력적으로 울리고 음악소리가 들려오고 달이 연못에 비추고 있다는 사실에, 또 유명한 동 쥐앙*이요 난봉꾼

* 동 쥐앙은 전설상의 인물로 오늘날 여성 편력가의 대명사이다.

인 아르트노프가 욕망과 호기심 가득한 눈으로 자신을 보고 있다는 사실에, 또 모두가 흥겨워하고 있다는 사실에 순간 기쁨을 느꼈다. 기차가 움직이고 지인 장교들이 그녀에게 경례하며 작별 인사를 했다. 그녀는 나무숲 너머 저 어딘가에서 울리는, 군악대가 그녀를 향해 흘려보내고 있는 폴카를 따라 흥얼거리기 시작했다. 그리고 자신의 쿠페로 돌아왔을 땐 마치 간이역에서 설득을 당한 듯한 기분이었다, 그 무엇에도 불구하고 그녀는 반드시 행복할 거라고.

부부는 수도원에서 이틀을 보내고 다시 도시로 돌아왔다. 그들은 관사에서 살았다. 모데스트 알렉세이치가 일하러 나가면 아냐는 피아노를 치거나, 답답해서 울거나, 소파에 누워 소설을 읽거나 패션 잡지를 훑어봤다. 모데스트 알렉세이치는 점심을 아주 많이 먹었는데 식사를 하며 정치, 임명, 전임轉任과 포상에 대해 말했다. 또 열심히 일해야 하며, 가정생활은 재미가 아니라 의무이며, 티끌 모아 태산이며, 자신은 종교와 윤리를 세상에서 가장 높게 여긴다고 했다. 그리고 나이프를 검처럼 주먹에 쥐고 말했다.

"각 사람에겐 의무가 있어야 해!"

하지만 그의 말을 듣는 아냐는 무서워서 먹을 수가 없었고, 보통은 배고픈 채로 식탁에서 일어났다. 점심식사 후 남편은 휴식을 취하며 크게 코를 골았고 그녀는 외출해서 가족들에게 갔다. 아버지와 어린 동생들은 그녀를 어쩐지 좀 특별하게 쳐다보곤 했는데, 마치 그녀가 돈 때문에 사랑하지도 않는 따분하고 지루한 사람에게 시집갔다고 방금 전까지 흉을 보기라도 한 것처럼 말이다. 그녀의 살랑이는 드레스와 팔찌, 또 전체적으로 부인 티가 나는 모습이 그들을 쭈뼛거리고 무안하게 했다. 그들은 그녀가 집에 있는 게 조금 당혹스러웠고 무슨 얘기를 해야 할지도 몰랐지만, 그럼에도 예전처럼 그녀를 사랑했고 그녀 없이 식사를 하는 것에도 아직 익숙해지지 않았다. 그녀는 가족들과 함께 앉아 양배추 수프, 죽, 촛불 냄새가 나는 양비계에 볶은 감자를 먹었다. 표트르 레온티치가 떨리는 손으로 병에서 술을 따라 급하게 마셨다. 게걸스럽고 혐오스럽게 한 잔, 두 잔, 석 잔… 페탸와 안드류샤, 마르고 창백하고 눈이 큰 소년들이 술병을 치우고선 어쩔 줄 몰라 하며 말했다.

"그러지 마요, 아빠… 그만해요, 아빠……."

아냐도 속이 타서 더는 술을 마시지 말라고 아버지에게 애원했다. 그러자 그가 갑자기 분을 내며 주먹으로 상을 내리쳤다.

"누구도 나를 단속할 수는 없어!" 그가 소리쳤다. "이 녀석들! 딸내미! 다 쫓아내 버릴까 보다!"

하지만 그의 목소리에선 연약함과 선량함이 느껴졌고 아무도 그를 무서워하지 않았다. 그는 보통 점심 후에 옷을 차려입었다. 얼굴은 창백하고, 턱엔 면도하다 벤 자국이 있다. 가느다란 목을 쭉 내밀며 30분 동안이나 거울 앞에 서서 머리를 빗고, 까만 콧수염을 돌돌 말고, 향수를 뿌리고, 넥타이를 리본 모양으로 묶는 등 몸단장을 하고, 그다음엔 장갑을 끼고 머리에 실크해트를 쓰고 개인 강습을 나갔다. 휴일이면 집에서 그림을 그리거나 쉭쉭대고 삑삑거리는 풍금을 쳤다. 그는 풍금에서 맑고 조화로운 소리가 나도록 애를 썼으며 노래도 불렀다. 그러다가 아이들에게 화를 내기도 했다.

"이런 못된 놈들! 망나니 녀석들! 악기를 망쳐 놨어!"

저녁이면 아냐의 남편은 관사 한 지붕 아래에 살고 있는 다른 동료들과 카드놀이를 했다. 카드놀이 시간엔 관리들의 부인들도 만남을 가졌는데 그녀들은 못생기고, 싱겁게 차려입고, 식모들처럼 거칠었으며, 딱 그 부인들처럼 못나고 싱거운 뜬소문들이 관사에 돌고 있었다. 모데스트 알렉세이치는 아냐와 함께 극장에 가기도 했다. 그는 휴식시간에도 아내가 자신으로부터 한 발짝도 벗어나지 못하도록 그녀와 팔짱을 끼고 복도나 홀을 돌아다녔다. 누군가와 인사를 하면 곧장 아냐에게 '5등 문관이야… 각하의 사람이지…….'라거나 '재산이 많아… 자기 집도 있고……' 이런 말들을 속삭였다. 간이식당을 지나칠 때면 아냐는 뭔가 달콤한 것이 몹시 먹고 싶었다. 그녀는 초콜릿과 사과 파이를 좋아했지만 돈이 없었고, 남편에게 물어보기도 쑥스러웠다. 그가 배 하나를 집어서 주물러 보더니 주저하며 물었다.

"얼마인가?"

"25코페이카*입니다."

"맙소사!" 그가 말하고 배를 다시 내려놨다. 하지만 아무것도 사지 않고 간이식당에서 나오기가 겸연쩍어서 젤터스 워터**를 달라 하고는 혼자서 한 병을 다 마셔 버렸다. 그 바람에 그의 눈에서 눈물이 났고, 이럴 때면 아냐는 남편이 미웠다.

한번은 그가 갑자기 얼굴이 빨개져서 그녀에게 다급히 말했다.

"저 노부인에게 인사해!"

"하지만 저는 모르는 분이잖아요."

"어쨌든 해. 재무국장의 부인이야! 어서 인사하라고, 내가 말하잖아!" 그가 재촉하며 중얼거렸다. "그런다고 당신 머리가 떨어져 나가진 않아."

* 루블보다 작은 화폐 단위. 100코페이카=1루블.

** 젤터스 워터는 독일 젤터스에서 나는 천연 탄산수를 말한다.

아냐는 인사를 했고 정말로 머리가 떨어져 나가진 않았으나, 괴로웠다. 그녀는 남편이 원하는 대로 다 했고, 그가 그녀를 순진한 바보처럼 속였다는 생각에 스스로에게 화가 났다. 오로지 돈 때문에 그와 결혼했음에도 불구하고 가진 돈은 결혼 전보다도 적었다. 전에는 아버지가 20코페이카짜리 동전이라도 줬었지만 지금은 한 푼도 없었다. 그렇다고 몰래 집어 오거나 달라는 말도 못했는데 남편이 무서워서 벌벌 떨었기 때문이다. 그녀는 이 사람에 대한 두려움을 아주 오래전부터 가슴에 담아두고 있는 듯했다. 언젠가 어린 시절에는 가장 장엄하고 두려운 힘, 먹구름이나 기관차처럼 숨통을 조이듯 몰려오는 힘이라면 김나지야의 교장이 늘 떠올랐다. 그와 비슷한 힘으로서 집에서 늘 거론되고 왠지 모르게 무서워했던 것은 각하였다. 또 그보다는 작은 힘들이 수십 개 있었고, 그 중간에는 콧수염을 면도한 엄하고 인정사정없는 김나지야 선생들이 있었다. 그리고 이젠 드디어, 얼굴마저 교장 선생을 닮은 규율의 사람, 모데스트 알렉세이치가 있다. 아냐의 상상 속에서 이런 모든 힘들이 하나로 합쳐져서 끔찍하고 거대한 흰곰이 되어 그녀의 아버지처럼 힘없고 떳떳치 못한 사람들에게 달려드는 것이었다. 그래서 그녀는 뭔가 반하는 말을 하기가 무서웠고, 긴장한 채로 미소를 지었으며, 자신을 거칠게 어루만지고 공포를 일으키는 포옹으로 능욕해도 만족하는 척했다.

딱 한 번 표트르 레온티치가 아주 곤란한 빚을 갚기 위해 그에게 감히 50루블을 빌려 달라고 부탁했었다. 하지만 어찌나 고통스러웠던지!

"좋아요, 드리지요." 모데스트 알렉세이치가 생각해 보더니 말했다. "하지만 경고하는데, 술을 끊지 않으면 더 이상은 도와드릴 수 없습니다. 공직에 계신 분이 그렇게 나약하다니 부끄러운 일이에요. 누구나 아는 사실을 상기시켜 드리지 않을 수 없군요. 술에 대한 욕망은 수많은 재능 있는 사람들을 망쳐 버렸어요. 그런데 그들이 자제만 했다면 시간이 지나 높은 자리에 오를 수 있었을 겁니다."

이후 한참 동안 '뿐만 아니라…', '그런 상황으로 보아…', '방금 말씀 드렸던 대로…'와 같은 말들이 길게 늘어졌고, 불쌍한 표트르 레온티치는 모욕감에 괴로웠으며 술 생각이 더욱 간절해졌다.

또 보통 찢어진 부츠와 헤어진 바지 차림으로 아냐의 집을 방문하던 소년들 역시 그의 훈계를 들어야만 했다.

"각 사람에겐 의무가 있어야 해!" 모데스트 알렉세이치가 아이들에게 말했다.

하지만 돈은 주지 않았다. 대신 아냐에게 반지, 팔찌, 브로치

등을 선물했는데, 그러면서 어려운 때를 대비해 이런 물건들을 갖고 있는 게 좋다는 말을 했다. 그리고 자주 그녀의 서랍장을 열고서 물건들이 다 잘 있는지 검사했다.

2

그럭저럭 겨울이 되었다. 성탄절*이 되기 훨씬 전에 지역 신문에 12월 29일 귀족 회관에서 통상적인 겨울 무도회가 열릴 예정이라는 공지가 났다. 매일 저녁 카드놀이가 끝나면 모데스트 알렉세이치가 불안한 기색으로 걱정스레 아냐를 쳐다보면서 관리들의 부인들과 소곤거렸다. 그러고는 뭔가를 생각하며 한참 동안 방 안을 왔다 갔다 했다. 마침내 어느 늦은 저녁, 그가 아냐 앞에 멈춰서더니 말했다.

"당신, 무도회 때 입을 드레스를 지어야 돼, 알겠지? 근데 마리야 그리고리예브나랑 나탈리야 쿠즈미니쉬나한테 물어보고 꼭 상의해서 해."

그리고 그녀에게 100루블을 건넸다. 그녀는 돈을 받아서 무

* 러시아 정교회는 율리우스력을 사용하기 때문에 러시아의 성탄절은 1월 7일이다.

도회 드레스를 주문했지만 그 누구와도 상의하지 않고 오직 아버지하고만 얘기를 나눴으며, 어머니라면 어떤 옷을 입었을까 상상해 보려 애썼다. 고인이 된 그녀의 어머니는 항상 최신 유행을 따라 옷을 입었고, 늘 아냐를 데리고 다니며 딸도 인형처럼 우아하게 입히고 프랑스어 말하기와 훌륭하게 마주르카 추는 법을 가르쳐 주었다(아냐는 결혼 전 5년 동안 가정교사로 일했었다). 아냐는 어머니처럼, 오래된 드레스를 수선해서 새 드레스를 만들고, 휘발유로 장갑을 세탁하고, 보석*을 빌릴 줄 알았으며, 또 어머니처럼 눈을 가느스름하게 뜨고, 'ㄹ' 발음을 불분명하게 하고, 아름다운 포즈를 취하고, 필요하다면 감격에 겨워하고, 슬프고 신비로운 시선을 던질 줄 알았다. 그리고 아버지로부터는 짙은 머리칼과 눈동자, 예민한 신경, 늘 몸단장하는 그런 습관을 물려받았다.

무도회로 떠나기 30분 전에 프록코트를 걸치지 않은 모데스트 알렉세이치가 그녀의 방에 들어왔다. 화장대 거울 앞에서 목에 훈장을 달기 위해서였다. 그가 그녀의 아름다움과 새로 맞춘 풍성한 드레스의 화려함에 매료되어 흡족하게 구레나룻을 빗으며 말했다.

* 원문에는 프랑스어로 'bijoux'라고 적혀 있다.

"당신 어쩜 이렇게… 어쩜 이렇게 예쁠까! 아뉴타!" 그러고는 갑자기 장엄한 톤으로 말을 이었다. "내가 당신 행복하게 해줬잖아. 오늘은 당신이 날 행복하게 할 수 있어. 부탁인데 각하의 부인에게 가서 인사 드려! 제발 부탁이야! 그녀를 통해 수석 비서관직을 받을 수 있어!"

두 사람은 무도회로 향했다. 드디어 귀족 회관, 입구에 문지기들이 있다. 옷걸이가 있는 현관, 슈바*들, 분주히 오가는 하인들, 가슴골이 드러난 드레스를 입고 찬바람을 부채로 가리고 있는 부인들. 가스등과 군인들 냄새가 난다. 아냐는 남편의 팔짱을 끼고 계단을 오르며 음악 소리를 들었고 거대한 거울 속에서 수많은 불빛에 둘러싸인 자신의 전신을 보았다. 그러자 마음속에 기쁨이 깨어났고 달밤에 간이역에서 느꼈던 바로 그 행복의 예감이 되살아났다. 그녀는 처음으로 자신이 소녀가 아닌 숙녀로 느껴졌으며, 자신도 모르는 새 걸음걸이와 몸짓에서 돌아가신 어머니의 모습을 드러내며 당당하고 자신감 있게 걸었다. 또 생전 처음으로 부유하고 자유로운 느낌이 들었다. 남편이 옆에 있어도 움츠러들지 않았는데, 왜냐하면 회관의 문턱을 넘으며 이미, 늙은 남편의 존재가 전혀 그녀를 깎아내리

* 털가죽 외투.

지 않고 도리어 남자들이 그렇게 좋아하는 야릇한 신비감의 도장을 찍어 주고 있음을 본능적으로 알아챘기 때문이다. 큰 홀에서는 벌써 오케스트라의 연주가 울려 퍼지고 춤이 시작되었다. 관사에서만 지내던 아냐는 조명과 오색찬란함과 음악과 소란함이 주는 인상에 사로잡혀서 홀을 둘러보며 생각했다. '아, 정말 좋다!' 그리고 즉시 군중 속에서 지인들을 모두 식별해 냈다. 예전에 파티나 놀이에서 만났던 사람들, 장교들, 교사들, 변호사들, 관리들, 지주들, 각하, 아르트노프, 그리고 화려하게 차려입은, 가슴골을 심하게 드러낸, 아름다운 혹은 못생긴 상류사회 부인들이다. 그녀들은 가난한 사람들을 돕기 위해 장사를 하려고 자선 바자회의 가판대나 천막에 이미 자리를 잡고 있었다. 견장을 단 거대한 체구의 장교가—그녀가 김나지야 학생일 때 스타로-키예프스키 거리에서 알게 된 사람인데 성이 기억나지 않았다— 마치 땅속에서 솟은 듯 불쑥 나타나 그녀에게 왈츠를 청했고, 그녀는 남편을 두고 날아가듯 나섰다. 마치 돛단배를 타고 거센 풍랑을 항해하는 것 같았다, 남편은 저 멀리 해안가에 남은 채… 그녀는 심취하여 열정적으로 왈츠와 폴카와 카드리유를 추었다. 이 사람 저 사람 손으로 옮겨 다니고, 음악과 소란함을 즐기고, 러시아어와 프랑스어를 섞어 말하고, 'ㄹ' 발음을 불분명하게 하고, 크게 웃고, 남편도 그 누구도 그 무엇도 생각하지 않았다. 그녀는 남자들에게 인기를 끌었는데 그것은 당연한 일로 달리 될 수가 없었다. 그녀는 흥분하여 숨이 찼고 부채를 쥔 손이 바르르 떨렸으며 목이 말랐다. 아버지 표트르 레온티치가 휘발유 냄새가 나는 헐렁한 프록코트 차림으로 다가와 빨간색 아이스크림이 담긴 작은 접시를 그녀에게 내밀었다.

"오늘 아주 매혹적이구나." 그는 딸을 감격스레 바라보며 말했다. "전에는 네가 결혼을 서두른 게 이렇게나 안타깝진 않았는데… 왜 그랬을까? 우리를 위해 그랬다는 걸 안다만, 그래도……." 그는 떨리는 손으로 돈다발을 꺼내며 말했다. "내가 오늘 수업료를 받았단다. 네 남편에게 빚진 걸 갚을 수 있어."

그녀는 아버지의 손에 접시를 떠맡기고는 누군가에게 이끌려 눈 깜짝할 새에 저 멀리 사라졌다. 그리고 파트너의 어깨 너머로, 아버지가 어느 부인을 안고 마룻바닥을 활주하며 춤추는 걸 보았다.

'맨 정신일 땐 정말 좋으신데!' 그녀가 생각했다.

그녀는 마주르카도 그 거대한 체구의 장교와 추었다. 그는 제복을 입은 죽은 짐승처럼 뻿뻿하고 무겁게 걸음을 옮기고 어깨와 가슴을 들썩이고 간신히 발장단을 맞췄다. 그는 춤추는 게 끔찍하도 싫었지만 그녀가 아름다운 미모와 훤히 드러난 목으로 그를 자극하며 주변을 맴돌았다. 그녀의 눈동자가 뜨겁게 타오르고 움직임도 열정적이었지만 그는 더욱 냉담해져서 왕처럼 자비를 베풀듯 그녀에게 손을 내밀었다.

"브라보, 브라보!" 군중 속에서 외치는 소리가 들렸다.

하지만 점차 그 거대한 장교도 무너져 내렸다. 그는 활력이 나고 들뜨기 시작하고, 이젠 그녀의 매혹에 넘어가 흥분에 휩싸여서 가볍고 젊게 움직였다. 그런데 그녀는 어깨만 살짝 들썩일 뿐 그를 능청스레 쳐다보는 것이 이젠 마치 그녀가 여왕, 그는 노예인 듯했다. 그녀는 홀 전체가 자신들을 넋 놓고 바라보며 질투하는 것 같았다. 거대한 장교가 그녀에게 감사의 말을 전하자마자 사람들이 옆으로 비켜나며 길을 터주었고 남자들은 팔을 내리며 왠지 어색하게 몸을 곧추세웠다… 그녀에게 각하가 오고 있었고, 프록코트에 별 두 개가 보였다. 그렇다, 각하는 바로 그녀에게 다가오고 있었고 그녀를 똑바로 응시하며 감미로운 미소를 지었다. 그러면서 입술을 깨물었는데 그가 예쁜 여자들을 볼 때면 늘 나오는 버릇이다.

"아주 반갑군요, 아주 반가워요……." 그가 먼저 말했다. "당신 남편을 영창에 가두라고 해야겠어요. 여태껏 이런 보물을 숨기고 있었으니 말입니다. 아내의 부탁이 있어서 왔어요." 그가 그녀에게 손을 내밀며 말을 이어갔다. "우리를 좀 도와주셔야겠습니다. 음, 그래요… 당신의 아름다움에 상을 내릴 필요가 있겠어요… 미국에서처럼 말이죠… 음, 그래요… 미국인들은… 내 아내가 당신을 애타게 기다리고 있습니다."

그가 그녀를 가판대에 있는 나이 든 부인에게 데려왔다. 그 부인은 얼굴 아랫부분이 불균형적으로 커서 마치 입안에 큰 돌을 물고 있는 것처럼 보였다.

"우리 좀 도와주세요." 그녀가 말끝을 길게 늘이며 콧소리로 말했다. "예쁜 여인들은 모두 자선 바자회에서 일하고 있는데, 웬일로 당신만 놀고 있잖아요. 왜 우릴 도우려 하지 않나요?"

부인이 가고 아냐가 그녀를 대신해 은으로 된 사모바르와 찻잔들 옆에 자리를 잡았다. 그러자 순식간에 활기찬 장사가 시작됐다. 아냐는 차 한 잔에 최소 1루블을 받았고 거대한 장교에게는 차를 세 잔이나 마시게 했다. 부자 아르트노프가 다가왔다. 눈이 튀어나오고 천식을 앓고 있었지만 지금은 여름에 아냐가 봤던 이상한 복장 차림이 아니었고 다른 사람들처럼 프록코트를 입고 있었다. 그가 아냐에게서 눈을 떼지 못하며 샴페인 한 잔을 마시고는 100루블을 냈고, 이후 차 한 잔을 마시고 또 100루블을 냈다. 그러는 동안 천식으로 힘들어하며 말 한 마디 하지 않았다… 아냐는 사람들을 집요하게 불러다가 돈을 받아냈고, 자신의 미소와 시선이 사람들에게 큰 즐거움을 준다는 걸 확신했다. 그녀는 자신이 이렇게 소란하고 화려하고 웃음 짓는 인생, 음악과 춤과 열광자들이 있는 인생을 위해 특별히 태어난 존재임을 이미 이해하고 있었다. 그리고 숨 막히도록 몰려와 협박하던 힘에 대한 오랜 두려움도 우습게 여겨졌다. 그녀는 이제 아무도 무섭지 않았으며, 다만 딸의 성공을 함께 기뻐해 주었을 어머니가 없다는 게 안타까울 뿐이었다.

해쓱해진 표트르 레온티치가 아직은 반듯하게 걸음을 옮기며 가판대로 와서 코냑 한 잔을 주문했다. 아냐는 그가 뭔가 부적절한 말이라도 할까 봐 얼굴이 빨개졌다. 그녀는 자신의 아버지가 너무나 가난하고 너무나 평범한 사람이라는 게 부끄러웠다. 하지만 그는 술을 마시고 돈다발에서 10루블을 꺼내 던지고는 말 한마디 없이 당당하게 자리를 떴다. 조금 후에 그녀는 아버지가 짝을 이루어 큰 원*을 돌고 있는 모습을 보았는데, 이때 그는 이미 비틀거리고 소리를 질러 대서 파트너인 부인을 매우 당혹스럽게 하고 있었다. 아냐는 3년 전쯤 어느 무도회에서 아버지가 저렇게 비틀거리며 소리를 지르다가 결국 경관에게 끌려 나가 집으로 보내지고, 다음 날 교장이 해고하겠다고 호통을 쳤던 게 생각났다. 정말 때맞지 않게 떠오른 기억

* 원문에는 프랑스어 'grand rond'로 적혀 있다.

이다!

가판대의 사모바르가 꺼지고 피곤해진 자선가 여인들이 입에 돌을 문 부인에게 각자 벌어들인 돈을 전달하자 아르트노프가 아냐를 팔짱을 끼우고 홀로 데려왔다. 홀에는 자선 바자회 참여자들을 위한 저녁식사가 차려져 있었다. 기껏해야 스무 명 정도가 식사를 했지만 매우 소란했다. 각하가 축배사를 했다. "이렇게 호화로운 식탁에서는 오늘 바자회 때 임무를 다한 저렴한 식탁들의 번영을 위해 마시는 게 온당하겠지요." 여단장은 '대포도 떨며 피해가는 힘'을 위해 건배했고 모두가 여인들과 술잔을 부딪치려고 몸을 내밀었다. 아주, 아주 흥겨웠다!

아냐를 집으로 배웅해 줄 때는 벌써 날이 밝아 왔고 식모들이 시장에 가고 있었다. 흥겹고 취한, 새로운 감정들로 충만하고 기진맥진한 그녀는 옷을 벗고 침대 위에 쓰러져 바로 잠들었다…….

오후 1시가 지나 하녀가 그녀를 깨우면서 아르트노프가 방문했다고 보고했다. 그녀는 서둘러 옷을 입고 응접실로 나갔다. 아르트노프가 떠나고 얼마 지나지 않아 각하가 자선 바자회에 참여해 줘서 고맙다는 인사를 하려고 왔다. 그는 입술을 깨물고 감미롭게 그녀를 바라보다가 그녀의 손에 입을 맞추고는 앞으로도 방문을 허락해 달라는 말을 남기고 떠났다. 그녀는 몹시 놀랍고 황홀한 상태로 응접실 한가운데에 서 있었다. 그녀의 인생에 변화가, 놀라운 변화가 이토록 빨리 찾아왔다는 게 믿기지 않았다. 바로 이때 남편 모데스트 알렉세이치가 들어왔다… 그는 살살대고 달콤하고 노예스러운 공손한 표정, 힘 있는 명문 귀족들 앞에 있을 때면 그녀가 그에게서 익히 봐왔던 그런 표정을, 이젠 그녀를 향해 지으며 섰다. 그녀는 감탄과 분노와 경멸을 담아, 이제 이런 말을 해도 아무 일 없을 거라고 확신하며 한 마디 한 마디 또박또박 말했다.

"저리 가세요, 이 멍청한 양반!"

이날 이후 아냐는 하루도 쉴 날이 없었다. 피크닉이나 나들이나 연극에 참여했기 때문이다. 그녀는 날마다 아침이 다 되어 집에 돌아와 응접실 바닥에 쓰러져 잤으며, 그다음엔 자신이 꽃다발에 둘러싸여 잔다고 사람들에게 감격스레 말했다. 돈이 아주 많이 필요했지만 그녀는 더 이상 모데스트 알렉세이치를 무서워하지 않았기에 그의 돈을 자신의 돈처럼 썼다. 그녀는 남편에게 부탁도 요구도 하지 않고, 그저 영수증이나 쪽지를 보낼 뿐이었다. '이걸 건네주는 사람에게 200루블을 줄 것' 또는 '속히 100루블을 지불할 것'.

부활절에 모데스트 알렉세이치가 2급 안나 훈장을 받았다. 그가 감사 인사를 하러 오자 각하는 신문을 한쪽으로 치우고 안락의자에 더욱 깊숙이 앉았다.

"그러니까 이제 자네에겐 안나가 셋이나 있군." 그가 자신의 하얀 손과 분홍빛 손톱을 살펴보며 말했다. "하나는 옷깃에, 두 개는 목에."

모데스트 알렉세이치는 웃음이 터지지 않도록 조심스레 손가락 두 개를 입술에 갖다 댔다. 그리고 말했다.

"이제는 작은 블라디미르가 세상에 출현하길 고대해야겠습니다. 감히 각하께 대부가 되어 주시길 청합니다."

그가 암시한 것은 4급 블라디미르 훈장이었는데 머릿속에선 벌써 자신의 말장난이 얼마나 재치 있고 용감했는지 사람들에게 이야기하는 상상을 하고 있었다. 그리고 또 뭔가 재치 있는 말을 하려 했으나 각하는 다시 신문을 들여다보며 머리를 끄덕였다…….

아냐는 말 세 마리가 끄는 썰매를 타고 계속 돌아다녔고, 아르트노프와 사냥을 다니고, 단막극에서 연기를 하고, 밖에서 저녁을 먹고, 가족들을 찾는 일은 점점 줄어들었다. 가족들은 이제 그들끼리 점심을 먹었다. 표트르 레온티치는 예전보다 술을 더 많이 마셨고, 돈은 없었으며, 풍금은 빚 때문에 이미 오래전에 팔아넘겼다. 소년들은 이제 아버지가 혼자 밖으로 나가지 못하게 했고, 넘어지지 않도록 늘 살폈다. 아냐가 스타로-키예프스키 거리를 지나고 있을 때 가족들이 그녀를 발견했다. 그녀는 두 마리의 말이 끄는 썰매를 타고 있었고 마부석에는 마부 대신 아르트노프가 있었다. 표트르 레온티치가 실크해트를 벗어 들고 뭐라고 외치려 하자 페탸와 안드류샤가 그의 팔을 붙잡고 애원하며 말했다.

"그러지 마요, 아빠… 됐어요, 아빠……."

(1895년)

아리아드나
АРИАДНА

오데사*에서 세바스토폴**로 오는 증기선의 갑판에서 둥근 턱의 꽤 잘생긴 한 신사가 담배를 피우러 내 쪽으로 다가오더니 말했다.

"선실 옆에 앉아 있는 저 독일인들을 좀 보세요. 독일인이나 영국인들이 모이면 양털 가격이나 수확이나 자신의 개인사에 대해 말하는데, 왜 그런지 우리 러시아인들이 모이면 오직 여자들이나 추상적인 개념에 대해서만 얘기하죠. 하지만 중요한 건 여자들에 관한 거예요."

나는 이 신사의 얼굴을 이미 알고 있었다. 우리는 전날 밤 국경에서 같은 기차를 타고 왔는데 그가 볼로치스크***에서 자신

* 흑해의 북해안에 위치한 항구도시로 현재 우크라이나에 속한다.

** 흑해 연안 크림반도 남서부에 위치한 항구도시.

*** 우크라이나 서부에 위치한 작은 도시. 즈브루치강 왼쪽 연안에 있어서 오랫동안 러시아와 중부 유럽 국가들 사이의 중요 국경 검문소였다.

과 동행 중인 어떤 여인과 함께 세관 검사를 받고 있는 걸 봤었다. 여행 가방과 부인용 드레스가 담긴 바구니들이 산더미처럼 쌓여 있었고, 실크 천 쪼가리 같은 것에 세금을 물게 되자 그는 난감하고 부담스러워했다. 그와 동행한 여인은 항의를 하며 누군가에게 일러바치겠다고 으르댔다. 이후 오데사로 오는 기차에서도 그가 부인용 칸으로 파이나 오렌지를 들고 가는 걸 봤었다.

조금 습하고 배가 살짝 흔들렸다. 여인들은 각자의 선실로 돌아갔다. 둥근 턱의 신사가 내 옆에 앉아 말을 이어갔다.

"네, 러시아인들은 만나면 오로지 추상적인 것들과 여자들에 관해서만 말해요. 우린 너무 지적이고 당당해서 진리인 것만 말하고 오직 고차원적인 문제들만 해결할 수 있다니까요. 러시아 배우는 장난칠 줄도 몰라서 보드빌*에서도 사색적인 연기를 하지요. 우리도 마찬가지예요. 사소한 걸 말하면서도 그것마저 철학적인 시선에서 해석을 해요. 이건 용기와 진심, 단순성이 부족해서 그런 거예요. 여자들에 대해 그토록 자주 말하는 이유도, 제 생각엔, 우리가 만족스럽지 않아서예요. 우린 여자들을 지나치게 이상적으로 보고 있고 현실과 동떨어진

* vaudeville. (프랑스어) 노래와 춤이 있는 코믹극.

것들을 달라고 요구해요. 우리가 원하는 걸 전혀 받지 못하니까 결과적으로 불만족과 깨진 희망, 마음의 고통이 남지요. 그런데 사람은 어디가 아프면 그 아픈 것에 대해 말하잖아요. 이런 대화가 지루하지 않으세요?"

"아뇨, 전혀요."

"그렇다면 제 소개를 좀 드리지요." 내 말동무가 잠깐 몸을 일으키며 말했다. "이반 일리치 샤모힌이라고 합니다. 모스크바의 지주라고 할 수 있죠, 어느 정도는… 당신에 대해선 제가 잘 알고 있어요."

그는 다시 앉아서 상냥하고 진심 어리게 내 얼굴을 바라보며 대화를 이어갔다.

"이렇게 끊임없이 여자 얘기를 하는 것을 막스 노르다우* 같은 그저 그런 철학자는 성적인 광기로, 아니면 우리가 농노제 찬성자거나 그런 류의 사람들이기 때문이라고 설명하겠지만, 저는 이 문제를 좀 다르게 봐요. 거듭 말씀드리지만, 만족하지 못해서 그래요, 우린 이상주의자니까요. 우린 우리와 우리 아이들을 낳는 존재가 우리보다 고상하길, 세상 그 무엇보다 고상하길 원해요. 젊을 때는 자신이 사랑에 빠진 상대방을 시적

* 막스 노르다우(1849-1923). 헝가리의 유대인 의사, 철학가, 작가.

으로 표현하며 신격화하지요. 우리에겐 사랑과 행복이 유의어예요. 우리 러시아에서는 사랑 없는 결혼을 멸시해요, 관능이란 가소롭고 혐오를 일으키지요. 그래서 가장 크게 성공하는 소설이나 작품 속의 여자들은 아름답고 시적이고 고상해요. 만일 러시아인이 예로부터 라파엘로의 마돈나에 열광해 왔다든가 여자의 해방에 신경을 써왔었다면, 장담컨대 전혀 가식적일 게 없어요. 하지만 불행한 이유는 바로 이거예요. 결혼을 하든 여자를 만나든 2, 3년 정도만 지나면 실망스럽고 속은 기분이 든다는 거요. 다른 여자들을 만나 보지만 또 실망하고 또 끔찍스럽고, 결국엔 여자들은 다 거짓되고, 시시하고, 헛되고, 부당하고, 뒤떨어지고, 무정하다는—한마디로, 고상하기는커녕 우리 남자들보다 훨씬 더 비천하다고 확신하게 되는 거죠. 그래서 불만족스럽고, 여자에게 속은 우리는 그 호되게 속은 것에 대해 투덜거리며 말을 늘어놓을 수밖에 없어요."

샤모힌이 말하는 동안 나는, 러시아어와 러시아의 환경이 그에게 큰 만족감을 주고 있다는 걸 알아챘다. 아마 외국에 있는 동안 고국이 많이 그리웠나 보다. 그는 러시아인들을 칭찬하고 보기 드문 이상주의를 러시아인들에게 갖다 붙이면서도 외국인들에 대해 나쁘게 말하진 않았는데, 이 점이 그를 좋게 보게 했다. 또 알아챈 것은, 지금 그의 마음이 좋지 않고 여자 얘기보다는 자기 자신에 대해 말하고 싶어 하며, 그래서 나로서는 고백과도 같은 길고 긴 이야기를 듣는 수밖에 없다는 것이었다.

포도주 한 병을 시켜서 한 잔씩 마시고 나니 정말로 그가 다음과 같이 시작했다.

"벨트만*의 어떤 소설에서 누군가가 '그렇다는 이야기지!'라는 말을 한 게 기억나요. 근데 다른 사람이 '아니, 그건 이야기가 아니라 이야기로 들어가는 전주곡이야'라고 대답하죠. 제가 여태까지 말씀 드린 것도 전주곡에 불과해요. 사실은 최근에 있었던 제 연애 이야기를 해드리고 싶어요. 죄송하지만 다시 여쭈는데, 제 얘기가 지루하지 않으세요?"

나는 지루하지 않다고 했고, 그가 계속해서 말했다.

모스크바주州 북부에 있는 어느 군郡에서 일어난 일이에요. 이곳의 자연은 놀랍다고 말씀드릴 수밖에 없어요. 저희 저택은 물살이 빠른 강변 상류에 있는데 하루 종일 말 그대로 물소리가 콸콸거리는 곳이에요. 한번 떠올려 보세요. 오래된 큰 정원, 아늑한 화원, 양봉장, 밭, 아래쪽엔 강이 흐르고 참오

* 알렉산드르 벨트만. 러시아의 지도 제작자, 고고학자, 시인, 소설가.

글잎버들이 무성한데 이슬이 짙게 내리면 조금 윤기를 잃어서 백발이 된 듯하고, 저쪽엔 초원, 초원 너머 언덕엔 컴컴하고 무서운 소나무숲이 있어요. 그 소나무숲에는 붉은주름버섯이 수없이 자라고 숲속 깊은 곳엔 사슴이 살지요. 제가 죽어서 관 속에 드러누워도 아마 햇살에 눈부신 아침이, 아니면 정원과 정원 너머에서 나이팅게일과 메추라기 뜸부기가 울고, 마을에서 아코디언 소리가 들려오고, 집에서는 피아노를 치고, 강물 흐르는 소리에—한마디로 울고도 싶고 큰 소리로 노래하고도 싶은 그런 음악이 있는 신비로운 봄날의 저녁이, 꿈에 보일 것 같아요. 저희 경작지는 크진 않지만 초원과 숲에서 매년 2천 루블 정도의 수익이 나지요. 저는 외아들인데, 아버지와 저 둘 다 검소하고, 그 돈에다가 아버지가 받는 연금도 있어서 생활하기엔 충분했어요. 대학을 졸업하고 첫 3년 동안 저는 시골에 살았는데요. 집안일을 돌보면서 어디에선가 저를 뽑아 주길 기다리고 있었어요. 하지만 중요한 건, 제가 놀랍도록 아름답고 매혹적인 아가씨와 제대로 사랑에 빠졌다는 거예요. 그녀는 코틀로비치라는 이웃 지주의 여동생이었는데, 그 파산한 귀족의 땅에선 파인애플과 기막히게 좋은 복숭아가 나고, 피뢰침이 설치돼 있고, 뜰 한가운데에는 분수가 있었어요. 그런데 돈은 한 푼도 없었지요. 그 사람은 아무것도 안 했고 할 줄 아는 것도 없었어요. 몸은 꼭 푹 삶은 무로 된 것처럼 병약해서는 동종요법*으로 소작농들을 치료하거나 심령술을 하며 지냈죠. 아무튼 사람은 참 점잖고 온화하고 똑똑했지만, 저는 어쩐지 영혼과 이야기를 나눈다거나 아낙들을 자력磁力으로 고치는 그런 사람들에게는 마음이 가질 않더라구요. 첫째, 정신적으로 자유롭지 못한 사람들은 개념을 늘 혼동해서 대화를 나누기가 대단히 어렵고, 둘째, 그런 사람들은 보통 아무도 안 좋아하고 여자들과도 같이 안 사는데, 그런 신비주의가 예민한 사람들에게는 불쾌하게 작용하거든요. 겉모습도 마음에 들지 않았어요. 큰 키에 뚱뚱한 몸, 허연 피부에 작은 머리, 번득이는 작은 눈, 허옇고 통통한 손가락. 악수를 하면 손을 쥐는 게 아니라 주물렀어요. 그리고 항상 미안하다는 말을 달고 살았지요. 뭔가를 부탁하면서도 '미안합니다', 뭔가를 주면서도 '미안합니다'. 그 사람의 여동생에 대해 말하자면, 그녀는 전혀 딴판이에요. 한 가지 덧붙이자면, 제가 아주 어렸을 때나 소년 시절에는 코틀로비치 일가를 몰랐어요. 그땐 제 아버지가 N이라는 곳에서 교수로 계셔서 저희는 오랫동안 지방에서 살았거든요. 제가 그들을 알게 된 건 그녀가 스물두 살일

* 인체의 자연치유력에 근거하여 질병 증상과 유사한 반응을 일으키는 자연물을 이용해 질병을 치료하는 방법.

때였는데 그녀는 벌써 전문대도 졸업하고 모스크바에서 부유한 고모랑 2, 3년을 지내다 왔었어요. 고모가 그녀를 사교계에 발 딛게 했죠. 처음 그녀와 인사를 하고 얘기를 나누게 됐을 때 가장 놀라웠던 것은 '아리아드나'라는 흔치 않은 예쁜 이름이었어요. 그녀와 정말 잘 어울렸죠! 그녀는 까만 머리에 아주 마르고, 아주 날씬하고, 탄력 있고 균형 잡힌 몸매에, 압도적으로 우아하고, 최고로 고상하고 단아한 얼굴선을 가진 여자였어요. 그녀의 눈동자도 반짝였는데, 오빠의 눈동자가 알사탕처럼 차갑고 느끼하게 번득인다면, 그녀의 시선에선 아름답고 당당한 젊음이 빛났어요. 그녀는 우리가 처음 만난 바로 그날에 저를 사로잡았어요, 달리 될 수가 없었죠. 첫인상이 너무나 압도적이어서 아직까지도 환상을 떨치지 못하고 있는데, 자연이 이 아가씨를 창조할 때 어떤 크고 놀라운 섭리가 있었다고 생각하고 싶은 거예요. 아리아드나의 목소리, 그녀의 걸음걸이, 모자, 심지어 송사리를 잡으러 들어간 모랫가에 찍힌 발자국까지도 제 안에 기쁨과 삶에 대한 뜨거운 열망을 일게 했어요. 아름다운 얼굴과 아름다운 몸매를 보고 저는 그녀의 정신적인 부분까지 판단했어요. 아리아드나의 말 한마디 한마디가, 그 미소가 저를 감동시키고 매수해서 그녀에게 고결한 정신이 있다고 생각하게끔 만들었어요. 그녀는 상냥하고, 말하기를 좋아하고, 발랄하고, 사람을 대하는 게 단순하고, 시적으로 신을 믿고, 시적으로 죽음에 대해 사색했어요. 그녀의 정신적인 기질엔 풍부한 색채가 있어서 자신의 단점에게마저 특별하고 사랑스러운 성질을 부여했어요. 예를 들어 말 한 필이 새로 필요한데 돈이 없다고 쳐요. 그게 뭐 어려운 일이야? 뭔가를 팔거나 전당포에 맡기면 되고, 만약 관리인이 결단코 뭔가를 팔거나 맡기지 못하게 하면 별채에서 철제 지붕을 뜯어다가 공장에 넘기든지, 제일 바쁜 시기에 밭일하는 말 몇 마리를 시장에 몰고 가서 아주 싼값에 팔면 된다는 식이었어요. 이런 걷잡을 수 없는 그녀의 욕망 때문에 때론 집안 전체가 절망에 빠지기도 했지만 그녀가 얼마나 고상하게 말을 하는지 결국엔 다 용서되고 다 허락됐어요, 여신이나 시저의 부인처럼요. 제 사랑은 감명스러웠고 곧 아버지도, 이웃들도, 소작농들도 다 알게 됐지요. 전부 저를 동정했어요. 한번은 제가 일꾼들에게 보드카를 대접했는데 그들이 인사를 하며 이렇게 말하더군요.

"하느님께서 당신이 코틀로비치 씨 댁 아가씨와 결혼하도록 해주시길."

그리고 아리아드나도 제가 그녀를 사랑한다는 걸 알고 있었어요. 그녀는 자주, 직접 말을 타거나 마차를 타고 저희 집에 왔고, 가끔은 하루 종일 저와 제 아버지와 함께 시간을 보내기도 했어요. 아버지와도 친해져서 아버지가 그녀에게 자전거 타는 법을 가르쳐 주었는데, 그게 당신이 좋아하는 놀이였지요. 어느 날 저녁 아버지와 그녀가 자전거를 타기로 했고, 그녀가 자전거에 오르는 걸 제가 도와줬어요. 그때 그녀가 얼마나 아름다웠던지 그녀를 만지는 제 손이 데는 것 같았고 황홀감에 몸이 떨렸어요. 그리고 아버지와 그녀가, 아름답고 우아한 두 사람이 나란히 자전거를 타고 큰길을 따라 달리고 있었는데 관리인을 태운 까만 말이 마주 오다가 급히 한쪽으로 비키더라구요. 그 흑마가 비켜선 것이 그녀의 아름다움에 놀라서 그런 게 아닐까 싶었어요. 제 사랑, 제 숭배가 아리아드나의 마음을 움직이고 감동시켰지요. 그녀 자신도 저처럼 마음이 사로잡히고 제게 사랑으로 응답하길 간절히 원했어요. 정말 시적인 일이잖아요!

하지만 그녀는 저처럼 진짜로 사랑을 하진 못했어요, 왜냐하면 그녀는 차가웠고 이미 꽤 썩은 상태였거든요. 악마가 그녀 안에 들어앉아서 밤낮으로 그녀가 얼마나 매혹적이고 환상적인지 속삭였어요. 그녀는 자신이 무엇을 위해 창조됐는지, 무엇을 위해 그녀에게 삶이 주어졌는지 명확하게 알지 못한 채 아주 부유하고 유명한 미래의 자신을 상상했어요. 무도회와 경마회, 제복들, 호화로운 응접실, 자신만의 살롱,* 떼를 이루는 백작들, 공작들, 대사들, 유명한 화가들과 예술가들, 그리고 그들이 전부 그녀에게 고개를 숙이고 그녀의 아름다움과 옷차림에 감탄하는 장면을 꿈에 그렸지요… 권력과 개인적인 성공에 대한 이런 열망이, 끊임없이 한 방향으로만 뻗어 가는 생각들이 사람들을 냉담하게 만들어요. 그래서 아리아드나는 냉담했어요, 제게도, 자연에도, 음악에도. 아무튼 시간은 흘러갔지만 대사들은 오지 않았고, 아리아드나는 여전히 심령술을 하는 오빠의 집에서 지냈어요. 상황은 점점 더 나빠져서 드레스나 모자를 살 돈도 없었고 자신의 가난이 들통 나지 않도록 꾀를 내며 피해 다녀야만 했어요.

안타깝게도, 예전에 그녀가 모스크바 고모 집에서 지낼 때 마크투예프라는 어떤 부유한, 하지만 정말 별 볼 일 없는 공작이 그녀에게 청혼을 했었어요. 그녀는 단칼에 거절했지만요. 하지만 이젠 후회라는 벌레가 종종 그녀를 괴롭혔어요, 왜 거절했을까 했죠. 바퀴벌레가 빠진 크바스**가 역겹긴 해도 어쨌든 후후 불어 가며 마시는 농부처럼, 그녀도 공작을 떠올리며 불쾌하게 얼굴을 찌푸렸지만 어쨌든 이렇게 말하더라구요.

* salon. (프랑스어) 상류층의 집에서 열리는 문학·예술·사회·정치 등과 관련된 사교 모임.
** 호밀을 발효해 만든 전통 음료.

"아무리 뭐라 해도 공작이라는 작위에는 뭔가 설명할 수 없는 매력적인 부분이 있어요……."

그녀는 작위와 호사를 꿈꿨지만, 또 동시에 저를 놓치고 싶어 하지도 않았어요. 아무리 대사들이 오기만을 꿈꾼다 해도 심장이 돌이 아닌 이상 젊음이 아깝잖아죠. 아리아드나는 사랑에 빠지려고 애를 썼고, 사랑하는 척했고, 심지어 저를 사랑한다고 맹세까지 했어요. 하지만 저는 예민하고 촉이 밝은 사람이라서 누군가 절 좋아하면 어떤 확언이나 맹세가 없어도, 멀리 떨어져 있어도 그걸 느껴요. 하지만 지금은 찬 기운이 흘렀고, 그녀가 사랑에 대해 말할 때면 쇠붙이로 된 꾀꼬리가 노래하는 것처럼 들렸어요. 아리아드나는 자신도 어쩔 수 없다는 걸 느꼈고 매우 안타까워했어요. 그녀가 우는 걸 한두 번 본 게 아니에요. 그런데 상상이나 되세요? 갑자기 그녀가 저를 충동적으로 껴안더니 키스를 했어요. 어느 날 저녁, 강가에 있을 때였지요. 저는 그녀의 눈빛에서 그녀가 절 사랑하지 않고, 그저 호기심에 어떻게 되려나 보려고 시험 삼아 그랬다는 걸 알 수 있었어요. 끔찍한 기분이 들었죠. 저는 그녀의 손을 잡고 절망스럽게 말했어요.

"사랑이 없는 이런 표현은 나를 고통스럽게 해요!"

"당신은 참… 별스러운 사람이에요!" 그녀는 화를 내더니 가

버렸어요.

아무튼 1, 2년 정도 지나면 전 아마 십중팔구 그녀와 결혼을 했을 거고, 그렇다면 이 이야기도 그렇게 끝나겠지만, 운명은 저희 연애사를 다르게 만들고 싶었나 봐요. 저희 무대에 새로운 인물이 나타났거든요. 아리아드나의 오빠 집에 오빠의 대학 동기인 미하일 이바노비치 루프코프라는 꽤 괜찮은 사람이 머물게 됐어요. 마부와 하인들은 그 사람을 가리켜 '재미—있—는 신사분'이라고 했죠. 중간 정도의 키에 마르고, 정수리가 벗어지고, 얼굴은 선량한 부르주아처럼 별반 흥미를 끌진 않았지만 훈훈하고 핼쑥하고, 잘 손질된 빳빳한 콧수염에, 목은 피부가 닭살처럼 돋아 있고 울대뼈가 컸어요. 폭이 넓은 까만색 줄이 달린 팽스네*를 쓰고 다녔고, 혀가 짧아서 R 발음도, L 발음도 제대로 하지 못했어요. 그래서 예를 들어 '스젤랄'**이란 단어를 '스제밥' 이렇게 발음했지요. 항상 유쾌했고, 그에겐 모든 게 웃겼어요. 어쩌다가 스무 살에 정말 어리석은 결혼을 했는데 신부의 지참금으로 모스크바의 제비치 지역에 있는 집 두 채를 받았어요. 목욕탕을 짓거나 수리하는 일을 했는데 완전히 거덜 나서 아내와 네 아이가 '보스토치느에 노메라'라는 싸구

* pince-nez. (프랑스어) 코안경. 안경다리 없이 코에 걸치는 안경.

** (러시아어) 했다.

려 여관방에서 몹시 가난하게 살았고, 그가 가족들을 부양해야 했는데 그게 그에겐 웃겼어요. 그는 서른여섯 살, 아내는 마흔두 살이었는데, 이것도 웃겼어요. 그의 어머니는 귀족 특유의 허세를 부리는 오만하고 허황된 부인이었는데 며느리를 경멸해서 따로 살았어요, 수많은 개와 고양이를 데리고요. 그래서 그는 어머니에게 매달 75루블씩 따로 드려야 했지요. 그리고 그 자신도 취향이 있는 사람이라서 점심은 슬라뱐스키 바자르에서, 저녁은 에르미타주에서* 먹는 걸 좋아했어요. 돈이 아주 많이 필요했지만 작은아버지가 그에게 1년에 2천 루블밖에 주지 않았기 때문에 그걸로는 부족했어요. 그래서 매일같이 돈을 꾸러, 시쳇말로 혀가 빠지도록 모스크바를 쏘다녔어요. 이것도 웃겼지요. 그가 코틀로비치 씨네 집에 온 이유는, 그의 말을 빌리자면, 가정사를 떠나 자연의 품에서 쉬기 위해서였어요. 점심을 먹을 때도, 저녁을 먹을 때도, 산책을 하는 중에도 그는 아내와 어머니에 대해, 채권자들과 집행관들에 대해 얘기하면서 그들을 비웃었어요. 또 스스로를 비웃으며 돈 빌리는 재주 덕분에 좋은 인연을 많이 맺게 됐다고 호언장담했어요. 그 사람은 끊임없이 웃어 댔고, 우리도 웃었어요. 그가 있으면

* 슬라뱐스키 바자르, 에르미타주는 상류층이 즐겨 찾았던 호텔이자 레스토랑이다.

우리는 시간도 좀 다르게 보냈어요. 저는 조용한, 말하자면, 목가적인 만족을 보다 즐기는 편이었어요. 낚시, 저녁 산책, 버섯 채취를 좋아했죠. 루프코프는 피크닉, 불꽃놀이, 사냥개를 동반한 사냥을 더 좋아했구요. 그는 일주일에 한 세 번은 피크닉 계획을 세웠고, 그럼 아리아드나는 진지하고 고무된 얼굴로 종이에 굴, 샴페인, 초콜릿이라고 써서 저를 모스크바로 보냈어요. 물론 제게 돈이 있는지는 묻지도 않았구요. 피크닉에선 연신 건배를 하고, 웃고, 낙천적인 이야기들이 넘쳤어요. 아내가 얼마나 늙었는지, 어머니집 개들이 얼마나 뒤룩뒤룩한지, 채권자들이 얼마나 좋은 사람들인지…….

루프코프는 자연을 좋아했지만 그저 오래전부터 익히 알고 있는 것을 보듯 했고, 자신보다 한참 낮은 존재, 오직 자기의 만족만을 위해 지어진 존재로 취급했어요. 만약 어떤 굉장한 풍경을 맞닥뜨리게 되면 "여기서 차나 한 잔 하면 좋겠군!" 하는 식이었죠. 한번은 저 멀리 양산을 쓰고 가는 아리아드나를 보고선 그녀를 향해 고개를 끄덕이더니 이렇게 말했어요.

"그녀는 말랐지요, 근데 그게 맘에 듭니다. 난 살찐 여자는 안 좋아하거든요."

전 그 말이 불쾌했어요. 제 앞에서 여자들에 대해 그런 식으로 말하지 말라고 부탁했지요. 그는 저를 보며 놀라워하면서 말하더군요.

“마른 여자를 좋아하고 살찐 여자를 안 좋아하는 게 뭐가 그리 나쁜 겁니까?”

저는 아무 말도 안 했어요. 나중에 그가 살짝 술기운이 있고 기분이 좋을 때 제게 말했어요.

“내가 보니 아리아드나 그리고리예브나가 당신을 좋아합니다. 근데 당신은 그냥 멍하니 있다니, 이해가 안 되는군요.”

저는 그 말에 멋쩍어져서 부끄럽긴 했지만 사랑과 여자에 대한 저의 생각을 말해 줬어요.

“모르겠습니다.” 그는 한숨을 내쉬었어요. “내가 볼 때 여자는 여자고, 남자는 남자입니다. 아리아드나 그리고리예브나가 당신 말처럼 시적이고 고상하다고 합시다. 그렇다고 해서 그녀가 자연법칙에서 벗어나 있어야 된다는 뜻은 아니에요. 당신도 그녀가 이미 남편이나 애인이 필요한 나이라고 보잖아요. 나도 당신만큼이나 여자들을 존중하는데, 내 생각엔 그 어떤 관계도 시를 배제하지는 않습니다. 시는 시대로, 애인은 애인대로 별개예요. 농사일과 마찬가지입니다. 자연의 아름다움은 아름다움이고, 숲이나 들에서 얻는 소득은 또 그것대로 별개란 말입니다.”

저랑 아리아드나가 모샘치 낚시를 하고 있을 때였어요. 루프코프는 바로 옆 모래밭에 누워서 저를 놀리거나 어떻게 살아야 하는지 훈수 두거나 했죠.

"정말 놀라워요, 어떻게 연애도 안 하고 삽니까!" 그가 말했어요. "당신은 젊고 잘생기고 재미도 있고, 한마디로 어디에 내놔도 훌륭한 남자인데 수도승처럼 살고 있잖아요. 어휴, 스물여덟 살짜리 노인이라니! 내가 당신보다 거의 열 살이나 많은데 우리 중에 누가 더 젊습니까? 아리아드나 그리고리예브나, 누가 더 젊어요?"

"당연히 당신이죠." 아리아드나가 대답했어요.

그러다가 우리가 말도 안 하고 낚시찌만 뚫어져라 보고 있으니까 지겨워져서 집에 가버렸어요. 근데 그녀가 제게 화를 내며 말했어요.

"진짜 당신은 남자가 아니라, 주님 용서하소서, 그냥 물러터진 사람이에요. 남자라면 격한 감정에 사로잡히기도 하고, 미쳐도 보고, 실수도 하고, 고통도 겪어야지요! 여자가 무모함이나 뻔뻔함은 용서를 해도, 당신의 그런 신중함은 절대로 용서 안 할 거예요."

그녀는 농담이 아니라 제대로 화가 나서 계속 말했어요.

"성공을 하려면 결단력 있고 용감해야 돼요. 루프코프는 당신처럼 잘생기진 않았지만 당신보다 재미있어요. 그 사람은 여자들한테 항상 인기가 있을 거예요, 왜냐하면 당신 같지 않고 그는 남자니까요……."

그녀의 목소리에서 잔혹함마저 느껴졌어요. 한번은 저녁식사를 하고 있는데 그녀가 저를 보지는 않은 채 자기가 만약 남자였다면 시골에만 틀어박혀 있지 않고 여행을 다닌다거나, 겨울엔 해외에서 지낼 거라고 했지요, 예를 들면 이탈리아에서요. 오, 이탈리아! 그때 제 아버지가 본의 아니게 불에 기름을 부어 버렸어요. 거기가 얼마나 좋은지, 대단한 자연 경관에 박물관들도 아주 훌륭하다고 오랫동안 이탈리아 얘기를 하셨어요. 아리아드나는 갑자기 이탈리아에 가고 싶다는 열망에 불타올랐어요. 심지어 주먹으로 식탁을 내려치고 눈동자를 반짝이며 "가는 거야!"라고 외쳤지요.

그러고는 이탈리아에 대한 대화가 시작됐어요. 이탈리아에 가면 얼마나 좋을지 "아, 이탈리아! 아아!" 하면서 매일같이 이런 식이었어요. 아리아드나가 고개를 돌려 저를 쳐다보면 전 그녀의 차갑고 고집스러운 표정에서 읽을 수 있었어요. 그녀가 이미 꿈속에서 수많은 살롱이며 유명한 외국인들과 관광객들이 있는 이탈리아를 정복했고, 그녀를 붙잡아 두는 건 불가능하다는 걸요. 저는 좀더 기다리라고, 1, 2년 정도 여행을 늦추라고 권했지만 그녀는 불쾌하게 찡그리며 말했어요.

"당신은 신중하기만 한 게 꼭 늙은 아낙네 같아요."

루프코프는 여행에 찬성했어요. 아주 저렴하게 다녀올 수 있고, 자신도 기꺼이 이탈리아에 가서 가정사로부터 벗어나 쉬고 싶다고 했죠. 저는, 고백하지만, 김나지야 학생처럼 순진하게 굴었어요. 질투가 나서 그런 건 아니고, 뭔가 끔찍하고 예사롭지 않은 예감이 들었거든요. 가능한 한 두 사람을 외따로 두지 않으려고 했는데 그들은 그런 저를 놀렸어요. 예를 들어, 제가 들어가면 방금 막 키스를 한 척하거나 그런 식으로요.

그런데 어느 좋은 날 아침에 뚱뚱하고 허연, 그녀의 심령술사 오빠가 제게 오더니만 단둘이서 얘기하고 싶다고 했어요. 이 사람은 의지가 없는 사람이에요. 교육도 받았고 세심한 편이지만 테이블에 다른 사람의 편지가 놓여 있으면 읽지 않고는 못 배기는 사람이었죠. 그런데 제게 말을 꺼내더니 루프코프가 아리아드나에게 쓴 편지를 우연히 읽게 됐다고 털어놨어요.

"편지를 보고 동생이 곧 해외로 떠나리란 걸 알았어요. 사랑하는 친구님, 전 정말 걱정스러워요. 제발 설명 좀 해주세요, 뭐가 뭔지 모르겠어요!"

그는 말을 하면서 힘겹게 숨을 쉬었는데 바로 제 얼굴 앞으로 숨을 내쉬어서 삶은 소고기 냄새가 풍겼어요.

"미안하지만, 이 편지 속의 비밀을 알려 드릴게요." 그가 계속했어요. "당신은 아리아드나의 친구이고, 동생도 당신을 존경하고 있어요! 어쩌면 당신은 뭔가 알고 있겠지요. 동생이 떠나고 싶어 하는데 누구랑 간다는 거죠? 루프코프 씨도 제 동생이랑 같이 가려고 해요. 미안하지만, 그건 루프코프 씨 입장에서도 망측한 일이잖아요. 그는 결혼한 사람이고 아이들도 있어요. 그런데도 사랑한다고 고백하면서 아리아드나한테 '너'라고 하더라구요. 미안하지만, 이건 망측하잖아요!"

저는 온몸이 싸늘해지고 손발이 저려 왔어요. 가슴속에 모난 돌을 박은 듯한 통증이 느껴졌어요. 코틀로비치는 기진맥진해서 안락의자에 주저앉았고 두 팔이 넝쿨처럼 힘없이 쳐졌어요.

"제가 뭘 할 수 있겠어요?" 제가 물었어요.

"동생한테 말해서 설득을… 생각해 보세요, 루프코프가 다 뭐란 말입니까? 그녀의 짝이라도 되나요? 오, 하느님, 이건 정말 끔찍해요, 끔찍합니다!" 그가 머리를 움켜쥐며 계속 말했어요. "정말 훌륭한 신랑감 후보들이 있는데, 마크투예프 공작이나 또… 또 다른 남자들이나. 공작이 그녀를 정말 좋아해요. 지난 수요일에, 돌아가신 그의 할아버지 일라리온이 긍정적으로, 한 톨 의심 없이 확인해 주셨어요, 아리아드나가 그의 아내가 될 거라고요. 긍정적으로요! 일라리온 할아버지는 돌아가셨지만 놀랍도록 현명한 분이세요. 우린 그분의 영혼을 매일 불러낸답니다."

대화를 나누고 저는 밤새 한숨도 못 잤어요. 총으로 자살하고 싶었지요. 아침에 편지 다섯 통을 썼지만 갈기갈기 찢어 버리고는 곡간에 가서 통곡했어요. 그리고 아버지한테 돈을 받아서 인사도 안 하고 캅카스*로 떠나 버렸어요.

물론, 여자는 여자고 남자는 남자일 뿐이지만, 지금 우리 시대에도 대홍수 이전처럼 모든 게 이리 간단하단 말인가요? 복잡한 정신 체계를 가진 교양인인 제가 여자에 대한 강한 동경을 단지 여자의 몸의 형태가 제 것과 다르다는 것으로 설명해야 된단 말인가요? 오, 그래야 한다면 정말 끔찍해요! 저는 자연과 투쟁해 왔던 인류가 육체적인 사랑과도 투쟁해 왔다고 생각해요, 원수처럼 말이에요. 설령 그것을 이기지는 못했다 하더라도 형제애와 사랑이라는 착각의 그물로 얽어매는 것엔 성공했다고 봐요. 최소한 저에게는 여자에 대한 동경이 단순히 개나 개구리에게 있는 것 같은 동물적인 신체 작용이 아니라 진실한 사랑이에요. 한 번의 포옹도 깨끗한 마음의 발로이며 여자에 대한 존중이 담겼기에 정신적으로 승화된 것이라구요.

* 흑해와 카스피해 사이에 있는 산악지대. 현 러시아 남서부와 조지아, 아제르바이잔, 아메르니아에 걸쳐 있다.

실제로, 동물적인 본능에 대한 혐오는 수세기 수백 세대에 걸쳐 교육돼 왔고, 그 혐오는 제게 피로 유전되어 제 존재의 한 부분을 이루고 있어요. 그러니 만일 제가 지금 사랑을 시적으로 미화한다 해도, 그건 제 귓바퀴가 움직이지 않고 제가 털로 뒤덮여 있지 않은 것처럼 자연스럽고 이 시대에 필수적인 게 아닐까요. 저는 대다수의 교양인들이 그렇게 생각한다고 봐요. 왜냐하면 지금은 사랑에 있어서 정신적이고 시적인 요소의 부재를 격세유전으로 보고 멸시하거든요. 격세유전은 퇴화와 수많은 광기의 증세라고들 하더군요. 사실 우리는 사랑을 시적으로 미화하면서 사랑하는 사람들에게서 대부분은 그들이 가지고 있지 않은 높은 품격을 기대하는데, 바로 이게 지속적인 실수와 지속적인 고통의 근원이 되는 것이죠. 하지만 제가 볼 땐 그렇게 되는 게 나아요, 그러니까 여자는 여자고 남자는 남자라면서 스스로를 안심시키는 것보단 차라리 고통스러워하는 게 낫다구요.

티플리스*에 있을 때 아버지로부터 편지를 받았어요. 아리아드나 그리고리예브나가 해외에서 겨울을 날 예정으로 며칠자에 떠났다고 쓰셨더군요. 저는 한 달 후에 집으로 돌아왔어

* 조지아의 수도 트빌리시의 옛이름.

요. 벌써 가을이었지요. 아리아드나가 매주 제 아버지에게 향기 나는 종이에 편지를 써서 보내왔는데, 아주 흥미로운 이야기들이 훌륭한 문체로 쓰여 있었어요. 저는 여자들은 다 작가가 될 수 있다고 봐요. 아리아드나는 아주 자세히 묘사했어요. 고모랑 화해하고 여행 경비로 천 루블을 받아내는 게 얼마나 힘들었는지, 모스크바에 있는 먼 친척 할머니를 오랜 시간에 걸쳐 찾아내서 자기와 같이 가자고 설득하는 게 얼마나 힘들었는지. 그런 세세한 묘사들의 과잉이 이야기의 허구성을 드러냈고, 저는 당연히 그녀와 동행 중인 여자가 없다는 걸 알았어요. 얼마 후에 저도 그녀에게서 편지를 받았어요. 역시 향기가 나고 훌륭한 문체로 쓰인 편지였죠. 그녀는 제가 보고 싶고, 저의 아름답고 현명하고 사랑에 빠진 눈동자가 그립다고 했어요. 또 제가 젊음을 망치고 시골에서 허송세월한다고 친근하게 나무랐어요. 저도 그녀처럼 야자수가 있는 천국에 살고 오렌지나무의 향을 맡을 수 있었을 거라고요. 그리고 마지막에 '당신에게 버려진 아리아드나'라고 서명했어요. 그 후로 이틀쯤 후에 비슷한 내용의 편지가 또 왔는데 '당신에게서 잊혀진'이라고 서명했더라구요. 저는 머리가 아찔해졌어요. 그녀를 열렬하게 사랑하고 밤마다 그녀의 꿈을 꾸고 있는데 '버려진', '잊혀진'이라니, 이게 무슨 의도고 무얼 위한 걸까요? 게다가 시골의 무료함, 기나긴 밤들, 루프코프에 대한 생각들이 이어지는데… 아무것도 모른다는 사실 때문에 괴로웠고 하루하루가 독약을 마시는 것 같아 견딜 수 없었어요. 저는 참지 못하고 떠났어요.

아리아드나는 저를 오파티야*로 불렀어요. 저는 비 개인 맑고 따뜻한 날에, 아직 나뭇가지에 물방울이 맺혀 있을 때 그곳에 도착해서 아리아드나와 루프코프가 살고 있는, 군인 막사를 닮은 거대한 데파당스**에 투숙했어요. 그들은 집에 없었지요. 저는 근처 공원으로 향했고 가로수길을 거닐다가 앉았어요. 한 오스트리아 장군이 뒷짐을 지고 지나갔어요, 러시아 장교들이 입는 빨간색 줄무늬 제복 바지랑 똑같은 걸 입었더라구요. 아기를 태운 유모차도 지나갔는데 바퀴가 축축한 모래 위를 구르면서 끽끽 소리를 냈어요. 황달기 있는 허약한 노인이 지나가고, 영국인 무리, 폴란드 사제, 또다시 오스트리아 장교가 지나갔어요. 피우메***에서 갓 도착한 군악대가 번쩍이는 트럼펫을 들고 초소 쪽으로 천천히 이동하면서 음악을 연주했어요. 오파티야에 가보신 적이 있나요? 쪼끄맣고 더러운 슬라브 도시인데 길에선 악취가 나고 비가 오고 나면 덧신을 신지 않

* 크로아티아의 휴양도시.
** dépendance. (프랑스어) 부속 건물.
*** 크로아티아 도시 리예카의 옛이름.

고는 다닐 수가 없는 곳이에요. 저는 이 지상 천국에 대한 글을 수없이 읽어 왔어요, 매번 아주 감격스럽게요. 그런데 나중에 바지를 걷어붙이고 조심스럽게 비좁은 길을 건너고 보니, 심심해서 한 늙은 아낙에게 딱딱한 배를 샀는데 그녀가 제가 러시아 사람인 걸 알고는 '치찌리',* '다바짜치'** 하는 걸 보니, 이제 어디로 가나 여기서 뭘 해야 되나 당혹스럽게 질문하는 스스로를 보니, 또 저처럼 속은 러시아인들을 마주치다 보니 분하고 부끄러워졌어요. 그곳엔 증기선과 색색의 돛단배들이 다니는 조용한 만이 있는데 거기서 피우메도 보이고, 저 멀리 연보랏빛 안개로 덮인 섬들도 보여요. 만이 펼쳐진 풍경이 그림 같았을 거예요, 촌스럽고 조잡한 양식의 호텔이나 호텔 데파당스로 가리지만 않았다면요. 탐욕스러운 장사치들이 푸른 해변 전체에 그런 것들을 지어 놔서 유리창, 테라스, 하얀 테이블들이 놓여 있고 까만 연미복을 입은 하인들이 돌아다니는 뜰을 제외하면 그 천국에서 볼 게 거의 없어요. 그곳엔 요즘 해외 휴양지라면 어디에나 있는 공원도 있어요. 움직임 없이 조용한 야자수의 짙은 녹음, 가로수길의 진노랑빛 모래, 진초록빛 벤치, 쩌렁쩌렁한 군악대 트럼펫의 번쩍임, 장교 제복 바지의 빨간 줄무

* 러시아어 숫자 4를 뜻하는 '치띄리'의 잘못된 발음.

** 러시아어 숫자 20을 뜻하는 '드바짜치'의 잘못된 발음.

늬—이 모든 게 10분 만에 질려 버려요. 그런데 어쩐 일로 이곳에서 10일을, 10주를 보내야 돼요! 저는 마지못해 휴양지를 서성이면서 배부르고 부유한 사람들이 얼마나 불편하고 지루하게 사는지, 그들의 상상력이 얼마나 시들시들하고 약한지, 그들의 취향과 욕망이 얼마나 소심한지 점점 더 확신하게 됐어요. 호텔에 묵을 돈이 없어서 되는대로 아무 곳에서나 지내야 하는 나이 많은 또는 젊은 관광객들이 몇 배는 더 행복할 거예요. 산에 올라가 초록 풀밭에 누워 바다의 모습을 감상하고, 직접 걸어 다니며 숲과 시골 마을을 가까이서 보고, 그 나라의 풍습을 관찰하고, 노래도 듣고, 현지 여인들과 사랑에 빠지고…….

공원에 앉아 있는 동안 어두워지기 시작하더니 땅거미가 질 때 저의 아리아드나가 공주처럼 우아하고 화려한 모습으로 나타났어요. 그녀 뒤엔 루프코프가 있었는데 비엔나에서 산 것으로 보이는 헐렁한 새 옷을 입고 있었어요.

"왜 그어케 화가 났어요?" 그가 말했어요. "내가 당신한테 잠못한 거 있어요?"*

그녀는 저를 보자 기뻐서 소리를 질렀어요. 공원이 아니었다면 아마 달려와 안겼을 거예요. 그녀가 제 손을 꼭 쥐며 웃었

* 루프코프의 어눌한 발음을 드러내고 있다.

고, 저도 따라 웃었는데 마음이 울렁여서 하마터면 울 뻔했어요. 질문 공세가 시작됐어요. 고향 마을은 어떤지, 아버지는 잘 계신지, 제가 그녀의 오빠를 만나 봤는지 등등. 그녀가 자신의 눈을 바라보라고 하더니 송사리 낚시를 기억하는지, 사소한 말다툼들과 피크닉을 기억하는지 물었어요…….

"사실 그때가 참 좋았어요." 그녀는 한숨을 내쉬었어요. "하지만 우린 여기서도 심심치 않게 지내요. 지인들도 많고요, 내 사랑스럽고 좋은 사람! 제가 내일 한 러시아 가정에 당신을 소개할게요. 그런데 제발, 다른 모자를 사세요." 그녀가 저를 살펴보더니 찡그렸어요. "오파티야는 시골이 아니에요. 품위를 갖춰야 해요."

이후 우리는 레스토랑에 갔어요. 아리아드나는 계속 웃고 장난치면서 저를 사랑스럽고 현명하고 좋은 사람이라고 불렀고, 제가 그녀와 함께 있다는 걸 믿을 수 없어 했어요. 그렇게 11시쯤까지 앉았다가 아주 흡족한 마음으로 헤어졌어요. 저녁 식사도 좋았고 만남도 좋았지요. 다음 날 아리아드나가 저를 러시아 가정에 소개하면서 '우리 이웃 영지에 사는 유명한 교수의 아들'이라고 하더군요. 그녀가 그 집 식구들과 나누는 대화는 전부 영지나 수확에 대한 것들이었어요. 그러면서 계속 저를 언급했지요. 그녀는 자신이 아주 부유한 지주인 것처럼 보이고 싶어 했는데, 정말이지, 성공적이었어요. 진짜 귀족처럼 훌륭한 품위를 보였고, 사실 태생적으로도 귀족이 맞지요.

"고모는 정말 너무해요!" 그녀가 미소를 지으며 저를 보더니 갑자기 말했어요. "좀 다퉜을 뿐인데 메라노로 떠나 버렸다니까요. 정말 너무해요!"

나중에 공원을 산책하다가 제가 물었지요.

"조금 전에 어떤 고모를 말한 거예요? 다른 고모가 또 있어요?"

"그건 살기 위한 거짓말이에요." 아리아드나가 웃음을 터뜨렸어요. "저와 동행하는 여자가 없다는 걸 알면 안 되거든요." 잠깐의 침묵 후 그녀가 제게 기대며 말했어요. "내 비둘기, 사랑스러운 사람! 루프코프와 친해지세요! 그는 정말 불행해요! 그 사람 어머니와 아내는 끔찍함 그 자체예요."

그녀는 루프코프에게 '당신'이라는 존칭을 썼고, 자러 가면서 제게 건넨 인사말과 똑같이 '내일 뵈어요'라며 헤어졌어요. 그들은 각자 다른 층에 살고 있었는데 그게 제게 희망을 줬어요. 제 걱정이 전부 터무니없고 그들은 연인 사이가 아니라는 희망 말이에요. 그래서 가벼운 마음으로 그들을 볼 수 있었죠. 하루는 그가 제게 300루블을 빌려 달라고 했는데 아주 흔쾌히 줬어요.

우리는 매일 산책을 했어요. 오로지 산책만 했지요. 공원을 거닐고, 먹고, 마시고. 매일 러시아 가족들과 이야기를 나눴고요. 저는 차츰 익숙해졌어요. 공원에 들어가기만 하면 황달기 있는 노인과 폴란드 사제를 마주치고, 오스트리아 장교도 마주쳤는데 그는 작은 카드 한 벌을 들고 다니다가 자리만 있으면 앉아서 신경질적으로 어깨를 들썩이며 카드놀이를 했어요. 음악도 늘 똑같은 것만 연주됐어요. 저는 시골에 있을 때 평일에 친구들과 피크닉을 가거나 낚시를 하러 갈 때면 농부들을 보며 부끄러움을 느꼈는데, 여기서도 하인들이나 마부들, 마주치는 일꾼들 때문에 부끄러웠어요. 그들이 마치 저를 보며 '넌 왜 아무것도 안 해?'라고 생각하는 것 같았거든요. 이런 부끄러움을 아침부터 저녁까지 매일마다 느꼈어요. 어색하고 불쾌하고 단조로운 시간, 이것에 변화를 주는 것은 루프코프가 제게 어쩔 땐 100루블, 어쩔 땐 50길더를 빌려서 돈을 받으면 모르핀 중독자가 모르핀을 맞은 것처럼 갑자기 생기가 돌고, 아내나 자기 자신이나 채권자들을 비웃으며 시끄럽게 떠들 때뿐이었죠.

그러다가 비가 내리기 시작하면서 날이 추워졌어요. 우리는 이탈리아로 갔고, 저는 아버지에게 전보를 쳐서 제발 800루블 정도만 로마로 송금해 달라고 부탁했어요. 우리는 베네치아, 볼

로냐, 피렌체를 방문했고 어디서든 꼭 비싼 호텔에 묵게 됐어요. 그런 호텔들은 조명에도, 종업원의 시중에도, 난방에도, 아침식사에 나오는 빵에도, 홀이 아닌 룸에서 점심을 먹을 권리에도 값을 매겨서 돈을 뜯는 곳이었죠. 우리는 엄청나게 먹어댔어요. 아침엔 카페 콤플레*가 나왔어요. 1시엔 점심으로 고기, 생선, 오믈렛 종류, 치즈, 과일, 포도주가 나오구요. 6시엔 여덟 가지 요리로 구성된 정찬을 먹었는데, 중간에 긴 휴식시간이 있어서 그때는 맥주와 포도주를 마셨죠. 8시와 9시 사이엔 차를 마셨어요. 자정을 앞두고 아리아드나는 뭔가 먹고 싶다며 햄과 반숙 계란을 주문했어요. 우리도 말동무하며 같이 먹었지요. 식사와 식사 사이에는 박물관과 전시회를 정신없이 돌았어요, 저녁식사나 점심식사에 늦지 않아야 할 텐데 계속 걱정하면서요. 저는 그림을 보는 게 지루했고 집에 가서 눕고만 싶었어요. 피곤해서 눈으로는 의자를 찾으면서도 다른 사람들을 따라 가식적으로 외쳤죠. '정말 훌륭해요! 대단한 기운이 느껴져요!' 우리는 배부른 보아뱀처럼 반짝이는 것들에만 관심을 보였어요. 쇼윈도가 최면을 걸면 가짜 브로치에 감탄하고 아무짝에도 쓸모없는 시시한 물건들을 왕창 사들였어요.

* café complet. (프랑스어) 커피에 우유, 빵, 버터가 나오는 아침식사.

로마에서도 똑같았어요. 거기도 비가 내리고 찬바람이 불었죠. 기름진 식사를 하고 베드로성당을 보러 갔는데 배가 불러서인지 아니면 날씨가 안 좋아서인지 아무런 감흥이 없었어요. 우리는 예술에 대한 냉담함을 서로 꾸짖다가 거의 싸울 뻔했어요.

아버지에게서 돈이 왔어요. 돈을 받으러 갔을 때가 제 기억으론 아침이었을 거예요. 루프코프도 같이 갔어요.

"현재는 완벽하거나 행복할 수 없어요, 과거가 있으면요." 그가 말했어요. "과거에게서 남은 것은 어깨에 가득한 짐이에요. 아무튼 돈만 있으면 불행하지 않을 텐데, 헐벗은 것 같기도 하고 부유한 것 같기도 한 게… 믿을지 모르겠지만, 난 이제 8프랑밖에 안 남았어요." 그가 목소리를 낮추고 계속 말했어요. "그런데 아내에게 100프랑을 보내야 하고, 어머니한테도 그만큼 보내야 해요. 여기서도 먹고살아야 하고. 아리아드나는 애 같아서 이런 처지를 헤아리지도 못하고 공작 부인처럼 돈을 뿌리고 다녀요. 어제 그 시계는 왜 샀을까요? 그리고 우리가 왜 계속 모범생인 척 연기를 해야 되죠? 종업원들이나 지인들에게 그녀와 나의 관계를 숨기는 데에만 하루에 10~15프랑이 들어요. 내가 방을 따로 잡으니까요. 도대체 왜요?"

날카로운 돌이 제 가슴에 박혔어요. 불확실한 건 이제 없었고 모든 게 명확해졌어요. 저는 온몸이 싸늘해졌고 그 순간 바로 결정을 내렸지요. 두 사람을 보지 않기로, 그들에게서 도망치기로, 즉시 집에 가기로요…….

"여자를 만나는 건 쉬워요." 루프코프는 계속 말했어요. "옷을 벗기는 거야 좋지만 그다음부턴 다 힘들기만 하고 의미 없어요!"

제가 아버지로부터 받은 돈을 세고 있는데 그가 말했어요.

"만일 당신이 천 프랑을 빌려주지 않으면 난 죽을 수밖에 없어요. 당신이 가진 돈이 내게는 유일한 자원이에요."

제가 돈을 건네자 그는 바로 생기가 돌아서 자신의 작은아버지를 못난 양반이라고 비웃기 시작했어요, 자기 주소를 아내에게 들켜 버렸다고요. 저는 호텔에 와서 짐을 싸고 숙박비를 계산했어요. 아리아드나와 헤어질 일만 남았죠.

"앙트헤!"*

아침을 맞은 그녀의 객실은 어질러져 있었어요. 식탁엔 찻그릇, 먹다 남은 빵, 계란 껍데기가 있고 방에선 숨 막힐 정도로 강한 향수 냄새가 났어요. 침대도 정돈이 안 돼 있었는데 두 명이 잔 게 분명했어요. 아리아드나는 방금 전에 일어나서 플란

* Entrez. (프랑스어) 들어오세요.

넬 블라우스를 입고 있었고 머리는 흐트러져 있었어요.

저는 인사를 하고 그녀가 머리칼을 정돈하는 동안 잠시 말 없이 앉아 있다가, 온몸을 떨며 그녀에게 물었어요.

"왜… 왜 나를 여기 외국에까지 오게 한 건가요?"

그녀는 제가 무슨 생각을 하는지 알아차린 것 같았어요. 제 손을 잡더니 이렇게 말하더군요.

"저는 당신이 여기에 계셨으면 해요. 당신은 정말 깨끗한 사람이에요!"

저는 흥분해서 몸을 떠는 게 창피해졌어요. 갑자기 울음이라도 터지면 또 어쩌구요! 전 더 이상 한 마디도 안 하고 나왔고, 한 시간 후엔 벌써 기차 안에 있었어요. 기차를 타고 가는 동안 왠지 모르게 임신한 아리아드나를 떠올렸는데 그런 그녀가 역겨웠고, 기차 안이나 역에서 본 여자들도 왠지 다 임산부 같아 보이고 그들 역시 역겹기도, 가엽기도 했지요. 저는 마치, 자신이 가진 금화가 전부 가짜란 걸 발견한 탐욕스럽고 격정적인 구두쇠의 처지에 놓여 있었어요. 사랑으로 달궈진 제 상상이 그리 오래도록 간직했던 깨끗하고 우아한 모습들, 내 계획들, 희망들, 추억들, 사랑과 여자에 관한 내 의견들—이 모든 게 이젠 혀를 내밀고 절 비웃었어요. 저는 끔찍한 심정으로 스스로에게 물었어요. '아리아드나가, 그렇게 젊고 빼어나게 아름답고 교양 있는 아가씨가, 상원의원의 딸이, 그런 흔해 빠지고 재미없는 저속한 놈과 관계를 맺고 있다고? 하지만 그녀가 루프코프를 사랑하지 않을 이유는 또 뭐야?' 제 자신에게 대답했어요. '그가 나보다 못할 게 뭐야? 오, 누가 됐든 사랑하라고 해. 그런데 왜 거짓말을 할까? 하지만 그녀가 내게 솔직해야 될 이유도 없잖아?' 이렇게 쭉, 이런 식으로 계속 멍해질 때까지요. 기차 안은 추웠어요. 저는 1등칸에 탔는데, 그럼에도 소파 좌석에 세 명이 앉고, 이중창도 아니고, 바깥 출입문이 쿠페 바로 앞으로 열렸어요. 저는 족쇄를 찬 것처럼 옥죄고 버려지고 스스로가 불쌍한 기분이 들었고 발은 엄청 시렸어요. 그런데 동시에, 풀어 내린 머리칼에 블라우스를 입은 그녀가 오늘 얼마나 유혹적이었는지 떠올랐어요. 저는 순간 강한 질투심에 사로잡혔고, 가슴이 너무 아픈 나머지 자리에서 벌떡 일어났는데 옆에 있던 사람들이 놀라서, 아니 겁에 질려서 절 쳐다봤죠.

집에 오니 눈더미와 영하 20도의 추위가 절 맞았어요. 저는 겨울을 좋아하는데, 혹한이 오더라도 집에 있으면 참 따뜻했거든요. 폴루슈보크*를 입고 발렌키**를 신고, 화창한 영하의 날씨에 정원이나 마당에서 뭔가를 하거나, 아니면 더울 정도로

* 길이가 짧은, 무릎을 덮지 않는 털외투.

** 겨울용 펠트 부츠.

데워진 방에서 책을 읽거나, 아버지 서재의 벽난로 앞에 앉아 있거나, 마을 목욕탕에서 목욕을 하거나… 그런데 한 가지, 집에 어머니와 누이들, 아이들이 없으면 겨울 저녁은 좀 음울해요. 특별히 더 길고 조용한 것 같구요. 집이 따뜻하고 아늑할수록 그런 부재가 더 크게 느껴지죠. 제가 외국에서 돌아온 그 겨울은 저녁이 길고 길었어요. 저는 굉장히 우울했고 우울감에 책도 못 읽을 정도였어요. 낮엔 정원에 쌓인 눈을 쓸거나 닭이나 송아지 먹이를 주느라 그나마 이래저래 움직였지만, 저녁엔 쥐 죽은 듯 있었어요.

예전에는 손님들이 오는 걸 좋아하지 않았는데 이젠 좋아하게 됐어요, 왜냐하면 아리아드나에 대한 얘기가 반드시 오갔으니까요. 심령술사 코틀로비치가 여동생에 대해 말하려고 자주 왔고, 가끔은 친구인 마크투예프 공작도 데리고 왔어요. 그 사람은 저 못지않게 아리아드나와 사랑에 빠져 있었어요. 아리아드나의 방에 앉아 있거나, 그녀의 피아노 건반을 두드려 보거나, 그녀의 악보를 보거나 하는 게 공작에겐 이미 필수적인 일이었어요, 그렇지 않고는 살 수가 없었죠. 게다가 일라리온 할아버지의 혼이 계속 예언하기를, 머잖아 그녀가 그의 아내가 될 거라고 했으니까요. 공작은 우리 집에 오면 보통 아침부터 자정까지 오래 머물렀는데 하루 종일 말이 없었어요. 말없이 맥주 두세 잔을 마시고, 이따금씩 자신도 대화에 참여하고 있다는 걸 보여 주기 위해 짤막하고 슬픈, 좀 멍청한 듯한 웃음소리를 냈어요. 집에 돌아가기 전에는 매번 저를 한쪽으로 데려가서 낮은 소리로 말했지요.

"언제 마지막으로 아리아드나 그리고리예브나를 보셨습니까? 그녀는 건강할까요? 제 생각이지만, 거기가 지루하진 않을까요?"

봄이 됐어요. 철새 사냥을 다니고, 그다음엔 봄 농작물들과 토끼풀 씨를 뿌려야 했지요. 슬펐지만 봄기운이 돌았어요. 상실을 받아들이고 싶어졌죠. 들판에서 일을 하다가 종달새 소리를 들으며 스스로에게 물었어요. '개인적인 행복에 대한 이런 질문은 아예 끝내 버리는 게 어떨까? 복잡한 생각 말고 그냥 평범한 농촌 아가씨랑 결혼하는 건 어떨까?' 그런데 갑자기 한창 일하던 중에 이탈리아 우표가 붙은 편지를 받았어요. 토끼풀도, 양봉장도, 송아지들도, 농촌 아가씨도 연기처럼 흩어져 버렸지요. 이번에 아리아드나는 자신이 마음 깊이, 한없이 불행하다고 썼어요. 그녀는 제가 그녀에게 도움의 손을 내밀지 않았고, 도덕적 우위를 갖고 그녀를 내려다보고 위험한 순간에 그녀를 버렸다고 탓했어요. 편지는 굵직하고 신경질적인 필체로 쓰여 있었고, 여기저기 고친 흔적과 잉크 얼룩이 있었어요.

급하게 써내려 갔고 괴로워하고 있다는 게 보였지요. 마지막 부분엔, 와서 자기를 구해 달라고 애원했어요.

저는 또다시 닻에서 끊어져서 떠내려갔지요. 아리아드나는 로마에 살고 있었어요. 저녁 늦게 그녀가 있는 곳에 도착했는데 그녀는 저를 보자 울음을 터뜨리면서 달려와 안겼어요. 겨우내 그녀는 전혀 변하지 않고 여전히 젊고 매혹적이었어요. 우리는 같이 저녁을 먹은 후 새벽까지 로마를 돌아다녔고, 그녀는 자신이 어떻게 살았는지 쉴 새 없이 얘기했어요. 제가 루프코프는 어딨냐고 물었어요.

"그런 짐승 같은 놈은 말도 꺼내지 마세요!" 그녀가 소리를 질렀어요. "정말 불쾌하고 역겨운 사람이에요!"

"하지만 당신은 그를 사랑했던 것 같은데." 제가 말했어요.

"절대요! 처음 얼마간은 나름 독창적인 사람인 것 같았고 동정심이 일었었죠, 그게 전부예요. 그는 참 뻔뻔하게도 여자를 단숨에 사로잡아요, 그런 점이 끌리긴 하죠. 아무튼 그 사람 얘기는 하지 말자구요. 제 인생의 쓰라린 페이지니까요. 러시아로 돈을 구하러 갔는데 그래도 싸요! 돌아올 생각조차 하지 말라고 했어요."

그녀는 호텔이 아니라 방 두 개짜리 사택에서 살고 있었는데 그녀의 취향대로 차갑고 화려하게 꾸며 놓았더라구요. 루프코프가 떠난 후 지인들에게 5천 프랑 정도를 빌렸고, 제가 온 게 그녀에겐 말 그대로 구원이었어요. 전 그녀를 고향 마을로 데려갈 생각이었지만 잘 안 됐어요. 그녀는 고향을 그리워하면서도 자신이 겪은 가난과 결핍, 오빠 집의 녹슨 지붕을 떠올리면 싫어서 몸서리쳤어요. 제가 집에 가자고 하면 부르르 떨면서 제 손을 잡고 말했어요.

"아뇨, 안 돼요! 거기 있으면 우울해서 죽을 거예요!"

이후 제 사랑은 마지막 국면에 접어들었어요, 마지막 분기지요.

"예전처럼 다정한 사람이 돼 주세요, 저를 조금만 사랑해 주세요." 아리아드나가 제게 몸을 기울이며 말했어요. "당신은 침울하고 이성적이에요. 충동에 내맡기는 걸 두려워하고 항상 결과를 생각해요, 근데 그건 지루해요. 부탁이에요, 제발 애정으로 대해 주세요…! 나의 깨끗하고, 나의 성스럽고, 나의 사랑스러운 사람, 당신을 정말 사랑해요!"

저는 그녀의 애인이 됐어요. 최소 한 달 동안은 미친 사람처럼 황홀감만 느꼈어요. 젊고 아름다운 몸을 품에 안고 행복감을 느끼고, 잠에서 깰 때마다 그녀의 온기를 느끼며 그녀가 곁에 있다는 것, 그녀가 나의 아리아드나라고 생각하는 것—오, 이런 것에 익숙해지기란 정말 쉽지 않아요! 하지만 어쨌든 익숙해졌고 점차 제 자신의 새로운 처지에 대해 의식적으로 접근하기 시작했어요. 일단 제가 깨달은 건 아리아드나가 예전과 마찬가지로 저를 사랑하지 않는다는 거였어요. 하지만 그녀는 정말로 진지하게 사랑하고 싶어 했죠, 외로움을 무서워했거든요. 근데 중요한 건, 저는 젊고 건장하고 강하고, 그녀는 냉정한 사람들이 다 그렇듯 관능적이라는 거예요. 그래서 우린 둘 다 서로간의 열렬한 사랑 때문에 함께하는 척했어요. 이후 저는 또 다른 무언가를 깨달았구요.

저희는 로마, 나폴리, 피렌체에서 지냈어요. 파리에도 갔었는데 거긴 추운 것 같아서 이탈리아로 돌아왔지요. 어딜 가든 남편과 아내로, 부유한 영주로 스스로를 소개했고, 사람들은 우리와 친분 맺는 걸 좋아했어요. 아리아드나도 인기가 많았죠. 그녀가 미술 수업을 받고 있어서 사람들은 그녀를 화가라고 불렀어요. 근데, 떠올려 보세요, 그건 그녀에게 굉장히 잘 어울렸어요, 재능이라곤 조금도 없었지만요. 그녀는 매일 오후 2, 3시까지 잤고, 침대에서 커피를 마시고 점심을 먹었어요. 저녁에는 수프, 바닷가재, 생선, 고기, 아스파라거스, 사냥한 고기를 먹고, 그다음에 잠자리에 들 때 제가 침대로 뭔가 갖다주면, 예를 들어 로스트비프 같은 거요, 슬프고 근심스러운 표정을 지으며 그것도 다 먹고, 밤중에 깨면 사과와 오렌지를 먹었어요.

이 여자의 주된, 말하자면 기본적인 성격은 놀라울 정도의 교활함이었어요. 그녀는 끊임없이, 매 순간 능청스럽게 굴었어요. 그럴 필요가 전혀 없어 보이는데 그냥 본능적으로, 참새가 짹짹거리고 바퀴벌레가 더듬이를 움직이는 식의 그런 동기로 말이에요. 그녀는 제 앞에서도 능청을 떨고, 하인들, 현관지기, 상점 판매원들, 지인들 앞에서도 그랬어요. 아양과 교태 없이는 그 어떤 대화도, 그 어떤 만남도 이루어질 수 없었어요. 어떤 남자가 저희 객실에 들어온다고 치면, 그 사람이 웨이터든 남작이든 상관없어요, 그녀는 바로 눈빛과 표정, 목소리를 바꿨어요, 심지어 몸의 실루엣도 변한다니까요. 당신이 그때의 그녀를 한 번이라도 보셨다면 이탈리아를 통틀어 저희보다 더 사교적이고 부유한 사람들은 없을 거라고 하셨을 거예요. 그녀는 화가면 화가, 음악가면 음악가, 한 명도 빠짐없이 챙기면서 그 사람의 대단한 재능에 대해 터무니없는 거짓말을 했어요.

"정말 대단한 재능이세요!" 그녀는 노래하듯 달콤한 목소리로 말했어요. "무서울 정도예요. 사람들을 꿰뚫어 보고 계시단 생각이 들어요."

그런데 이 모든 게 다 사람들 맘에 들고 싶고, 인기를 얻고 싶고, 매력적이고 싶어서예요! 그녀는 매일 아침 단 한 가지 생각으로 잠에서 깨요. '사랑받을 것!' 이게 그녀 인생의 목표이자

의미였어요. 만일 제가 그녀에게 어느 거리의 어느 집에 그녀를 좋아하지 않는 사람이 있다고 한다면 그녀는 심각하게 괴로워했을 거예요. 그녀는 매일 누군가를 매혹하고, 포로가 되게 하고, 미치도록 해야만 했어요. 제가 그녀의 권력에 사로잡혀 있고 그녀의 마력 앞에서 완전히 하찮은 존재가 되었다는 것이 마치 승자전에서 이긴 자들이 맛보던 것과 같은 그런 쾌감을 그녀에게 안겨 줬어요. 저의 굴욕만으로는 성에 안 찼는지, 그녀는 밤마다 암호랑이처럼 드러누워서 아무것도 덮지 않고—그녀는 항상 더웠어요— 루프코프가 보내온 편지들을 읽었어요. 루프코프는 그녀에게 러시아로 돌아오라고 애원했지요. 그렇지 않으면 그녀에게 올 돈을 마련하기 위해 강도짓을 하거나 사람을 죽이겠다고 맹세했어요. 그녀는 그를 싫어했지만, 그의 정열적이고 복종적인 편지들이 마음을 심란하게 했어요. 자신의 마력을 그녀는 특별한 것으로 여겼는데, 만일 사람들로 북적이는 어느 모임에서 자신의 몸매가 얼마나 좋은지, 피부색이 얼마나 고운지 보여 준다면 이탈리아 전체를, 전 세계를 사로잡을 거라 생각했죠. 몸매나 피부색에 대한 그런 대화들에 저는 모욕감을 느꼈는데, 그걸 아는 그녀는 자기가 성이 나면 제 기분을 상하게 하려고 온갖 야비한 말로 저를 괴롭히다가, 한번은 어느 부인의 별장에서 화를 내면서 이렇게 말하는 지경에 이르렀어요.

"당신 설교는 너무 지겨워요. 그만두지 않으면 지금 당장 옷을 벗고 나체로 이 꽃들 위에 누워 버리겠어요!"

그녀가 잠을 자거나 무엇을 먹거나, 아니면 순진한 눈빛을 지으려고 애쓰는 걸 보며 저는 생각했어요. 저런 특별한 아름다움과 우아함, 영리함이 무엇을 위해 그녀에게 주어진 걸까? 과연 침대에서 뒹굴고, 먹고, 거짓말하라고, 끝도 없이 거짓말하라고 주어진 걸까? 그녀가 영리하기나 한 걸까? 그녀는 촛불이 세 개 켜져 있는 것*과 숫자 13을 무서워하고, 징크스와 악몽에 벌벌 떨고, 자유연애, 또 자유 자체에 대해 늙은 수녀처럼 해석하고, 볼레슬라프 마르케비치**가 투르게네프***보다 더 낫다고 힘주어 말했어요. 하지만 악마처럼 교활하고 재치가 있어서 사교계에서는 매우 교양 있고 앞서가는 사람으로 보이도록 처신할 줄 알았죠.

* 촛불이 세 개 켜져 있으면 '죽음'을 예시한다고 믿었던 미신이 있다.

** 볼레슬라프 마르케비치(1822-1884). 러시아 작가, 문학비평가. 1840년대에 들어서며 러시아도 서유럽과 같은 방향으로 발전해야 하고 농노제 폐지와 개혁의 필요성에 대한 사회적 인식이 크게 확산되기 시작했다. 하지만 마르케비치는 이에 반하는 보수 성향의 작품들을 썼으며 자유주의 작가들을 향해 "펜을 든 사기꾼, 사상의 간통자, 출판가의 강도"라며 비판했다.

*** 이반 투르게네프(1818-1883). 러시아 작가, 시인, 극작가. 19세기 후반 러시아 문학 발전에 가장 큰 영향을 끼친 인물 중 하나로 러시아 교과 과정에서 필수로 다뤄지는 작가이다. 1847년~1851년에 걸쳐 농노들의 삶을 그리는 단편들을 발표했고, 이 작품들을 모아 1852년에 단편집 『사냥꾼의 수기』를 내며 사회적으로 큰 반향과 감동을 일으켰다. 대표작으로 『무무』, 『아샤』, 『귀족의 보금자리』, 『아버지들과 아이들』 등이 있다.

그녀는 기분이 아주 좋을 때도 아무렇지 않게 하인을 모욕하고 곤충을 죽였어요. 황소싸움을 좋아하고 살인사건에 대해 읽는 걸 좋아했는데 피고인에게 무죄가 선고되면 화를 냈죠.

저와 아리아드나가 유지했던 그런 생활에는 돈이 많이 들었어요. 불쌍한 아버지는 자신의 연금과 얼마 되지도 않는 수입을 저한테 다 보내고 저 때문에 돈을 빌릴 수 있는 대로 다 빌리셨어요. 어느 날 아버지가 "가진 게 없다"*라는 응답을 보내오셨고, 저는 땅을 담보로 삼으라고 애원하는 절망적인 전보를 보냈죠. 그리고 조금 지나서는 2차 담보로 어디서든 돈을 좀 빌려 보라고 부탁했어요. 아버지는 매번 불평도 없이 그렇게 하셨고, 마지막 한 푼까지 전부 다 제게 보내셨지요. 그런데 아리아드나는 현실을 무시했고 이런 일에는 전혀 관심이 없었어요. 그녀의 광적인 욕망을 채우는 데 필요한 천 프랑을 던지면서 제가 오래된 나무처럼 신음소리를 내자 그녀는 가벼운 마음으로 "잘 있어요, 아름다운 나폴리여"** 노래를 불렀죠. 그녀에 대한 제 마음은 조금씩 식어 갔고 우리의 관계가 부끄러워지기 시작했어요. 저는 임신과 출산을 좋아하지 않지만 이젠 아기를 바라기도 했어요. 아기가 이런 우리의 삶에 형식적인 변명이라

* 원문에는 라틴어 'non habeo(논 하베오)'로 쓰여 있다.

** 원문에는 이탈리아어로 'Addio, bella Napoli(아디오, 벨라 나폴리)'라고 적혀 있다.

도 될 수 있을 테니까요. 저는 스스로가 결정적으로 혐오스러워질까 봐 박물관과 미술관을 다니고 책을 읽기 시작했고, 소식을 하고 술을 끊었어요. 그런 식으로 하루 종일 자신을 몰아붙이니 마음이 조금 가벼워졌지요.

아리아드나도 제게 싫증을 느꼈어요. 그런데 말인데요, 그녀가 인기를 끌었던 사람들은 전부 중산층 사람들이었어요. 대사들이나 살롱은 여전히 없었고, 돈은 부족했고, 그래서 이런 게 그녀를 치욕스럽게 하고 통곡하게 만들었어요. 그리고 드디어, 그녀도 러시아로 가는 것을 반대하지 않는다고 제게 알렸어요. 그래서 지금 가는 거예요. 떠나기 몇 달 전부터 그녀는 오빠랑 열심히 편지를 주고받았는데 무슨 계획을 꾸미고 있는 게 분명해요, 그게 뭔지는 아무도 모르죠. 그녀의 교활함에 대해 생각하는 건 이제 진저리 나요. 근데 저희는 시골로 가는 게 아니라 얄타*로 가요, 그다음엔 얄타에서 캅카스로 가고요. 그녀는 이제 휴양지에서만 살 수 있어요. 근데 제가 그런 휴양지들을 어느 정도로 싫어하는지 상상도 못하실 거예요, 그런 데서 사는 게 얼마나 답답하고 부끄러운지. 전 이젠 시골로 가고 싶어요! 일을 하고, 얼굴에 땀을 흘리며 곡식을 일구고, 제 실

* 크림반도 남단, 흑해 연안에 있는 휴양도시.

수들을 속죄하고 싶어요. 제 안에 힘이 넘치니 허리띠를 바싹 졸라매면 5년 안에는 땅을 되찾을 수 있을 거예요. 하지만 보시는 대로 좀 복잡해요. 여긴 외국이 아니라 마투시카* 러시아니까 법적인 혼인에 대해 생각해야 되잖아요. 물론, 뜨거운 시간도 지났고 예전 같은 사랑은 기억에도 없지만, 어찌 됐든 제겐 그녀와 결혼해야 할 의무가 있어요.

ㅇㅇㅇ

이야기하느라 흥분한 샤모힌과 나는 아래로 내려와서 여자들에 대한 말을 이어갔다. 벌써 늦은 시간이었다. 알고 보니 그와 나는 같은 선실에 자리를 잡았었다.

"아직은 시골에서만 여자가 남자보다 뒤처지지 않아요." 샤모힌이 말했다. "시골에선 여자도 사고하고, 느끼고, 문화를 위해 자연과 열심히 싸우기도 하죠, 남자처럼요. 도시의 부르주아 지식 계급의 여자는 벌써 오래전에 뒤처져서 원시적인 상태로 돌아가고 있고, 반은 벌써 인간-짐승이에요. 그래서 이런 여자

* 어머니나 고령의 여자를 존경심과 애정을 담아 부를 때 쓰는 말. 또 무언가 중요하고 근원이 되는 사물이나 개념을 수식할 때 이 단어를 붙이는데, 보통 고국이나 고향땅을 가리킬 때 쓰인다.

덕분에 인류가 쟁취했던 아주 많은 것들이 상실되고 말았죠. 여자는 서서히 사라지고, 그 자리에 원시적인 암컷이 들어앉는 거예요. 지식 계급 여자의 이런 후진성은 문화를 심각하게 위협해요. 자신의 역행 속으로 남자를 끌어들이려 애쓰고 남자의 진행을 지체시키지요. 틀림없어요."

나는 왜 일반화시키냐고, 왜 아리아드나 한 명으로 모든 여자들을 판단하냐고 물었다. 여자들이 교육과 남녀평등을 추구하는 것은 내가 이해하기엔 공정성에 대한 추구이고, 그것 자체만으로도 역행에 대한 모든 가정은 사라지는 것이다. 하지만 샤모힌은 내 말을 귀넘어들었고 의심쩍게 미소 지었다. 그는 이미 열렬한, 확신에 찬 여성혐오가였고, 그를 다시 설득하는 건 불가능했다.

"에휴, 그만하자구요!" 그가 말을 끊었다. "여자가 저에게서 자신과 동등한 사람을 보는 게 아니라 수컷을 보고, 오로지 제 마음에 들려고, 그러니까 저를 정복하려고 평생 애를 쓰는데 완전한 권리에 대해 논하는 게 가능이나 할까요? 후우, 그들을 믿지 마세요, 그들은 아주, 아주 교활해요! 우리 남자들은 그들의 자유를 위해 애쓰고 있지만, 그들은 그 자유를 전혀 원하지 않아요, 원하는 척할 뿐이에요. 무섭도록 교활해요, 끔찍하게 교활해요!"

나는 더 이상 논쟁하는 게 지루해졌고 잠을 자고 싶었다. 나는 벽을 향해 돌아누웠다.

"그래요." 잠에 드는데 그의 말이 들렸다. "그래요. 이게 다 우리가 잘못 가르쳐서예요, 친구님. 도시에서 여자를 훈육하고 교육하는 것은 본질적으로 전부 인간-짐승을 제조하는 것에 국한돼 있어요. 즉, 여자가 수컷의 마음에 들도록 하고 그 수컷을 이기도록 하는 것이죠, 그래요." 샤모힌이 한숨을 내쉬었다. "여자애들이 남자애들과 함께 훈육받고 교육받도록 해야 돼요, 여자애들과 남자애들이 항상 같이 있도록요. 여자도 남자와 마찬가지로 자신의 오류를 인지할 수 있도록 가르쳐야 돼요. 안 그러면 자기가 늘 옳은 줄 안다니까요. 기저귀 차고 있을 때부터 여자애한테 똑똑히 일러 줘야 돼요, 남자는 그저 여자를 돌봐 주기나 하는 존재이거나 신랑감이 아니라, 모든 면에서 그녀와 똑같은 이웃이라고요. 논리적으로 생각하고 종합하는 법을 가르쳐야 하고, 여자의 뇌가 남자의 뇌보다 덜 무겁다고 해서 학문과 예술, 전반적인 문화적 과제에 무관심해도 된다고 믿게끔 하면 안 돼요. 아직 견습 중인 남자애도, 제화공이든 도장공이든, 성인 남자보다 작은 뇌를 가지고 있지만, 그럼에도 생존을 위한 공동의 투쟁에 참여하고, 일하고, 힘들어하니까요. 생리학적인 면이나 임신과 출산을 핑계 삼는 그런 태도도 버려야 돼요. 왜냐하면 일단 여자가 매달 출산을 하는 게 아니고, 둘째, 모든 여자가 출산하는 게 아니고, 셋째, 보통의 시골 여자는 출산 전날에도 들에 나가 일하는데 그래도 아무 일 없거든요. 그다음엔 일상생활에도 전적인 평등이 있어야 돼요. 만약 남자가 여자에게 의자를 갖다주거나 떨어진 손수건을 주워준다면, 여자도 남자에게 그렇게 하도록 해야죠. 저는 좋은 가문의 아가씨라 하더라도 제가 외투 입는 걸 도와준다거나 물 한 컵 갖다준다거나 하는 것에 전혀 이의 없어요……."

나는 잠에 들어서 더 이상은 듣지 못했다. 다음 날 아침 세바스토폴에 다다를 즈음엔 날씨가 습하고 불쾌했다. 배가 조금 흔들렸다. 샤모힌은 나와 함께 갑판 선실에 앉아서 말없이 뭔가를 생각했다. 외투 깃을 세운 남자들과 잠에서 덜 깬 핼쑥한 얼굴의 여인들이 차 마시라는 소리를 듣자 아래로 내려가기 시작했다. 젊고 아주 아름다운 한 여인이, 볼로치스크에서 세관원들에게 화를 내던 바로 그 여인이 샤모힌 앞에 멈춰 서더니 떼쓰는 응석받이의 표정으로 말했다.

"장,* 당신의 작은 새는 멀미가 나!"

이후 나는 얄타에서 지내는 동안 그 아름다운 여인이 말을

* (프랑스어) Jean. 러시아 이름 '이반'에 해당하는 프랑스어 이름.

타고 달려가고 그녀 뒤를 어떤 장교 두 명이 간신히 따라가는 걸 보기도 하고, 한번은 아침에 그녀가 프리지아 모자를 쓰고 앞치마를 두르고 해변로에 앉아 그림을 그리는데 큰 무리의 사람들이 어느 정도 물러서서 그녀의 모습을 감상하는 걸 보기도 했다. 나도 그녀와 인사를 나누게 됐다. 그녀는 내 손을 아주 꽉 쥐더니 나를 감격스레 바라보며 노래하듯 달콤한 목소리로 내가 쓴 작품들을 아주 만족스럽게 읽었다고, 고맙다고 했다.

"믿지 마세요." 샤모힌이 내게 속삭였다. "당신 글은 하나도 안 읽었어요."

어느 날 이른 저녁 해변로를 따라 산책하다가 샤모힌을 마주치게 됐다. 그의 팔에는 간단한 먹을거리와 과일이 담긴 큰 꾸러미들이 있었다.

"마크투예프 공작이 왔어요!" 그는 유쾌하게 말했다. "어제 그녀의 심령술사 오빠랑 같이 왔어요. 그녀가 전에 뭘 그렇게 오빠랑 편지를 주고받았는지 이제야 알겠어요! 주님, 제발!" 그는 하늘을 올려다보고 꾸러미들을 가슴에 꼭 끌어안으며 말했다. "그녀가 공작이랑 잘된다면, 그건 바로 자유란 뜻이에요. 전 그럼 시골에 갈 수 있어요, 아버지한테요!"

그리고 가던 길을 갔다.

"혼이 믿어지려고 해요!" 그가 뒤돌아보며 내게 소리쳤다. "일라리온 할아버지의 혼이 사실을 예언한 것 같아요! 오, 제발!"

그를 마주친 다음 날 나는 얄타를 떠났고, 샤모힌의 연애사가 어떻게 끝났는지는, 알 수 없다.

(1895년)

메자닌*이 있는 집
—화가의 이야기

ДОМ С МЕЗОНИНОМ
— РАССКАЗ ХУДОЖНИКА

* 기존에 '다락'이나 '다락방'으로 번역되기도 했으나, 우리가 생각하는 다락과는 조금 다르다. 집 중간 부분을 위로 증축한 구조물로 보통 발코니가 있다.

1

6, 7년 전쯤 내가 T주州의 한 군郡에, 벨라쿠로프라는 지주의 영지에 살 때 있었던 일이다. 그 젊은이는 매우 일찍 일어나고, 파조브카*를 입고 다니고, 저녁마다 맥주를 마시며 그 어디에서도 자신을 알아주는 사람을 만나 보지 못했다고 내게 푸념을 늘어놨다. 그는 정원에 있는 별채에서 살았고, 나는 오래된 저택의 거대한 홀에서 지냈는데 홀에는 원형 기둥들과 내가 잠을 자는 널찍한 소파, 카드놀이를 하는 탁자 외에는 아무것도 없었다. 여기는 늘, 심지어 조용한 날에도 오래된 암모소프 난로**에서 웅웅거리는 소리가 나고, 폭풍우가 치면 집 전체가 떨려서 무너져 내릴 것 같고, 조금 무섭기도 했는데 특히 밤

* 남성용 외투의 한 종류.

** 암모소프 난로는 가열된 공기가 배관을 따라 흐르며 집을 데우는 난방 장치이다. 니콜라이 암모소프라는 엔지니어가 개발했다.

에 열 개나 되는 큰 창문에서 번개가 번쩍일 때면 더욱 그랬다.

지속적인 나태함의 운명을 지고 있는 나는 단연코 아무것도 안 했다. 몇 시간 동안 창밖의 하늘과 새들과 가로수길을 바라보고, 우체국에서 배달되는 것들을 전부 다 읽고, 잤다. 가끔 집에서 나가면 저녁 늦게까지 여기저기를 배회했다.

한번은 집으로 돌아오다 길을 잘못 들어서 우연히 낯선 저택에 이르게 됐다. 해는 이미 모습을 감췄고, 꽃피는 호밀밭에 저녁 그림자가 길게 드리워졌다. 두 줄로 빼곡하게 심긴 키 높은 오랜 전나무들이 어둑하고 예쁜 가로수길을 만들며 벽처럼 늘어서 있었다. 나는 가볍게 담을 넘어 그 가로수길을 따라 걸었다. 전나무의 바늘잎이 땅에 한 베르쇼크*나 쌓여 있어서 미끄러웠다. 조용하고 어두웠다. 저 높이 나무 꼭대기에나 드문드문 짙은 금빛 햇살이 흔들거리며 거미줄에 무지개를 펼쳤다. 전나무 냄새가 숨 막힐 정도로 강하게 풍겼다. 이후 나는 길게 뻗은 보리수나무길로 방향을 바꿨다. 이곳 역시 황량하고 오랜 느낌이다. 작년에 떨어진 나뭇잎이 발밑에서 쓸쓸히 바스락거렸고, 나무들 사이로 내린 땅거미엔 그림자들이 숨어 있었다. 오른쪽 오래된 과수원에서 꾀꼬리가 희미한 소리로 마지못해

* 러시아의 옛 길이 단위. 1베르쇼크=4.445cm.

노래했는데 그 녀석도 나이가 많은 게 틀림없다. 어느덧 보리수 나무길이 끝났고, 나는 테라스와 메자닌이 있는 하얀 집을 지나쳤다. 그러자 예상치 못하게 내 앞으로 저택의 뜰과 너른 호수의 풍경이 한눈에 펼쳐졌다. 호수엔 풀장이 있고, 푸른 버드나무들이 무리지어 있고, 건너편엔 마을이 보이고, 가늘고 높다란 종루의 십자가는 떨어진 해를 반사하며 빛나고 있었다. 나는 고향처럼 아주 익숙한 무언가의 매력에 단숨에 사로잡혔고, 이 파노라마를 언젠가 어린 시절에 본 듯했다.

그리고 뜰에서 들판으로 향하는 하얀 석조 대문 옆에, 사자상이 있는 오래되고 튼튼한 그 대문 옆에 아가씨 두 명이 서 있었다. 그중 좀더 나이가 많은 아가씨는 마르고 피부색이 하얗고 아주 예뻤으며, 풍성한 밤색 머리칼과 고집 있어 보이는 작은 입에 단호한 표정이었는데 나를 보고도 전혀 신경 쓰지 않았다. 또 한 명은 아직 어린 아가씨로—열일곱, 열여덟 살쯤으로 그 이상은 아니었다— 그녀 역시 마르고 하얬으나, 입도 크고 눈도 컸다. 그녀는 내가 근처를 지나가자 놀라서 쳐다봤고 영어로 뭔가 말하더니 당혹스러워했다. 나는 사랑스러운 이 두 사람도 아주 오래전부터 알고 있었던 듯했다. 그리고 좋은 꿈을 꾼 듯한 기분으로 집에 돌아왔다.

얼마 지나지 않아 어느 날 정오쯤 나와 벨로쿠로프가 집 근처를 산책하고 있었는데 갑자기 풀을 바스락거리며 그 두 아가씨 중 한 아가씨가 타고 있는 인력거가 뜰 안으로 들어왔다. 좀 더 나이가 많은 아가씨였다. 화재민들을 도와 달라는 요청과 함께 서명을 받기 위해 온 것이었다. 그녀는 우리를 보지 않은 채 아주 진지하고 상세하게 시야노바 마을에 집이 몇 채가 불탔는지, 몇 명의 남녀와 아이들이 집을 잃었는지 이야기해 줬다. 또 그녀가 회원으로 있는 화재민협회에서 즉시 조치를 취할 거라고 했다. 그녀는 우리의 서명을 받고 종이를 집어넣더니 바로 작별 인사를 하기 시작했다.

"저희를 아주 잊어버리신 건 아니죠, 표트르 페트로비치." 그녀가 벨로쿠로프에게 손을 내밀며 말했다. "저희 집에 들르세요. 그리고 만약 N씨*가(그녀가 내 성을 말했다) 자신의 재능을 애호하는 사람들이 어떻게 살고 있는지 보고 싶어 하신다면, 그래서 같이 와주신다면 엄마와 저는 아주 기쁠 거예요."

나는 고개 숙여 인사했다.

그녀가 떠나자 표트르 페트로비치가 얘기해 주었다. 이 아가씨는, 그의 말에 따르면, 좋은 가문 출신으로 이름은 리디야 볼차니노바**이고, 어머니와 여동생과 함께 살고 있는 영지는 호

* 원문에 'monsieur N.'으로 적혀 있다. 프랑스어 'monsieur'는 '~씨, 미스터'를 뜻한다.
** 리디야는 이름, 볼차니노바는 성이다.

수 건너편 마을과 똑같이 셸코브카라고 불린다고 했다. 그녀의 아버지는 모스크바의 유력가였고 말년에 추밀 고문관*을 지냈다. 상당한 재산이 있음에도 불구하고 볼차니노바 여인들은 시골을 떠나지 않고 이곳에서 여름과 겨울을 지내고, 리디야는 셸코브카에 있는 젬스트보** 학교의 교사인데 한 달에 25루블을 받는다. 그녀는 오직 그만큼의 금액만 자신을 위해 썼으며 직접 돈을 벌어 생활한다는 것을 자랑스러워했다.

"흥미로운 집안이에요." 벨로쿠로프가 말했다. "곧 한번 가봅시다. 당신을 보면 아주 기뻐할 거요."

어느 휴일 오후 우리는 볼차니노바 일가가 떠올라서 셸코브카로 향했다. 어머니와 두 딸 모두 집에 있었다. 어머니인 예카테리나 파블로브나***는 보아하니 예전엔 아름다웠으나 지금은 나이에 걸맞지 않게 뚱뚱하고, 천식을 앓았고, 슬프고 멍했으며, 미술에 관한 대화로 내 흥미를 끌고자 애썼다. 딸에게서 내가 셸코브카에 올 수도 있다는 말을 듣고서는 모스크바 전시회에서 내 풍경화를 두세 점 봤던 걸 황급히 기억해 냈고, 내가 오자 그 작품에서 무엇을 표현하려고 했는지 물었다. 리디야

* 추밀 고문관은 총 14등급의 관리 계급 중에 3등급에 해당하는 고위직이다.

** 1864년~1919년에 존재했던 러시아의 지방자치기관.

*** 예카테리나는 이름이고, 파블로브나는 부칭이다.

혹은 집에서는 리다로 불리는 그녀는 나보다는 주로 벨로쿠로프와 이야기를 나눴다. 진지한 그녀는 미소도 짓지 않고 그에게 왜 젬스트보에서 일하지 않는지, 왜 여태껏 한 번도 회의에 참석하지 않았는지 물었다.

"좋지 않아요, 표트르 페트로비치." 그녀가 책망하듯 말했다. "좋지 않아요. 부끄러운 일이에요."

"맞는 말이야, 리다, 맞는 말이야." 어머니가 맞장구쳤다. "좋지 않아요."

"저희 군은 발라긴의 손안에 있어요." 리다가 나를 보며 말을 이어갔다. "그는 의회 의장인데 군의 공직을 조카들과 사위들에게 전부 나눠 주고, 다 자기 맘대로 해요. 싸워야 해요. 젊은이들이 강력한 정당을 조직해야 되는데, 우리 청년들이 어떤지 아시잖아요. 부끄러운 일이에요, 표트르 페트로비치!"

여동생인 제냐는 젬스트보에 대해 말하는 동안 잠자코 있었다. 그녀는 진지한 대화에는 참여하지 않았고, 집에선 그녀를 아직 어른으로 보지 않아서 작은 소녀를 부르듯 '미슈스'라고 했다. 어릴 적에 그녀가 자신의 영어 가정교사인 미스Miss를 그렇게 발음했기 때문이다. 그녀는 호기심 가득한 눈으로 나를 계속 쳐다봤고, 내가 앨범에 있는 사진들을 살펴보자 '이분은 작은아버지… 이분은 대부…….' 이렇게 설명하면서 손가락으로 초상 사진들을 훑었다. 그러는 동안 어린애처럼 어깨로 나를 건드렸는데, 나는 아직 발육이 덜 된 그녀의 작은 가슴과 가녀린 어깨, 땋아 내린 머리, 팽팽하게 허리를 조인 마른 몸을 가까이에서 보게 되었다.

우리는 크로케나 론테니스*를 치고, 정원을 산책하고, 차를 마시고, 그다음엔 오랫동안 저녁을 먹었다. 원형 기둥이 있는 거대하고 텅 빈 홀에서 지내다가 작고 아늑한 이 집에 오니 왠지 마음이 편안했다. 이 집은 벽에 유화식 석판화도 없고, 하녀에게도 높임말을 쓰고, 리다와 미슈스의 존재 덕분에 모든 게 젊고 깨끗하게 보였으며, 또 모든 것에서 단정함이 묻어났다. 저녁식사 때 리다가 다시 벨로쿠로프와 젬스트보, 발라긴, 학교 도서관에 대해 얘기했다. 그녀는 생기 있고 솔직하고 확신에 찬 아가씨였으며, 비록 말이 많고 목소리도 컸지만—아마 학교에서 말하는 데 익숙해져서 그런 듯했다— 그녀의 얘기를 듣는 게 재미있었다. 그러나 나의 표트르 페트로비치는 모든 대화를 논쟁으로 이어가는 태도가 대학 시절부터 지금까지 남아 있어서 따분하고 처지고 길게 말했는데, 똑똑하고 진보적인 사람으로 보이고 싶어 한다는 게 분명히 드러났다. 그가 이런

* 원문엔 영어로 lawn-tennis라고 써 있다.

저런 제스처를 하다가 소매로 소스 그릇을 엎질러서 식탁보에 커다란 자국이 생겼다. 하지만 나를 제외하고는 아무도 눈치채지 못한 듯했다.

우리가 집으로 돌아올 때는 어둡고 조용했다.

"교양이란 소스를 식탁보에 엎지르지 않는 게 아니라, 다른 사람이 그렇게 한 걸 못 본 척하는 것이죠." 벨로쿠로프가 말을 꺼내고는 한숨을 내쉬었다. "맞아요, 정말 훌륭하고 교양 있는 집안이에요. 저는 좋은 사람들과 너무 멀어져 있었어요. 아흐, 참 심했지요! 하지만 늘 일이 넘쳐나니! 일, 일!"

그는 모범적인 농장주가 되려면 정말 많은 일을 해야 한다고 했다. 하지만 나는 '이 사람은 정말 몸이 무겁고 게으른 양반이야!'라고 생각했다. 그는 뭔가 진지한 얘기를 할 때면 긴장감에 '에에에—' 하며 말을 끌었고, 일하는 것도 말하는 것과 똑같이 느릿느릿해서 항상 늦고 기한을 놓쳤다. 나는 그의 능력을 거의 믿지 않았는데 내가 우체국에 보내 달라고 맡긴 편지들을 몇 주 동안이나 자기 주머니에 넣고 다녔기 때문이다.

"가장 힘든 건," 그가 내 옆에서 걸으며 말했다. "가장 힘든 건, 일을 하는데 아무도 그걸 알아주지 않는다는 거예요. 아무도 알아주지 않아요!"

2

나는 볼차니노바 일가의 집을 자주 방문하기 시작했다. 보통은 테라스 아래쪽 계단에 앉아 있었는데 스스로에 대한 불만족으로 마음이 괴로웠고, 이렇게 빠르고 재미없게 흘러가는 내 인생이 아까웠고, 너무나 무거워진 심장을 가슴에서 뽑아내 버리면 좋겠다고 생각했다. 그동안 테라스에서는 이야기를 나누고, 드레스 사각거리는 소리가 들리고, 책장을 넘겼다. 나는 리다가 낮에는 환자들을 받고 책을 나눠 주고 모자를 쓰지 않은 채 양산을 펼쳐 들고 마을에 갔다가, 저녁엔 큰 소리로 젬스트보와 학교에 대해 말하는 것에 이내 익숙해졌다. 마르고 예쁘고 변함없이 엄격하며, 작고 우아한 선의 입을 가진 이 아가씨는 실무적인 대화가 시작될 때마다 내게 건조하게 말했다.

"이런 거 당신은 재미없죠."

나는 그녀에게 호감을 주지 못했다. 그녀는 나를 좋아하지 않았는데 내가 풍경화가이고, 민중의 빈곤을 그리지 않으며, 그녀가 굳게 믿고 있는 것에 내가 무관심하다고 느꼈기 때문이다. 기억나는 일이 있다. 바이칼 호수변을 따라 마차를 타고 가던 중에 파란 면포로 된 상의와 바지를 입고 말을 타고 있던 부랴트* 아가씨를 만나게 됐었다. 나는 그녀의 담뱃대를 내게 팔지 않겠냐고 물었고, 우리가 말을 나누는 동안 그녀는 유럽인인 내 얼굴과 모자를 경멸스레 쳐다보더니 어느 순간 나와 말하는 게 따분해져서 고함을 치고는 자리를 떠버렸다. 리다도 그녀와 똑같이 내 안에 있는 다름을 경멸했다. 겉으로는 나에 대한 반감을 절대 드러내지 않았지만 나는 그게 느껴졌다. 그래서 테라스 아래쪽 계단에 앉아 있던 나는 짜증이 나서, 의사도 아닌데 농민들을 치료하는 건 그들을 속이는 거나 마찬가지며, 2천 데샤티나**의 땅을 가진 자가 자비를 베푸는 것은 쉬운 일이라고 말해 버렸다.

한편 그녀의 동생 미슈스는 아무런 근심 없이 완전한 무위無爲 속에서 생활하고 있었다, 나처럼 말이다. 그녀는 아침에 일어나면 곧장 테라스에 나와 책을 읽었는데 깊은 안락의자에 앉아서 발이 간신히 땅에 닿았다. 혹은 책을 들고 보리수나무

* 러시아 남시베리아 바이칼호 주변에 거주하는 몽골족.
** 땅의 도량 단위로 1데샤티나는 1.092헥타르이다.

길로 나가 숨거나, 혹은 대문 밖의 들판을 거닐었다. 그녀는 책장을 뚫어져라 쳐다보며 온종일 책을 읽었는데, 종종 그녀의 눈빛이 피곤해 보이고 멍해지며 얼굴이 아주 창백해지는 걸로 봐서 독서가 그녀의 뇌를 얼마나 고단하게 하는지 짐작할 수 있었다. 내가 오면 그녀는 나를 보고 얼굴을 살짝 붉히며 책을 내려놓았고 생기가 돌아서 큰 눈으로 내 얼굴을 쳐다보며 그동안 무슨 일이 있었는지 이야기해 줬다. 예를 들면, 하인들 방이 연기로 까맣게 그을었다든지, 일꾼이 호수에서 큰 물고기를 잡았다든지 하는 것들이었다. 그녀는 평일에는 보통 연한 블라우스에 짙푸른 색 치마를 입었다. 우리는 같이 산책을 하고, 잼을 만들기 위해 체리를 따고, 호수에서 배를 타기도 했는데 그녀가 높은 곳의 체리를 따려고 뛰거나 배의 노를 저을 때면 널찍한 소매 사이로 가녀린 팔이 들여다보였다. 혹은 내가 그림을 그리면 옆에 서서 감격스레 쳐다봤다.

7월 말의 어느 일요일, 나는 아침 9시쯤에 볼차니노바 일가의 집에 왔다. 집에서 멀찍이 떨어진 채로 공원을 거닐면서 그해 여름 아주 많이 자라난 그물버섯을 찾아다녔고, 나중에 제냐와 함께 따려고 버섯이 있는 곳에 표시를 해두었다. 따뜻한 바람이 불었다. 나는 제냐와 그녀의 어머니가 밝은 색의 화려한 드레스를 입고 교회에서 집으로 돌아오는 걸 봤는데 제냐는 바람이 불어 모자를 잡고 있었다. 그 후엔 테라스에서 차 마시는 소리가 들렸다.

신경 쓸 일 하나 없는, 지속적인 무위에 대한 핑계를 찾는 나 같은 사람에게 저택에서의 이런 여름 휴일 아침은 특별히 매력적인 것이었다. 아직 이슬이 마르지 않아 촉촉한 푸른 정원이 온통 햇살에 반짝여 행복해 보이고, 집 주변에 목서초와 협죽도의 향이 풍기고, 이제 막 교회에서 돌아온 젊은이들이 정원에서 차를 마시고, 모두가 그렇게 사랑스러운 옷차림을 하고 즐거워하면, 그리고 이렇게 건강하고 배부르고 예쁜 사람들이 긴 하루 동안 아무것도 안 할 거라는 사실을 알면, 그들의 인생 전체가 이러하기를 바라게 된다. 나 역시 그러하길 바라는 생각으로 정원을 거닐었고, 하는 일도 목표도 없이 이렇게 온종일을 온 여름을 지낼 수 있지 싶었다.

제냐가 바구니를 들고 왔고, 마치 나를 정원에서 발견할 줄 알았다는 듯한, 혹은 예상했다는 듯한 표정이었다. 우리는 버섯을 따며 이야기를 나눴고, 그녀는 무언가를 물을 땐 내 얼굴을 보려고 조금 앞서 나갔다.

"어제 우리 마을에서 기적이 일어났어요." 그녀가 말했다. "다리를 저는 펠라게야가 1년 내내 앓고 있었는데 의사도 약도 다 소용없었지요. 그런데 어제 한 노파가 주문을 외자 나았어요."

"그건 중요치 않아요." 내가 말했다. "환자나 주술사 근처에서만 기적을 찾아선 안 돼요. 건강 자체가 기적이 아니겠어요? 인생은 또 어떻구요? 이해가 안 되는 것, 그게 곧 기적이에요."

"당신은 이해 안 되는 것들이 무섭지 않으세요?"

"네. 저는 제가 이해 못하는 현상들에도 당당하게 접근하고 그런 것들에 굴복하지 않아요. 제가 그런 것들보다 더 높아요. 사람은 자신이 사자, 호랑이, 별보다 높다는 걸 깨달아야 해요. 자연에 있는 모든 것보다, 심지어 이해가 안 되고 기적 같아 보이는 것보다도 위에 있는 거죠. 그렇지 않다면 그건 사람이 아니라 모든 걸 겁내는 쥐예요."

제냐는 내가 화가로서 아주 많은 걸 알고 있고 알지 못하는 것에 대해선 올바르게 추측할 수 있다고 생각했다. 그녀는 내가 그녀를 영원하고 아름다운 곳으로, 그녀가 보기에 내가 내 자신으로 존재하는 가장 고귀한 곳으로, 그녀를 이끌어주길 바랐다. 그래서 나와 함께 신에 대해, 영생에 대해, 기적적인 것에 대해 이야기했다. 그러면 나는, 나와 내 관념이 죽음 후에 영원히 사멸한다는 것을 받아들이지 않았기에 '그래요, 인간은 죽지 않아요', '그래요, 우리 앞엔 영생이 있어요'라고 대답했다. 그녀는 내 말을 듣고 믿었으며 증거를 요구하지 않았다.

집으로 가는 길에 그녀가 갑자기 멈춰 서더니 말했다.

"우리 리다는 훌륭한 사람이에요. 정말 그렇지 않아요? 저는 언니를 뜨겁게 사랑해요. 그녀를 위해서라면 매 순간 목숨을 내놓을 수도 있어요. 그런데," 제냐가 손가락으로 내 소매를 건드리며 말했다. "말해 주세요, 당신은 왜 언니랑 늘 싸우세요? 왜 못마땅해하세요?"

"왜냐하면 그녀가 옳지 않으니까요."

제냐는 그렇지 않다며 고개를 저었고 눈에 눈물이 고였다.

"정말 이해가 안 돼요!" 그녀가 중얼거렸다.

이때 리다가 어디에선가 막 돌아왔다. 날씬하고 아름다운, 햇살에 빛나는 그녀가 손에 말채찍을 쥐고 현관 옆에 서서 일꾼에게 무언가를 지시했다. 그리고 큰 소리로 서둘러 말하며 환자 두세 명을 봐 주었고, 그다음엔 바쁘고 근심스러운 표정으로 이 방 저 방을 돌며 이쪽 장을 열고 저쪽 장을 열고, 또 메자닌에 올라가고 했다. 사람들이 오랫동안 그녀를 찾아다니며 점심을 먹으라고 불렀는데 그녀는 우리가 수프를 다 먹고 나서야 왔다. 나는 왠지 이런 세세한 것들을 전부 기억하고 사랑한다. 별다른 일이 있었던 것도 아닌데 이날 온종일을 생생하게 기억하고 있다. 점심식사 후 제냐는 깊은 안락의자에 누워 책을 읽었고, 나는 테라스 아래쪽 계단에 앉아 있었다. 우리는 말이 없었다. 하늘이 온통 구름으로 뒤덮이고 가는 빗방울이 드문드문 떨어지기 시작했다. 날은 더웠고, 바람은 이미 오래전에 잠잠해졌으며, 이 하루가 절대로 끝나지 않을 것 같았다. 잠에서 덜 깬 예카테리나 파블로브나가 부채를 들고 우리가 있는 테라스로 나왔다.

"오, 엄마." 제냐가 그녀의 손에 입을 맞추며 말했다. "낮에 주무시는 건 해로워요."

그들은 서로를 정말 좋아했다. 둘 중 한 사람이 정원에라도 나가면 다른 사람은 테라스에 서서 나무들을 바라보며 '얘, 제냐!' 또는 '엄마, 어딨어요?' 하고 소리쳤다. 그들은 늘 함께 기도했고 똑같이 믿었으며, 말없이 있을 때조차 서로를 잘 이해했다. 사람들에게도 똑같이 대했다. 예카테리나 파블로브나도 곧 내게 익숙해져서 나를 좋아하게 되었고, 내가 이삼 일씩 나타나지 않으면 사람을 보내 내 건강 상태를 알아보곤 했다. 그녀 역시 내 습작들을 감탄스레 바라봤고, 미슈스처럼 그동안 무슨 일이 있었는지 수다스럽고 솔직하게 얘기해 줬으며 집안의 비밀도 털어놓았다.

그녀는 큰딸을 매우 아끼고 받들었다. 리다는 한 번도 애교 있게 군 적이 없었고 오로지 진중한 얘기만 했다. 그녀는 자신만의 특별한 인생을 살았으며 어머니에게도 동생에게도 성스럽고 조금은 신비한 존재였다. 마치 해병들에게 있어 늘 자기 선실에만 머무는 사령관처럼 말이다.

"우리 리다는 훌륭한 사람이에요." 어머니는 자주 이렇게 말했다. "정말 그렇지 않아요?"

그리고 지금, 빗방울이 떨어지는 동안 우리는 리다에 대해 말했다.

"그녀는 훌륭한 사람이에요." 어머니는 이렇게 말하더니 음모를 꾸미는 사람처럼 목소리를 낮추고 놀란 듯 주위를 살피며 덧붙였다. "이런 사람들은 한낮에 불을 켜고 봐도 못 찾아요. 하지만 아실지 모르겠지만, 전 조금 걱정이 돼요. 학교, 약, 책— 다 좋아요, 근데 극단적일 필요는 없잖아요? 그 애 나이가 벌써 스물넷인데 자신에 대해서도 진지하게 생각할 때예요. 책이나 약만 쫓아다니다가는 인생이 어떻게 가버리는지 보질 못해요… 결혼해야 돼요."

독서로 인해 해쓱해지고 머리칼이 흐트러진 제냐가 고개를 들고 어머니를 바라보며 혼잣말하듯 중얼거렸다.

"엄마, 모든 건 하느님의 뜻에 달렸어요!"

그리고 다시 독서에 빠져들었다.

벨로쿠로프가 자수가 놓인 셔츠에 파조브카 외투를 걸치고 왔다. 우리는 크로케와 론테니스를 쳤고, 날이 어두워지자 오랫동안 저녁을 먹었다. 리다는 또다시 학교와, 군 전체를 쥐락

펴락하는 발라긴에 대해 말했다. 그날 저녁 볼차니노바 일가의 집을 나올 때 기나긴 무위의 날에 슬픈 깨달음이 섞인 인상이 남았다. 아무리 길다 해도 이 세상 모든 것은 끝난다는 것이다. 제냐가 우리를 대문까지 배웅했는데 아침부터 저녁까지 온종일을 나와 함께 보내서인지 그녀가 없으면 난 왠지 좀 심심했고, 이 사랑스러운 가정이 가깝게 느껴졌다. 그리고 여름 들어 처음으로 제대로 그림을 그리고 싶어졌다.

"말씀 좀 해보세요. 왜 그렇게 심심하게 무채색으로 사세요?" 집으로 가며 내가 벨라쿠로프에게 물었다. "제 인생이야 지루하고 무겁고 획일적이에요, 왜냐면 전 화가고 엉뚱한 사람이니까요. 저는 어릴 적부터 질투심, 스스로에 대한 불만, 하는 일에 대한 불신 때문에 신경이 날카로운 상태였어요. 늘 가난하고 늘 방랑자였죠. 하지만 당신은, 당신은 건장하고 정상적인 사람이고, 지주에 귀족이잖아요. 근데 왜 그렇게 재미없게 살면서 인생의 낙을 누리지 않으세요? 왜, 예를 들면, 아직까지 리다나 제냐와 사랑에 빠지지 않은 건가요?"

"잊으셨나 본데 전 다른 여자를 사랑해요." 벨로쿠로프가 대답했다.

다른 여자란 별채에서 함께 지내고 있는 여자친구 류보프 이바노브나를 말한다. 나는 뚱뚱하고 토실토실하고 거만한, 살찐 거위를 닮은 그 부인이 구슬 장식이 달린 러시아 전통 의상을 입고 양산을 쓰고 정원을 거니는 것과, 하녀가 식사를 하라며 혹은 차를 마시라며 그녀를 부르러 다니는 걸 매일같이 봤다. 그녀는 3년 전쯤 이 집의 별채 중 하나를 별장으로 이용하려고 세를 얻었다가 그렇게 아예 벨로쿠로프 집에 눌러앉은 모양이었다. 그녀는 그보다 열 살이 많았고 그를 엄격하게 다뤄서 그가 외출을 하려면 허락을 구해야만 했다. 그녀는 남자 같은 목소리로 자주 통곡을 했는데, 그럼 난 사람을 보내 울음을 그치지 않으면 이 집에서 나가 버릴 거라고 전했고, 그녀는 그제야 울음을 그쳤다.

집에 도착하자 벨로쿠로프는 소파에 앉아 얼굴을 찡그린 채 생각에 잠겼고, 나는 사랑에 빠진 듯한 조용한 파동을 느끼며 홀 안을 왔다 갔다 했다. 볼차니노바 일가에 대해 말하고 싶었다.

"리다는 자기처럼 병원이나 학교 일에 관심 많은 젬스트보 활동가만 사랑할 수 있을 거예요." 내가 말했다. "오, 그런 아가씨를 위해서라면 젬스트보 활동가가 될 뿐 아니라 동화에서처럼 강철 구두를 닳도록 신을 수도 있을 걸요. 미슈스는 또 어떻고요? 미슈스는 정말 매력덩어리예요!"

벨로쿠로프는 "에에에—"라고 길게 끌더니 세기의 질병인 비관주의에 대한 말을 꺼냈다. 그는 마치 내가 그와 논쟁을 벌이고 있기라도 한 듯 확신에 찬 어조로 말했다. 수백 베르스타의 황량하고 단조로운 불타 버린 초원도, 한 사람이 여기에 앉아 말하는데 언제 나갈지 알 수 없는 이 침울함을 따라잡을 순 없을 것이다.

"문제는 비관주의도 낙관주의도 아니에요." 내가 짜증스럽게 말했다. "문제는 백 중에 아흔아홉은 머리가 없다는 거예요."

벨로쿠로프는 이 말을 자신을 향한 것으로 받아들이고는 기분이 상해서 나갔다.

3

“말라조모프에 공작께서 와 계신데 인사를 전하셨어요.” 리다가 어디로부턴가 돌아와서 장갑을 벗으며 어머니에게 말했다. “흥미로운 이야기를 많이 해주셨어요… 주의회에서 말라조모프에 의료원 세우는 문제를 다시 한번 꺼내겠다고 약속하셨어요, 근데 별 희망은 없다고 하시네요.” 그리고 나를 보더니 말했다. “죄송해요, 이런 게 당신에겐 재미있을 리 없는데 계속 잊어버리네요.”

나는 화가 치미는 걸 느꼈다.

“왜 재미가 없어요?” 내가 어깨를 으쓱하며 물었다. “당신은 제 생각을 아는 게 싫은 거죠. 근데 확실히 말하지만, 저도 이 문제에 아주 관심 많아요.”

“그런가요?”

“그래요. 제 생각엔 말라조모프에 의료원은 전혀 필요가 없어요."

나의 분노가 그녀에게도 전달됐고, 그녀는 눈을 치켜뜨고 나를 보며 물었다.

"그럼 뭐가 필요한데요? 풍경화요?"

"풍경화도 필요 없어요. 아무것도 필요 없어요."

그녀는 장갑을 다 벗고는 방금 전에 우체국에서 배달된 신문을 펼쳤다. 잠시 후 감정을 억제하며 조용하고 분명하게 말했다.

"지난주에 안나가 아이를 낳다 죽었어요. 근처에 의료원이 있었다면 살았을 거예요. 그러니 풍경화가 신사분들은 이런 점에 대해서 어느 정도 생각이 있으셔야 할 것 같네요."

"저는 그 점에 대해 아주 뚜렷한 생각을 갖고 있어요. 단언컨대," 내가 대답했다. 그녀는 듣기 싫다는 듯 신문으로 눈앞을 가렸다. "제 생각에는 의료원이나 학교, 책방, 약방은 현 상황에선 사람들을 구속시킬 뿐이에요. 민중은 거대한 사슬에 얽혀 있어요. 그런데 당신들은 그 사슬을 찍어 내지 않고 새로운 고리들을 갖다 붙일 뿐이에요. 이게 제 생각입니다."

그녀가 눈을 들어 날 보더니 비웃는 듯한 미소를 지었고, 나는 내 생각의 요점을 잡고자 애쓰며 말을 이어갔다.

"중요한 건 안나가 아이를 낳다 죽은 게 아니라 그런 모든 안나, 마브라, 펠라게야가 이른 아침부터 캄캄할 때까지 허리를 숙여야 하고, 감당 못할 노동 때문에 아프고, 평생 배고프고 아픈 아이들 때문에 벌벌 떨고, 평생 죽음과 질병을 겁내고, 평생 치료받고, 일찍 쇠약해지고, 일찍 늙어 버리고, 진흙탕과 악취 속에서 죽어 간다는 거예요. 그들의 아이들은 자라면서 똑같은 음악을 연주하기 시작하고, 그렇게 수백 년이 흐르고 있고, 수백억 사람들이 동물보다 못하게 살고 있어요, 빵 한 조각을 위해서요, 계속 두려움에 떨면서요. 이런 상황이 끔찍한 진짜 이유는 정신에 대해 생각할 시간이 없다는 거예요, 자신의 형상과 모양을 떠올릴 틈이 없어요. 굶주림, 추위, 본능적 두려움, 막중한 노동이 눈사태처럼 쏟아져서 정신적 활동을 향한 모든 길을 막아 버렸어요. 그것만이 인간을 동물과 구별 짓는 것이고 살아야 하는 유일한 목적인데 말이에요. 당신들은 병원과 학교로 그들을 도우려 하지만 그걸로는 그들의 족쇄를 풀 수 없고 오히려 더 심하게 구속시켜요. 왜냐면 그들의 삶에 새로운 고정관념을 심어서 필요의 수를 더 늘리기 때문이에요. 게다가 약이나 책을 얻으려면 젬스트보에 돈을 내야 되는데, 그럼 허리가 더 휜다는 건 말할 필요도 없죠."

"당신과 논쟁을 벌이진 않겠어요." 리다가 신문을 내리며 말했다. "벌써 들었던 말이에요. 한 가지만 말하자면, 그냥 손 놓고 있어선 안 돼요. 맞아요, 우리가 인류를 구원할 순 없어요, 많은 부분에서 실수할 수도 있고요. 하지만 우린 할 수 있는 걸 하고 있어요, 그건 우리가 옳아요. 교양인의 가장 고상하고 신성한 의무는 이웃을 섬기는 거예요, 그래서 우린 할 수 있는 대로 섬기려고 애쓰고 있어요. 당신 마음엔 안 든다 해도, 전부를 만족시킬 순 없으니까요."

"맞는 말이야, 리다, 맞는 말이야." 어머니가 말했다.

어머니는 리다가 있으면 항상 소심했고, 말하면서 불안하게 딸을 쳐다봤는데 뭔가 쓸데없거나 적절치 못한 말을 할까 봐 겁났기 때문이다. 그리고 한 번도 딸의 말에 반박하지 않고 늘 '맞는 말이야, 리다, 맞는 말이야' 하며 동의했다.

"농민들의 읽기쓰기 능력, 빈약한 교훈과 만담이 담긴 책과 의료원으로는 무지를 줄일 수도, 사망률을 줄일 수도 없어요, 창문에서 흘러나오는 빛으로 이 큰 정원을 다 비출 수 없는 것처럼요." 내가 말했다. "당신들은 아무것도 안 주고 있어요. 괜히 그들의 인생에 참견해서 새로운 필요들, 노동하기 위한 새로운 동기를 만들어 주는 것뿐이에요."

"아흐, 맙소사, 하지만 뭐라도 해야 되잖아요!" 리다가 짜증을 내며 말했다. 그녀의 목소리에서 나의 판단을 하찮게 여기고 무시한다는 게 느껴졌다.

"사람들을 힘겨운 육체노동에서 벗어나게 해야 돼요." 내가 말했다. "그들이 진 멍에를 가볍게 하고, 한숨 돌릴 여유를 줘야 돼요. 그래서 평생을 아궁이나 빨래통 옆이나 들판에서 보내지 않도록, 정신에 대해, 신에 대해 생각할 시간이 있도록, 자신의 정신적인 능력을 보다 폭넓게 발현할 수 있도록 해야 돼요. 모든 개인의 소명은 정신적인 활동에 있어요, 진리와 삶의 의미를 지속적으로 찾는 것에요. 동물적인 거친 노동이 필요 없게 만드세요, 자유를 느끼도록 해주세요. 그러면 이런 책이나 약이 실제론 얼마나 우스운 건지 보게 될 거예요. 인간이 자신의 참된 소명을 깨닫게 되면 그 사람을 만족시킬 수 있는 건 종교, 학문, 예술뿐이에요, 이런 시시한 게 아니라요."

"노동에서 벗어나게 하라니!" 리다가 비웃었다. "그게 가능이나 한가요?"

"그럼요. 그들의 노동의 일부를 당신이 지세요. 만일 우리 모두가, 도시 사람이든 시골 사람이든 모두가 예외 없이, 육체적 필요의 만족을 위해 인류가 전체적으로 들이는 노동을 서로 나눠 지는 것에 동의한다면, 아마 한 사람당 하루에 두세 시간 이상이 안 될 거예요. 우리 모두가, 부유하든 가난하든 하루에 세 시간만 일하고 나머지 시간은 자유라고 생각해 보세요. 또 우리가 육체에 조금 덜 매이기 위해서, 조금 덜 일하기 위해서 노동을 대체할 기계를 발명하고, 충족받기 원하는 필요의 수를 최소한으로 줄이기 위해 애쓴다고 생각해 보세요. 굶주림도 추위도 두려워하지 않도록 스스로를 단련시키고 아이들을 단련시키면 안나, 마브라, 펠라게야가 벌벌 떠는 것처럼 우리가 늘 농민들의 건강 때문에 벌벌 떨 일도 없게 돼요. 생각해 보세요, 치료받으러 다니지도 않고 약국도, 담배 공장도, 포도주 양조장도 운영하지 않는다면 결과적으로 얼마나 많은 시간이 남겠어요! 모두가 그 여가 시간을 학문과 예술에 공동으로 쏟을 거예요. 종종 농민들이 전부 모여서 길을 보수하듯이 우리가 공동으로 힘을 합해 진리와 삶의 의미를 찾았더라면, 장담하건대, 진리는 아주 빨리 발견됐을 것이고, 인간은 지속적으로 우리를 괴롭히고 짓누르는 이 죽음의 공포로부터, 심지어 죽음 자체로부터 벗어날 수 있었을 거예요."

"하지만 당신은 자가당착에 빠져 있어요." 리다가 말했다. "학문, 학문 하면서 정작 읽기쓰기 능력을 부정하잖아요."

"술집 간판 정도나 읽고, 더러는 이해가 안 되는 책을 읽는 게 가능한 정도의 능력이라면 류리크* 시대부터 있었고, 고골

* 862년 러시아의 북서부 지역에 위치한 노브고로드에 정착해 최초로 러시아 국가를 세운 통치자. 류리크 왕조는 이후 1598년까지 러시아에 군림했다.

의 페트루시카*도 이미 오래전부터 읽고 있어요. 그럼에도 불구하고 시골은 류리크 시대나 지금이나 그 모습 그대로예요. 읽기쓰기 능력이 필요한 게 아니에요. 정신적인 능력의 폭넓은 발현을 위한 자유가 필요해요. 단순한 학교가 아니라 대학이 필요해요."

"당신은 의학도 부정하시죠."

"그래요. 의학은 자연현상으로서의 질병을 연구하기 위해서만 필요해요, 치료를 위해서가 아니라요. 만약 치료를 해야 한다면 질병이 아니라 질병의 원인이겠죠. 주된 원인인 육체노동을 제거해 보세요, 그럼 질병도 없을 거예요. 저는 치료하는 학문은 인정하지 않아요." 나는 흥분하며 계속 말했다. "학문과 예술에 진정성이 있을 때는 일시적이고 부분적인 목표를 지향하지 않고 영원하고 총체적인 것을 지향해요. 진정한 학문과 예술은 진리와 삶의 의미를 찾고, 신과 정신을 찾아요. 그런데 그것들을 한 날의 필요와 염려에 엮어 버리면, 약방과 책방에 엮어 버리면 인생을 더 복잡하게 하고 방해할 뿐이에요. 의사, 약사, 변호사가 많고, 읽고 쓸 줄 아는 사람도 많아졌는데 생물학자, 수학자, 철학자, 시인은 거의 없어요. 지능 전체가, 모

* 러시아 작가 니콜라이 고골의 작품 『죽은 혼』에 등장하는 하인. 내용은 거의 이해하지 못하지만 읽는 것 자체를 좋아해서 독서를 많이 한다.

든 정신적인 에너지가 일시적이고 한시적인 필요의 충족에 쏠려 있어요… 학자들, 작가들, 화가들은 일이 넘쳐나고, 그들 덕분에 생활의 편의성이 하루가 다르게 높아지고 육체의 욕구도 많아지고 있지요. 그런데 진리까지는 아직 멀었고, 인간은 여전히 가장 잔인하고 가장 불결한 동물로 남았고, 모든 것이 인류 대다수가 퇴보하고 생존능력을 영구히 상실하는 쪽으로 기울고 있어요. 이런 조건들 속에서 화가의 삶은 의미를 갖지 못하고, 재능이 크면 클수록 그의 역할은 더욱 이상해지고 이해할 수 없게끔 돼요. 왜냐하면 실제로는, 현재의 체계를 지지하면서 잔인하고 불결한 동물의 오락을 위해 일하는 결과가 되기 때문이에요. 그래서 전 일하는 게 싫고, 하지도 않을 거예요… 아무것도 필요 없어요, 이 세상은 지옥으로 꺼지라 해요!"

"미슈스, 나가렴." 리다가 동생에게 말했다. 내 말이 그런 어린 아가씨가 듣기에 해롭다고 본 것이다.

제냐는 언니와 어머니를 슬프게 쳐다보고는 나갔다.

"그런 류의 귀여운 얘기는 보통 자신의 무관심을 변명하고 싶을 때들 하죠." 리다가 말했다. "병원과 학교를 부정해 버리는 게 치료하고 가르치는 일보다 쉬우니까요."

"맞는 말이야, 리다, 맞는 말이야." 어머니가 동의했다.

"당신은 일하지 않을 거라고 장담하지만," 리다가 계속 말했다. “자신의 작품들을 높이 평가하는 건 분명해요. 논쟁은 그만하죠, 우린 절대로 합의에 이르지 못해요, 왜냐하면 당신이 방금 그토록 비하했던 책방이나 약방들 중에 가장 불완전한 것이라도 저는 세상의 모든 풍경화보다 높게 보거든요.” 그리고 곧바로 전혀 다른 톤으로 어머니를 향해 말했다. “공작께서 아주 마르셨어요, 저희 집에 오셨을 때와는 전혀 다른 모습이세요. 비쉬*로 가시게 될 거래요.”

그녀는 나와 말하지 않으려고 어머니에게 공작에 대한 얘기를 했다. 그녀는 얼굴이 달아올랐고, 자신의 흥분을 감추기 위해 근시인 것처럼 테이블에 몸을 숙이고 신문을 읽는 척했다. 내가 있는 게 불쾌했던 것이다. 나는 인사를 하고 집으로 향했다.

* 프랑스의 도시.

4

뜰은 조용했다. 호수 저편 마을은 이미 잠들어서 불빛 하나 보이지 않았고 창백한 별빛만 호수 위에 희미하게 비쳤다. 제냐가 대문 옆에 꼼짝 않고 서 있었다. 나를 배웅하려고 기다린 것이다.

"마을 사람들은 다 잠들었네요." 내가 어둠 속에서 그녀의 얼굴을 보려고 애쓰며 말했다. 내게 시선이 고정된 어둡고 슬픈 눈동자가 보였다. "술집 주인도 말을 훔치는 도둑도 조용히 자는데, 우리 점잖은 인간들은 서로를 화나게 하고 싸우네요."

8월의 슬픈 밤이었다—슬픈 건 벌써 가을이 느껴졌기 때문이다. 달이 떴지만 검붉은 구름에 가려져서 길과 가을 파종한 주변 들판을 아주 희미하게 비췄다. 별똥별이 자주 떨어졌다. 제냐는 내 곁에서 함께 걸었고, 떨어지는 별들이 왠지 무서워 하늘을 보지 않으려고 했다.

“제 생각엔 당신이 옳은 것 같아요.” 그녀가 축축한 밤공기에 떨며 말했다. “만일 사람들이 다함께 정신적인 활동에 힘을 쏟을 수 있다면 곧 모든 걸 알아낼 거예요.”

“당연해요. 우리는 가장 고등한 존재예요. 만일 우리가 인류라는 천재가 가진 모든 힘을 진정으로 깨닫고 가장 고상한 목적들만을 위해 산다면 결국엔 신처럼 될 거예요. 하지만 그럴 일은 절대 없어요. 인류는 퇴보하고 있고 천재성은 흔적도 남지 않을 테니까요.”

대문이 보이지 않게 되자 제냐가 멈춰 서더니 서둘러 악수를 청했다.

“평안한 밤 되세요.” 그녀가 떨며 말했다. 그녀의 어깨는 블라우스로만 덮여 있었고 추위에 몸을 움츠렸다. “내일 오세요.”

나는 분한 상태로, 내 자신과 사람들에게 불만을 품은 채로 혼자 남겨진다는 생각이 들어 기분이 안 좋아졌고, 나도 더 이상 떨어지는 별들을 보지 않으려고 애썼다.

“잠깐만 나랑 더 있어 줘요.” 내가 말했다. “부탁이에요.”

나는 제냐를 사랑하고 있었다. 내가 그녀를 사랑한 것은 그녀가 나를 맞이하고 배웅했기 때문일 것이며, 감격에 겨워 나를 다정히 바라보았기 때문일 것이다. 그녀의 하얀 얼굴, 가녀린 목, 가녀린 손, 그녀의 여린 심성, 태평함, 그녀의 책들이 얼마나 감동적으로 아름다운지. 또 총명함은? 나는 그녀가 예사롭지 않게 총명하다고 생각했고 그녀의 폭넓은 시각에 감탄했다. 아마 나를 좋아하지 않는 엄격하고 예쁜 리다와는 다른 방식으로 사고했기 때문일 것이다. 나는 화가로서 제냐의 마음에 들었고 내 재능으로 그녀의 마음을 얻을 수 있었다. 그리고 오직 그녀를 위해 그림을 그리고 싶다는 마음이 강렬했다. 나는 그녀를 나의 작은 여왕으로 꿈꾸었다. 그녀는 이 나무들과 들판을, 안개와 노을을, 아름답고 매혹적이지만 그 속에서 여전히 내 자신을 가망 없고 외롭고 쓸모없는 인간으로 느끼게 하는 이 자연을 나와 함께 다스릴 나의 작은 여왕이었다.

"잠깐만 더 있어 줘요." 내가 부탁했다. "이렇게 애원해요."

나는 외투를 벗어서 추위에 떠는 그녀의 어깨를 덮었다. 그녀는 남성용 외투를 걸친 자신의 모습이 우스꽝스럽고 예쁘지 않을까 봐 걱정이 됐는지 웃으면서 옷을 떨구었고, 그 순간 나는 그녀를 끌어안고 얼굴에, 어깨에, 손에 키스를 퍼부었다.

"내일 만나요!" 그녀가 속삭이더니 밤의 정적을 깨뜨리지 않으려는 듯 조심스레 나를 안았다. "우리는 서로 비밀이 없어요, 당장 엄마와 언니한테 다 말해 줘야 돼요… 정말 무서워요! 엄마는 괜찮아요, 엄마는 당신을 좋아하니까요, 하지만 리다는!"

그녀가 대문 쪽으로 달려갔다.

"잘 가세요!" 그녀가 소리쳤다.

이후 한 2분 동안 그녀가 달려가는 소리를 들었다. 나는 집에 가기가 싫었고, 갈 이유도 없었다. 생각에 빠져 잠시 서 있다가 다시 한번 그녀가 살고 있는 집을 보기 위해 조용히 되돌아갔다. 사랑스럽고 순진하고 오래된 그 집은 마치 눈동자 같은 메자닌의 창문으로 나를 내려다보며 모든 걸 이해하는 듯했다. 테라스를 지나쳐서 론테니스를 치던 마당 근처 벤치에 앉았다. 오래된 느릅나무 아래 어둠 속에서 집을 바라봤다. 미슈스가 사는 메자닌의 창문에서 밝은 불빛이 반짝였다가 이후 차분한 초록빛이 흘러나왔다. 램프에 갓을 씌운 것이다. 그림자들이 움직였다… 나는 다정함과 고요함, 스스로에 대한 만족감, 몰입하고 사랑할 수 있다는 만족감으로 가득 차 있었다. 그리고 동시에 불편함을 느끼기도 했는데, 바로 같은 이 시간에 내게서 몇 발자국 안 되는 곳, 이 집의 어느 방에는 나를 좋아하지 않고, 어쩌면 증오하고 있을 리다가 살고 있다는 생각이 들어서였다. 나는 혹시 제냐가 나오지 않을까 계속 기다리며 소리에 귀를 기울였는데 메자닌에서 말을 하는 것 같았다.

한 시간 정도가 흘렀다. 초록빛 불이 꺼지고 그림자들도 더 이상 보이지 않았다. 달은 벌써 집 위에 높이 떠서 잠든 정원과 길들을 비추었다. 집 앞 화단의 달리아와 장미가 또렷이 보였는데 전부 한 가지 색인 것 같았다. 꽤 추워지기 시작했다. 나는 정원에서 나와 길에 떨어져 있던 외투를 집어 들고 천천히 집을 향해 걸었다.

다음 날 오후 볼차니노바 일가의 집에 왔을 때는 정원으로 향하는 유리문이 활짝 열려 있었다. 나는 테라스에 앉아 이제 곧 화단 너머 마당이나 어느 가로수길에서 제냐가 나타나길, 혹은 방 안에서 그녀의 목소리가 들려오길 기다렸다. 그러다가 응접실로 들어갔고, 식당으로 갔다. 아무도 없었다. 식당에서 나와 긴 복도를 따라 현관으로, 다시 반대편으로 갔다. 이곳 복도에는 문이 몇 개 있었는데 그중 어느 문 너머에서 리다의 목소리가 들렸다.

"까마귀에게 어디선가… 하느님이……." 그녀가 큰 소리로 느릿느릿 말했는데, 받아쓰기를 하는 듯했다. "하느님이 치즈 조각을 보내셨어요… 까마귀에게… 어디선가…* 거기 누구예요?" 그녀가 내 발걸음 소리를 듣고 소리쳤다.

"접니다."

"아! 죄송해요, 제가 지금 나갈 수가 없어요, 다샤와 공부하고 있거든요."

* 러시아 우화 작가이자 출판가인 이반 크릴로프(1769-1844)의 우화 『까마귀와 여우』에 해당 구절이 나온다.

"예카테리나 파블로브나는 정원에 계세요?"

"아뇨, 어머니랑 동생은 오늘 아침에 펜자주州에 계신 고모한테 갔어요. 겨울엔 아마 외국에 가실 거고요……." 그녀가 잠시 침묵하더니 덧붙였다. "까마귀에게 어디선가… 하—느님이 치—즈 조각을 보내셨어요… 다 썼니?"

나는 현관으로 나와서 아무 생각 없이 호수와 마을을 보며 서 있었다. 내가 있는 곳까지 소리가 들려왔다.

"치즈 조각을… 까마귀에게 어디선가 하느님이 치즈 조각을 보내셨어요……."

나는 맨 처음 이곳에 이르게 된 그 길을 따라, 다만 반대 방향으로 저택을 떠나왔다. 우선 마당에서 정원으로, 집을 지나치고, 그다음엔 보리수나무길을 따라… 그런데 한 소년이 나를 뒤쫓아 와서 쪽지를 건넸다. '언니에게 전부 말했어요. 그런데 언니가 제게 당신과 헤어지라고 했어요.' 나는 쪽지를 읽었다. '언니 말을 따르지 않으면 언니가 실망할 텐데 저는 그럴 수 없어요. 하느님이 당신에게 행복을 주실 거예요, 저를 용서하세요. 저와 엄마가 정말 괴롭게 울고 있다는 걸 알아주세요!'

그다음엔 짙은 전나무길, 무너진 담… 전에 호밀이 피고 메추라기가 울던 들판에는 이제 소들과 발 묶인 말들이 돌아다녔다. 언덕엔 드문드문 가을 파종한 농작물이 초록빛을 띠고 있었다. 나는 평일의 말짱한 기분에 사로잡혔고, 볼차니노바 일가에서 말했던 모든 게 부끄러워졌으며, 사는 것도 예전처럼 지루해졌다. 집에 온 나는 짐을 꾸리고 저녁에 페테르부르크로 떠났다.

ooo

나는 더 이상 볼차니노바 일가를 보지 못했다. 얼마 전 크림에 가다가 기차에서 벨로쿠로프를 만나게 됐다. 그는 예전처럼 자수가 놓인 셔츠에 파조브카 외투를 걸치고 있었고, 내가 그의 건강을 묻자 '기도해 주신 덕분에'라고 대답했다. 우리는 이야기를 나눴다. 그는 자신의 영지를 팔고 류보프 이바노브나의 이름으로 좀더 작은 다른 땅을 샀다고 했다. 볼차니노바 일가에 대한 말은 적었다. 리다는, 그의 말에 따르면, 예전처럼 셸코브카에 살면서 학교에서 아이들을 가르쳤고, 차츰 마음이 맞는 사람들을 모아 강력한 정당을 세울 수 있었으며, 최근에 있었던 젬스트보 선거에서 여태껏 군을 쥐락펴락하던 발라긴을 '날려 버렸다'고 했다. 제냐에 대해서는, 그 집에서 살지 않는데 어디에 있는지는 모른다고 한 게 전부였다.

나는 메자닌이 있는 집을 잊기 시작했다. 다만 가끔, 그림을 그리거나 책을 읽을 때면 창에 비치던 그 초록색 불빛과, 그 밤 사랑에 빠진 내가 추위에 손을 비비며 집으로 돌아올 때 들판에 퍼지던 내 발자국 소리가 불현듯 떠오른다. 그리고 더 가끔, 외로움에 지치고 슬픈 순간이 오면 흐릿한 기억을 떠올리는데, 그러면 왠지 그들도 나를 떠올리고 나를 기다리는 것 같고, 우리가 만나게 되리라는 생각이 서서히 들기 시작한다…….

미슈스, 어디에 있니?

(1896년)

고향집에서
В РОДНОМ УГЛУ

1

도네츠크*의 길. 울적한 기차역이 초원 속에 홀로 하얗게, 조용하게 서 있다. 벽은 땡볕에 달궈지고, 한 줌 그늘도 없고, 사람도 없는 듯하다. 기차는 당신을 여기에 내려놓고 이미 떠났고, 소리만 희미하게 들리다가 마침내 사라진다… 역 주변은 휑하고 당신의 말들을 제외한 다른 말들은 없다. 당신은 마차에 오르고—기차에 있다가 마차를 타니 정말 좋다— 초원 길을 따라 달리는데, 당신 앞으로 점차 그림들이 펼쳐진다. 모스크바 근교엔 없는, 거대하고 무한한, 한결같아서 매력적인 그림들이다. 초원, 초원—그리고 더 이상 아무것도 없다. 저 멀리 고분古墳이나 풍차가 있고 소들이 석탄을 나르고 있다… 새들이 한 마리씩 평원 위를 낮게 날아다니는데 그들의 고른 날

* 현 우크라이나 동부의 도시.

갯짓이 졸음을 몰아온다. 덥다. 또 한 시간이 지났는데 여전히 초원, 초원, 저 멀리엔 여전히 고분. 당신의 마부가 이따금 채찍으로 어딘가를 가리키며 길고 쓸데없는 이야기를 들려주고, 마음은 평안으로 가득하고 과거에 대해선 생각하고 싶지 않다…….

베라 이바노브나 카르디나를 맞으러 삼두마차가 왔다. 마부가 짐을 싣고 마구를 점검하기 시작했다.

"다 여전하네요." 베라가 주변을 둘러보며 말했다. "여기에 마지막으로 왔을 때는 제가 아직 어린애였어요, 한 10년 전쯤에요. 그때 보리스라는 노인이 절 마중 나왔던 게 기억나는데, 그분 아직 살아 계세요?"

마부는 아무런 대답 없이 우크라이나인 특유의 화난 표정으로 그녀를 쳐다보고는 마부석에 올랐다.

역에서 30베르스타정도 가야 했고, 베라도 초원의 매력에 빠져서 과거는 잊은 채 이곳이 얼마나 드넓은지, 얼마나 여유로운지 생각했다. 건강하고 똑똑하고 예쁘고 젊은, 아직 스물셋밖에 안 된 그녀의 인생에서 지금껏 부족했던 것이 바로 이런 탁 트인 공간과 여유였다.

초원, 초원… 말들은 달리고, 태양은 아직 높다. 어릴 적엔 6월의 초원이 이토록 풍요롭고, 이토록 울창하지 않았던 것 같다. 초록, 노랑, 연보라, 하양—꽃이 핀 풀에서, 열기로 데워진 땅에서 향기가 피어오르고, 왠지 좀 이상하게 생긴 파란 새들이 길가에 있었다… 베라는 이미 오래전에 기도하는 습관을 버렸지만, 지금 이 순간엔 졸음을 참아내며 속삭였다.

"주님, 제가 여기서 잘 지내게 해주세요."

마음이 평온하고 달콤해서 평생 이렇게 달리며 초원을 보라 해도 그러자 했을 것이다. 갑자기 예상치 못하게 어린 참나무와 오리나무가 무성히 자란 깊은 골짜기에 들어섰다. 습한 기운이 올라오는 게 아래쪽에 시냇물이 있을 것이다. 이쪽 골짜기 맨 끝에서 자고새 무리가 요란하게 날아올랐다. 베라는 예전에 산책을 하러 저녁마다 이 골짜기에 왔던 게 생각났다. 그렇다면 이제 저택이 가깝다는 뜻이다! 그리고 정말로 멀리에 포플러나무들과 곡물 창고가 모습을 보이기 시작했다. 한쪽에선 까만 연기가 올라오는데 오래된 짚을 태우는 것이다. 저기 다샤 고모가 손수건을 흔들며 이리로 나오고 있고, 할아버지는 테라스에 있다. 세상에, 얼마나 큰 기쁨인가!

"예쁜아! 예쁜아!" 고모가 히스테리가 오기라도 한 것처럼 비명을 지르며 말했다. "우리 집의 진짜 주인이 왔구나! 네가 진짜 주인이고, 네가 여왕이야! 여긴 다 네 거란다! 예쁜아, 미녀야, 나는 고모가 아니라 네 충직한 하인이야!"

베라에게는 할아버지와 고모 외엔 가족이 없었다. 어머니는 오래전에 죽었고, 엔지니어인 아버지는 시베리아를 통과하던 중에 석 달 전 카잔에서 죽었다. 할아버지는 하얗게 센 턱수염을 길게 길렀고, 뚱뚱하고 불그스레하고 숨을 헐떡였으며, 배를 앞으로 쑥 내밀고 지팡이에 의지해 걸었다. 고모는 마흔두 살의 부인으로 어깨가 봉긋하고 허리를 꼭 죄는 멋진 드레스를 입었는데, 나이보다 더 젊고 예뻐 보이고 싶어 하는 것 같았다. 그녀는 종종걸음으로 다녔고 그럴 때마다 등이 움찔거렸다.

"우리를 좋아해 줄 거니?" 그녀가 베라를 안으며 말했다. "너 거만하지 않지?"

할아버지의 요청으로 감사 예배를 드린 후엔 오랫동안 점심을 먹었다. 베라의 새 인생이 시작됐다. 그녀에게 가장 좋은 방이 내어지고, 집에 있는 카펫이란 카펫은 전부 그녀의 방으로 옮기고, 꽃도 많이 꽂아 놓았다. 저녁에 아늑하고 넓고 아주 부드러운 침대에 누워 오래 묵은 드레스 냄새가 나는 실크 이불을 덮자 그녀는 만족감에 웃음이 났다.

다샤 고모가 잘 자라는 인사를 하러 잠깐 방에 왔다.

"네가 진짜 왔구나, 하느님께 감사하다." 고모는 침대에 앉으며 말했다. "보다시피 우린 잘 살고 있어, 이 이상 더 좋아질 필요도 없지. 그런데 한 가지, 네 할아버지가 안 좋으셔! 불행이야, 정말 안 좋으셔! 숨도 차고 자꾸 잊어버리기 시작하셨어. 너도 기억하지? 얼마나 건강하고 힘이 세셨니! 불같은 분이셨지… 예전에는 하인이 뭐라도 맘에 안 들게 하면 펄쩍 뛰면서 '뜨거운 회초리 맛을 봐라! 스물다섯 대!' 하셨었지. 근데 지금은 온순해져서 소리도 못 내시니. 게다가 지금은 그런 시대가 아니잖니, 선녀야. 때리면 안 돼. 당연히 때릴 필요는 없지, 하지만 너무 풀어줘도 못써."

"고모, 요즘도 하인들을 때려요?" 베라가 물었다.

"관리인이 어쩌다 때리기도 하는데 나는 안 때려. 그냥 내버려 두지. 네 할아버지도 옛날 생각에 한 번씩 지팡이를 쳐들긴 하시지만 때리진 않으셔."

다샤 고모가 하품을 하더니 입에, 그다음엔 오른쪽 귀에 성호를 그었다.*

"여기서 살면 지루하지 않아요?" 베라가 물었다.

"뭐라고 할까? 지주들은 이제 다른 곳으로 옮겨 갔고 여기에 살진 않아. 하지만 주변에 공장이 많이 들어섰단다, 선녀야. 그래서 엔지니어들, 박사들, 광산업자들이 많고 힘이 넘치지! 연극이나 콘서트도 당연히 열리지만 여기 사람들은 카드놀이

* 정교회 신자들의 옛 습관으로 악한 영이 몸에 들어오지 못하도록 막는다는 의미가 있다.

를 많이 해. 우리 집으로 오기도 하고. 우리 집에 공장을 하시는 네샤포프 박사도 오시는데 정말 멋지고 재미있는 분이야! 네 사진을 보고 사랑에 빠지셨지. 나는 마음을 정했단다, 이건 베라의 운명이구나 하고 생각했어. 젊고 잘생기고 재산도 있고, 한마디로 딱 신랑감이야. 게다가 너도 어디 내놔도 훌륭한 신붓감이고. 가문도 좋지, 땅이 저당잡혀 있긴 하지만 괜찮아, 잘 가꿔져 있고 방치된 상태가 아니니까. 내 몫도 있긴 하다만 그것도 다 네 것이 될 거야, 난 너의 충직한 노예란다. 그리고 돌아가신 오빠가, 그러니까 네 아빠가 남겨 놓으신 돈도 만 오천 루블이 있고… 아, 근데 너 눈이 감기는구나. 그만 자거라, 얘야."

다음 날 베라는 오랫동안 집 주변을 거닐었다. 오래되고 흉한, 길도 없는 정원이 경사진 곳에 불편하게 자리하고 있었는데 완전히 버려진 상태였다. 아마 살림에 보탬이 안 되는 것으로 여기는 듯했다. 뱀도 많았다. 후투티들이 나무 밑을 날아다니며 무언가를 상기시키려는 듯한 톤으로 '우—투—투' 하고 울었다. 아래엔 키 큰 갈대들이 무성히 자라 있는 강이 흘렀고, 강 너머 반 베르스타 정도 떨어진 곳엔 마을이 있었다. 베라는 정원에서 들로 나갔다. 먼 곳을 바라보며, 고향 보금자리에서의 새로운 삶을 생각하며 그녀는 자신 앞에 무엇이 기다리고 있을지 헤아려 보려 했다. 이 광활한 공간, 초원의 아름다운 평온이 행복이 가까이에 있다고, 아니 이미 왔다고 말해 주었다. 실제로 사람들은 그녀를 향해 젊고 건강하고 교육도 받고 자신이 소유한 저택에서 산다는 게 얼마나 큰 행복이냐고 했을 터이다! 하지만 동시에 끝없이 펼쳐진, 사람 하나 없는 단조로운 평원이 그녀를 무섭게 했고, 몇 분 지나지 않아 이 평온한 푸른 괴물이 분명 자신의 인생을 삼키고 아무것도 아닌 것으로 만들어 버릴 거라는 생각이 들었다. 그녀는 젊고 우아하고 삶을 사랑한다. 대학을 졸업했고, 3개 국어로 말할 수 있으며, 독서도 많이 했고, 아버지와 여행도 많이 다녔다. 하지만 이 모든 게 결국 소리 없는 초원의 저택에 들어와 살고, 하루하루 아무 할 일도 없이 정원에서 들로, 들에서 정원으로 거닐다가, 그다음엔 집에 앉아 할아버지의 거친 숨소리를 듣기 위해서란 말인가? 하지만 어쩌란 말인가? 어디로 간단 말인가? 그녀는 스스로에게 아무런 대답도 줄 수 없었고, 집에 돌아오면서는 이곳에서 그녀가 행복하기란 거의 불가능하고, 기차역에서 여기로 오는 길이 여기서 사는 것보다 훨씬 재미있다고 생각했다.

공장에서 네샤포프 박사가 왔다. 그는 의사였지만 3년 전쯤 공장의 지분을 얻어서 공장주들 중에 한 명이 되었고, 진료를 하긴 했지만 이젠 의학을 자신의 본업으로 여기지 않았다. 겉

모습은 창백한 얼굴에 검은 머리칼, 마른 체격에 흰색 조끼를 입고 다녔는데 무슨 마음인지, 무슨 생각인지 알기 어려운 사람이었다. 그가 인사를 하며 다샤 고모의 손에 입을 맞췄고, 그다음엔 의자를 가져오거나 자리를 양보하거나 하며 자꾸 벌떡 일어났다. 그는 항상 진지하고 침묵을 지켰는데, 말을 꺼내기라도 할 때면 작지 않은 소리로 바르게 말했음에도 불구하고 왠지 첫 문장을 제대로 알아듣기가 어려웠다.

"피아노 칠 줄 아십니까?" 그가 베라에게 묻더니 갑자기 벌떡 일어났다. 베라가 손수건을 떨어뜨렸기 때문이다.

그는 정오부터 자정까지 말없이 앉아 있었고, 베라는 그가 전혀 맘에 들지 않았다. 촌에서 흰 조끼라니 당찮아 보였고, 섬세한 친절과 매너, 짙은 눈썹, 창백하고 진지한 얼굴은 느끼했다. 또 늘 침묵하는 이유는 식견이 얕아서인 것 같았다. 그가 떠나자 고모가 기쁘게 말했다.

"어떠니? 정말 훌륭한 사람이지 않아?"

2

다샤 고모는 살림을 맡고 있었다. 허리를 꽉 조이고 양 손목엔 팔찌를 찰랑거리며 부엌으로, 곡간으로, 사육장으로 종종걸음을 치며 다녔는데 그럴 때마다 등이 움찔거렸다. 그리고 관리인이나 농부들과 말할 때는 왠지 모르지만 항상 팽스네를 걸쳤다. 할아버지는 늘 같은 자리에 앉아 혼자 카드놀이를 하거나 꾸벅꾸벅 졸았다. 그는 점심과 저녁식사로 엄청난 양을 먹었는데 오늘 한 음식, 어제 한 음식, 일요일부터 남은 차가운 파이, 하인들이 먹을 절인 소고기까지 차려졌고, 할아버지는 그걸 전부 게걸스럽게 먹어 치웠다. 베라는 끼니마다 강렬한 인상을 받았고, 나중에 양을 치는 모습이나 방앗간에서 밀가루 실어오는 걸 보면 '할아버지가 드시겠군' 하고 생각했다. 할아버지는 음식이나 카드놀이에 빠진 채 대부분의 시간을 말없이 보냈다. 하지만 때때로 점심을 먹다가 베라를 바라보고는 감격에 겨워 부드럽게 말했다.

"하나뿐인 내 손녀딸! 베로치카!"*

그리고 눈에 눈물이 글썽였다. 혹은 갑자기 얼굴이 붉어지고 목이 부풀어 오르고 사납게 하인을 노려보다가 지팡이를 내리치며 물었다.

"고추냉이는 왜 안 내온 거야?"

그는 겨울엔 꼼짝달싹 안 했고, 여름엔 귀리밭과 풀밭을 살펴보러 종종 들에 나갔다가, 돌아와서는 자기가 없으니 다 엉망이라고 하며 지팡이를 휘둘렀다.

"네 할아버지가 기분이 안 좋으시다." 다샤 고모가 속삭였다. "그래도 지금은 괜찮은 거야, 옛날 같았으면 '뜨거운 회초리 맛을 봐라! 스물다섯 대!' 하셨을 테니까."

고모는 다들 게을러져서 아무것도 안 하고 있고, 영지에서 아무런 수입도 안 난다며 한탄했다. 실은 농업이라 부를 만한 게 없었다. 그저 습관적으로 땅을 파고 씨를 조금 뿌릴 뿐, 실제로는 아무것도 안 하고 허송세월했다. 그런데도 온종일 돌아다니고, 셈을 하고, 부산을 떨었다. 집 안의 분주함은 새벽 5시부터 시작되어 '저것 좀 줘', '이리 가져와', '거기 갔다 와' 하

* 베라의 애칭.

는 말들이 끊임없이 들렸고, 하녀는 저녁 무렵이면 힘이 다 빠져서 녹초가 되기 일쑤였다. 고모의 식모와 가정부들은 매주 바뀌었는데 행실이 안 좋다며 고모가 내쫓기도 하고, 아니면 그들이 먼저 너무 시달린다며 그만두기도 했다. 같은 마을에서는 일하러 오는 사람이 아무도 없어서 먼 곳 사람들을 고용해야만 했다. 마을 사람들 중에서 알료나라는 한 아가씨만이 일을 그만두지 않았는데 그녀의 급료로 할멈들과 아이들을 포함한 집안 전체가 먹고살았기 때문이다. 알료나는 작은 몸에 낯빛이 창백하고 조금 미련했는데 온종일 집을 치우고, 식사 시중을 들고, 불을 피우고, 바느질하고, 빨래를 했지만, 보이기로는 그저 장화 신은 발을 쿵쿵거리며 부산을 떨고 집안일에 도리어 방해가 되는 것 같았다. 그녀는 혹시나 해고당해서 집으로 보내질까 봐 두려운 나머지 물건을 잘 떨어뜨렸고 그릇도 자주 깼다. 그러면 그만큼을 급료에서 제했고, 나중에 그녀의 어머니와 할머니가 와서 다샤 고모의 발 앞에 엎드렸다.

일주일에 한 번, 가끔은 그보다 더 자주 손님들이 왔다. 고모가 베라의 방에 와서 말했다.

"손님들이랑 같이 좀 있지 그러니? 안 그럼 네가 거만하다고들 생각할 거야."

베라는 손님들에게 와서 오랫동안 카드놀이를 했고, 혹은 그녀가 피아노를 치면 손님들이 춤을 췄다. 춤추느라 홍이 나고 숨이 찬 고모가 그녀에게 다가와 속삭였다.

"마리야 니키포로브나에게 좀더 다정하게 대해 드려."

12월 6일, 성 니콜라 축일에는 한 번에 서른 명 정도의 많은 손님이 왔다. 밤늦게까지 카드놀이를 하고 개중에 많은 손님들이 돌아가지 않고 밤새 머물렀다. 아침부터 다시 둘러앉아 카드놀이를 하고 그다음엔 점심을 먹었다. 점심식사 후 베라가 쉴 새 없는 대화와 담배 연기를 피해 잠깐 쉬려고 자기 방으로 갔는데 거기에도 손님들이 있었고, 그녀는 절망감에 울음을 터뜨릴 뻔했다. 그리고 저녁에 다들 집으로 돌아갈 채비를 하자 드디어 간다는 생각에 너무 기뻐서 말했다.

"좀더 계시지 그러세요!"

손님들은 그녀를 지치고 버겁게 했다. 하지만 한편으론 거의 매일처럼 일어나는 일이, 날이 어두워지기 시작하자마자 마음이 집 밖으로 끌려서 공장이나 이웃 지주들의 집을 방문하는 것이었다. 거기서 카드놀이를 하고, 춤을 추고, 벌칙 놀이를 하고, 저녁을 먹고… 공장이나 탄광에서 일하는 젊은이들이 가끔 소러시아*의 노래를 불렀는데 꽤 괜찮았다. 그들이 노래를

* 우크라이나를 가리킨다.

하면 슬퍼졌다. 또는 다같이 한 방에 모여서 어스름한 가운데 탄광에 대해, 그 언젠가 초원에 파묻혀졌다는 보물에 대해, 사우르-모길라*에 대해 이야기했다… 늦은 시간에 이야기를 나누다 보면 갑자기 "보—초—!" 하는 소리가 들리기도 했는데 술 취한 사람이 지나가거나 탄광 근처에서 누군가 약탈당하며 외치는 소리였다. 또는 벽난로에서 바람이 웅웅거리고 덧창이 쾅 닫히고, 잠시 후 교회 종소리가 심란하게 울리면 눈보라가 시작된 것이었다.

파티든, 피크닉이든, 점심식사 자리든 어디서나 변함없이 가장 재미있는 여성은 다샤 고모였고, 가장 재미있는 남성은 네샤포프 박사였다. 공장과 저택에서 무언가를 낭독하는 일은 아주 드물었고, 오로지 행진곡과 폴카가 연주됐으며, 젊은이들은 이해하지도 못하는 것을 놓고 뜨거운 논쟁을 벌였는데 굉장히 거칠어졌다. 뜨겁고 소란하게 논쟁을 벌였지만, 이상하게도 베라는 그 어디서도 이처럼 무관심하고 무신경한 사람들을 보지 못했다. 그들에게는 조국도, 종교도, 사회적 문제에 대한 관심도 없는 듯했다. 문학에 관해 말하거나 어떤 추상적인 문제를 풀이하려고 하면 네샤포프의 얼굴에서 이런 것은 전혀 그

* 도네츠크 지방에 있는 고분(古墳).

의 관심사가 아니며 그가 오랫동안, 아주 오랫동안 아무것도 읽지 않았고, 읽고 싶어 하지도 않는다는 게 보였다. 표정 없이 진지하기만 한 그는 망쳐 버린 초상화 같았으며, 늘 흰색 조끼를 입고, 여전히 늘 침묵했고, 속을 알 수가 없었다. 하지만 부인들과 귀족 아가씨들은 그를 재미있는 사람으로 여기고 그의 매너에 감탄했으며 베라를 시기했다. 언뜻 봐도 그가 베라를 매우 마음에 들어 하는 게 보였다. 베라는 매번 실망에 차서 손님들과 헤어졌으며 이젠 집에나 있을 거라고 다짐했다. 하지만 하루가 지나고 저녁이 되면 또다시 공장을 향해 서둘렀고 이런 식으로 거의 온 겨울을 보냈다.

그녀는 책과 잡지를 주문해서 자신의 방에서 읽었다. 밤에도 침대에 누운 채로 읽었다. 복도에 있는 시계가 2시나 3시를 알리고 오랜 독서로 관자놀이가 아파오면 침대에 앉아 생각했다. 뭘 해야 하지? 어디로 가야 할까? 저주스럽고 집요한 질문에 벌써 오래전부터 많은 답변을 준비해 왔지만 실제로는 아무것도 없었다.

아, 민중을 섬기고 그들의 고통을 덜어 주고 계몽하는 것은 얼마나 고상하고 성스럽고 그림처럼 아름다운 일일까? 그러나 그녀 베라는 민중을 모른다. 어떻게 민중에게 다가갈 것인가? 그녀에게 민중은 낯설고 재미없다. 그녀는 통나무집의 악취와

거친 욕설, 씻지 않은 아이들, 아낙들이 나누는 질병에 관한 대화들을 견디지 못한다. 눈 쌓인 길을 덜덜 떨며 걷고, 그다음엔 답답한 통나무집에 앉아 좋아하지도 않는 아이들을 가르치는 것은, 아니다, 차라리 죽는 게 낫다! 게다가 다샤 고모가 주막에서 수입을 얻고 농민들에게 벌금을 물리고 있는 마당에 그 농민들의 아이들을 가르친다는 것은 코미디일 수밖에 없다! 학교와 마을 도서관, 보통 교육에 관한 대화가 수없이 오갔지만, 만일 그 알고 지내는 엔지니어들, 공장주들, 부인들이 위선적이지 않았다면, 정말로 계몽이 필요하다고 믿었다면, 지금처럼 한 달에 단 15루블을 지급하며 교사들을 굶주림에 내몰진 않았을 것이다. 학교도, 무지에 관한 대화도 단지 양심을 달래기 위한 것이다. 오천 또는 만 데샤티나의 땅을 가지고 있으면서 민중에게는 무관심한 것이 부끄럽기 때문이다. 예를 들어 부인들은 네샤포프 박사가 공장에 학교를 세웠다 하여 그를 선량한 사람이라고 한다. 맞다, 오래된 공장 돌로 800루블 정도를 들여 학교를 지었고, 개교식 때 그의 장수를 기원하는 기도문도 올렸다. 하지만 그가 자신의 지분을 내줄 리 없고, 노동자들도 자신과 똑같은 인간이며 그들을 공장의 이런 초라한 학교에서만 가르칠 게 아니라 대학에서도 교육받도록 해야 된다는 생각이 머릿속에 떠오를 리 없다.

베라는 스스로에게, 또 모든 사람들에게 화가 났다. 다시 책을 집어 들고 읽어 보려 했으나 이내 다시 앉아 생각했다. 의사가 될까? 하지만 그러려면 라틴어 시험을 봐야 하고, 게다가 그녀는 시체나 질병에 대한 혐오를 이겨낼 수 없다. 기계공, 판사, 선장, 학자가 되어, 육체적인 힘과 정신적인 힘을 다 쏟아붓는 무언가를 하고, 피곤에 지쳐서 밤에 깊이 잠들면 좋을 것이다. 흥미로운 사람이 되기 위해, 흥미로운 사람들의 마음을 끌기 위해, 사랑을 하고 자신의 진짜 가정을 이루기 위해… 그런 무언가를 위해 인생을 바칠 수 있다면 좋을 것이다. 하지만 뭘 해야 할까? 뭐부터 시작해야 할까?

한번은 사순절* 금식 기간의 어느 일요일에 고모가 우산을 가지러 아침 일찍 그녀의 방에 왔다. 베라는 침대에 앉아 머리를 움켜쥐고 생각하고 있었다.

"선녀야, 교회에 가지 그러니?" 고모가 말했다. "안 그러면 네가 신앙이 없다고들 생각할 거야."

베라는 아무 말도 하지 않았다.

"보아하니 싫증이 났구나, 불쌍한 것." 고모가 침대 앞에 무릎을 꿇으며 말했다. 그녀는 베라를 정말 사랑했다. "솔직히 말

* 기독교에서 부활주일을 앞두고 40일 동안 단식과 속죄를 행하는 기간.

해 봐, 싫증이 난 거지?"

"아주 많이요."

"미녀야, 나의 여왕아, 난 너의 충직한 종이야, 네가 정말 행복하기만 바란단다… 말해 봐, 네샤포프 박사와 결혼하는 게 왜 싫은 거니? 얘야, 그 사람 말고 누가 더 필요하겠어? 미안하지만 예쁜아, 그렇게 고르고 있을 순 없어, 우린 공작 집안이 아니야… 시간이 가잖니, 네가 열일곱도 아니고… 그리고 난 이해가 안 돼! 그 사람은 널 사랑해, 떠받들고 있다고!"

"오, 맙소사!" 베라가 짜증을 내며 말했다. "제가 그걸 어떻게 알겠어요? 정작 그 사람은 말을 안 해요, 여태까지 단 한 마디도 없었다구요."

"부끄러워서 그래, 선녀야… 혹시나 네가 거절할까 봐!"

고모가 방에서 나가자 베라는 옷을 입을지 다시 누울지 정하지 못한 채 방 한가운데 서 있었다. 흉측한 침대, 창밖을 보면 벌거벗은 나무들, 잿빛 눈더미, 흉측한 갈까마귀들, 할아버지가 먹어 치울 돼지들…….

'정말,' 그녀가 생각했다. '결혼이나 할까?'

3

고모가 이틀이나 울음기 있는 얼굴에 짙은 화장을 하고 다녔고 식사 시간에는 계속 한숨을 내쉬며 성상聖像을 바라봤다. 무슨 안 좋은 일이 있는 건지 알 수 없었다. 그런데 그녀가 결심을 하고 베라의 방에 와서 친근하게 말을 건넸다.

"그러니까 얘야, 은행에 이자를 내야 되는데 소작인이 돈을 내지 않는구나. 아빠가 네게 남기신 만 오천 루블에서 지불하도록 허락해 주렴."

이후 고모는 하루 종일 정원에서 체리잼을 만들었다. 알료나는 열기 때문에 볼이 빨개져서 정원으로, 집으로, 지하 저장고로 분주히 뛰어다녔다. 고모는 성스러운 예식을 행하듯 아주 진지한 얼굴로 잼을 끓였고, 짧은 소매 아래로 작고 튼실하고 강압적인 손이 보였다. 하녀는 자신은 먹지도 못할 잼 근처에서 부산을 떨며 쉴 새 없이 뛰어다녔다. 그리고 이 모든 순간에서 괴로움이 느껴졌다…….

정원에 뜨거운 체리향이 풍겼다. 해가 이미 지고 열기도 가셨지만 공기 중엔 기분 좋은 달콤한 향이 아직 맴돌았다. 베라는 벤치에 앉아 새로 온 일꾼이 자신의 지시에 따라 길을 만드는 걸 보고 있었다. 그는 이곳을 거쳐 가는 젊은 군인이었다. 그가 풀이 무성한 굳은 땅을 삽으로 쪼개어 손수레에 던졌다.

"어디서 복무했었어?" 베라가 그에게 물었다.

"베르잔스크에서요."

"그럼 이젠 어디로 가? 집으로?"

"아뇨," 일꾼이 대답했다. "저는 집이 없어요."

"태어나서 자란 곳은 어딘데?"

"오를롭스크주州요. 군에 가기 전까지는 새아버지 집에서 어머니랑 살았어요. 어머니가 안주인이셨는데 다들 어머니를 존중했죠, 저도 어머니 곁에서 자랐고요. 근데 복무 중에 어머니가 돌아가셨다는 편지를 받았어요… 그래서 이젠 집에 가기도 뭣하고 내키지 않아요. 친아버지도 아니고, 이젠 남의 집이나 마찬가지잖아요."

"친아버지는 돌아가셨어?"

"그건 알 수가 없어요. 저는 사생아거든요."

이때 고모가 창가로 오더니 말했다.

"일 네 포 빠 빠를레 오 잔스…* 이봐, 젊은이, 부엌으로 가." 고모가 군인을 향해 말했다. "거기서 얘기해."

그다음엔 어제처럼, 언제나처럼 저녁식사, 독서, 잠 못 드는 밤과 한없이 이어지는 똑같은 생각들. 3시에 해가 뜨고 알료나는 벌써 복도에서 부산을 떨었고, 베라는 그때까지 잠도 안 자고 책을 읽어 보려 애쓰고 있었다. 손수레 삐걱거리는 소리가 들렸다. 새 일꾼이 정원에 온 것이다… 베라는 책을 들고 열린 창가에 앉아 꾸벅꾸벅 졸기도 하며 군인이 그녀를 위해 길을 만드는 걸 보았다. 흥미로웠다. 길은 가죽띠처럼 평평하고 반듯했고, 그 위에 노란 모래를 뿌리면 어떤 모습일까 상상하니 즐거웠다.

5시가 지나자 분홍색 가운을 걸치고 머리에 종이를 만 고모가 집에서 나오는 게 보였다. 그녀는 3분 정도 말없이 현관 계단에 서 있다가 군인에게 말했다.

"여기 신분증 받아, 잘 가렴. 내 집에 사생아가 있게 할 수는 없어."

베라의 가슴에 무거운 악감정이 돌처럼 내려앉았다. 그녀는 분노했고 고모가 미웠다. 우울감과 혐오감이 들 정도로 고모가 지겨웠다… 하지만 어쩌란 말인가? 말을 끊고 끼어들까? 무

* Il ne faut pas parlez aux gens. (프랑스어) 하인이랑 말하지 말거라.

례하게 대들까? 그런다고 무슨 소용인가? 고모랑 싸워서 그녀가 상관 안 하도록, 해 끼치지 않도록 한다고 치자, 할아버지가 지팡이를 휘두르지 않도록 한다고 치자. 그런다고 무슨 소용인가? 끝도 보이지 않는 초원에서 쥐 한 마리나 뱀 한 마리 죽이는 것과 매한가지다. 광활한 공간, 기나긴 겨울, 삶의 단조로움과 지루함이 무력감에 빠지게 하고, 상황은 절망적으로 느껴지며 아무것도 하기 싫다, 다 소용없다.

알료나가 들어와 베라에게 공손히 인사하고 먼지를 털려고 안락의자들을 밖으로 내가기 시작했다.

"청소할 시간을 잘도 맞췄네." 베라가 짜증을 내며 말했다. "여기서 나가!"

알료나는 너무 당혹스럽고 무서운 나머지 자신에게 뭘 원하는지 깨닫지 못하고는 급히 서랍장 위를 치우기 시작했다.

"나가라고 하잖아!" 베라는 싸늘해져서 소리쳤다. 이렇게 무거운 감정을 그녀는 한 번도 경험한 적이 없었다. "나가라고!"

알료나가 새소리 같은 신음소리를 내며 카펫에 금시계를 떨어뜨렸다.

"저리 가라고!" 베라는 펄펄 뛰고 온몸을 바르르 떨며 목소리가 변해서 소리 질렀다. "얘 좀 쫓아 버려요! 얘 때문에 죽겠어요!" 그녀는 복도로 나와 알료나를 쫓아가며, 발을 구르며 계속 소리쳤다. "저리 가! 회초리! 얘 좀 때리세요!"

그러다 갑자기 그녀는 정신을 차리고 부리나케 그 모습 그대로, 머리도 빗지 않고 씻지도 않은 채, 가운을 걸치고 구두를 신고 집 밖으로 뛰쳐나갔다. 그리고 골짜기까지 내달려서 가시자두 나무에 몸을 숨겼다. 아무도 보지 않고, 자신도 눈에 띄지 않기 위해. 풀 위에 가만히 누워 있는 그녀는 울지도 않았고, 무서움을 느끼지도 않았다. 눈도 깜빡이지 않고 하늘을 바라보며 냉정하고 분명하게 판단했다. 평생 잊을 수도 없고 스스로를 용서할 수도 없는 일이 일어난 거라고.

'됐어, 충분해, 충분해!' 그녀가 생각했다. '이젠 맘을 다잡아야 돼, 안 그럼 끝이 안 날 거야… 이걸로 충분해!'

정오에 네샤포프 박사가 골짜기를 지나 저택으로 갔다. 그녀는 그를 보며 새로운 삶을 시작하기로, 시작하게끔 자신을 몰아붙이기로 급히 결심했고, 그 결심이 그녀를 안심시켰다. 그리고 박사의 호리호리한 체구를 눈으로 좇으며 자신이 내린 결정의 혹독함을 덜어내려는 듯 말했다.

"좋은 사람이야… 어떻게든 살겠지."

그녀는 집으로 돌아왔다. 옷을 입고 있는데 다샤 고모가 들어와 말했다.

"알료나가 너를 화나게 했구나, 선녀야. 그 애를 마을 집으로 보내 버렸어. 애 어머니가 그 애를 심하게 때리고는 여기 와서 울더구나……."

"고모," 베라가 서둘러 말했다. "저 네샤포프 박사랑 결혼할 게요. 근데 고모가 그 사람이랑 얘기 좀 해주세요… 저는 못 하겠어요……."

그러고는 다시 들판으로 나갔다. 눈길 닿는 대로 걸으며 결혼해서 살림을 하고, 치료하고, 가르치고, 주변의 다른 여인들이 하는 대로 다 할 거라고 결심했다. 그리고 자기 자신과 타인들을 향한 끝없는 불만을, 과거를 돌아보기만 하면 눈앞에 산더미처럼 쌓여 가는 용납 못 할 실수들을 자신에게 운명 지어진 실제의 삶으로 여기고, 더 나은 것을 기다리지 않기로 했다… 더 나은 것이란 없으니까! 아름다운 자연과 꿈, 음악이 하나를 말한다면, 현실의 삶은 또 다른 것을 말한다. 행복과 진실은 인생의 바깥 어딘가에 존재하는 게 틀림없다… 살아내는 게 아니라 하나가 되어야 한다. 영원처럼 풍요롭고 끝없고 무심한 초원과 하나가 되고, 초원의 꽃들과 고분들과 저 먼 공간과 하나가 되어야 한다. 그럴 때만이 좋을 것이다…….

한 달 후 베라는 이미 공장에서 살고 있었다.

(1897년)

선녀
ДУШЕЧКА

퇴직한 8등 문관 플레만니코프의 딸인 올렌카*가 생각에 잠겨 현관 밖에 앉아 있었다. 날은 덥고 파리들이 귀찮게 달라붙었지만 이제 곧 저녁이라는 생각에 기분이 아주 좋았다. 동쪽에서 짙은 비구름이 몰려오고 있었고 이따금 그쪽에서 습한 기운이 전해졌다.

마당 한가운데에는 놀이공원 '티볼리'의 흥행사**이자 극장 주인 쿠킨이 하늘을 올려다보며 서 있었다. 그는 이 집 마당에 있는 별채에 세 들어 살고 있다.

"또!" 그가 절망스레 말했다. "또 비가 오겠네! 매일 비라니, 매일 비라니! 일부러 그런 것 같잖아! 이건 목매달라는 거야! 파산이야! 하루하루 손해가 엄청나니!"

* 여성 이름 '올가'의 애칭.

** 연극, 영화, 서커스 따위의 흥행을 직업으로 하는 사람.

그가 손뼉을 탁 치더니 올렌카를 보며 말을 이었다.

"이런 게, 올가 세묘노브나, 우리 인생이에요. 울어도 소용없어요! 일하고, 애쓰고, 괴로워하고, 밤엔 잠도 안 자가며 어떻게 하면 좋을지 생각하지만, 그래서 되는 게 뭔데요? 한편으로는 관객들이 무식하고 미개해요. 최고로 좋은 오페레타, 환상극, 훌륭한 가수들을 무대에 올리지만 관객들한테 그게 필요나 한가요? 뭐라도 이해하는 게 있을까요? 그들에겐 광대극이 필요해요! 천박한 걸 줘야 돼요! 또 한편으로는 날씨를 좀 보세요. 거의 매일 저녁마다 비가 와요. 5월 10일부터 시작되더니 5, 6월 내내 줄곧 내리고 있어요, 아주 그냥 끔찍해요! 사람들은 안 오는데 저는 임대료를 내잖아요? 배우들 급료도 주잖아요?"

다음 날 저녁 무렵 또 다시 먹구름이 몰려왔고 쿠킨이 히스테릭하게 웃으며 말했다.

"뭐 어쩌겠어? 오라 해! 공원은 다 물에 잠기라지, 나도 잠겨 버리고! 내 행복은 이승에도 없고 저승에도 없어! 배우들보고 날 재판에 넘기라 해! 재판이 대수야? 시베리아 징역살이도 가지! 단두대도 괜찮겠고! 하하하!"

그리고 그다음 날에도 같은 일이······.

올렌카는 말없이 진지하게 쿠킨의 말을 들었고, 그럴 때면 그녀의 눈에 눈물이 고였다. 결국 쿠킨의 불행이 그녀의 마음을 움직였고 그녀는 그를 사랑하게 됐다. 그는 키가 작고 여위었으며, 노란 얼굴에 옆머리는 빗어 넘기고, 목소리는 가늘고 높은 톤이었는데 말할 때 입을 삐죽거렸다. 얼굴엔 항상 절망이라고 써 있었지만, 그럼에도 불구하고 그녀의 마음에 진실한 깊은 감정이 일게 했다. 그녀는 늘 누군가를 사랑했고 그러지 않고서는 살 수 없었다. 예전엔, 지금은 아파서 어두컴컴한 방의 안락의자에 앉아 힘겹게 숨을 쉬는 아빠를 사랑했다. 또 브랸스크에서 가끔, 2년에 한 번쯤 오는 고모를 사랑했다. 그리고 그보다 더 전에 김나지야 예비학교에 다닐 때는 프랑스어 선생님을 사랑했다.

그녀는 조용하고 착하고 동정심 많은 아가씨로 온순하고 부드러운 눈빛을 가졌으며, 아주 튼실했다. 그녀의 통통한 분홍빛 볼, 까만 점이 있는 보드라운 하얀 목, 뭔가 좋은 얘기를 들을 때 얼굴에 떠오르는 착하고 순박한 미소를 보고 남자들은 '음, 아주 괜찮아…….' 생각하며 역시 미소를 지었고, 손님으로 온 부인들은 참지 못해 대화 중간에 갑자기 그녀의 손을 덥석 잡으며 만족감에 겨워 말했다.

"선녀 같기도 해라!"

그녀가 태어나서 줄곧 살고 있고 아버지 유언장에도 그녀

앞으로 돼 있는 집은 도시 변두리인 츠간스카야 슬라보드카*에, '티볼리' 공원에서 멀지 않은 곳에 있었다. 저녁마다 밤마다 공원에서 음악이 연주되고 폭죽이 터지는 소리가 들렸는데, 그녀에겐 그게 마치 쿠킨이 운명과 싸우며 자신의 주적인 무심한 대중에게 돌격하는 것처럼 느껴졌다. 그녀의 심장은 달콤하게 뛰었고 전혀 자고 싶지도 않았다. 아침이 다가올 무렵 그가 집으로 돌아오면 그녀는 자신의 침실 창문을 조용히 두드리고 커튼 사이로 얼굴과 한쪽 어깨만을 내보이며 그에게 다정히 미소 지었다…….

그가 청혼을 했고, 곧 교회에서 결혼식을 올렸다. 그는 그녀의 목과 통통하고 풍만한 어깨를 차분히 바라볼 때면 손뼉을 치며 말했다.

"선녀야!"

그는 행복했지만, 결혼식 날에도 이후 밤에도 비가 내려서 얼굴에서 절망스러운 표정이 떠나질 않았다.

결혼해서 그들은 잘 살았다. 그녀는 남편 극장의 매표소에 있으면서 공원의 질서를 살피고 지출을 기록하고 급여를 지급했다. 그녀의 분홍빛 볼과 사랑스럽고 순박하고 광채를 닮은

* '집시촌'이라는 뜻의 지명.

미소가 매표소의 창구에서, 무대 뒤에서, 간이식당에서 반짝였다. 그리고 어느덧 자신의 지인들에게 세상에서 가장 훌륭하고, 가장 중요하고 필요한 것은 극장이며, 진정한 즐거움을 얻을 수 있고 교양과 인품을 갖출 수 있는 곳은 오직 극장뿐이라고 말하고 있었다.

"하지만 관객들이 이런 걸 이해나 할까요?" 그녀가 말했다. "그들에게 필요한 건 광대극이에요! 어제 저희가 〈파우스트 뒤집기〉*를 했는데 객석이 거의 텅 비었어요. 근데 만약 저희 바니치카**랑 제가 뭔가 천박한 걸 올렸다면, 정말이지, 극장이 사람들로 꽉 들어찼을 거예요. 내일은 저희 바니치카랑 제가 〈지옥의 오르페우스〉***를 올리니까 보러 오세요."

쿠킨이 극장과 배우들에 대해 어떤 말을 하면 그녀는 그 말을 따라 했다. 쿠킨과 마찬가지로 그녀도, 예술에 무관심하고 무식하다는 이유로 관객들을 얕봤고, 연습 때마다 끼어들어서 배우들을 바로잡아 주었으며, 악사들의 품행을 살피고, 지역 신문에 극장에 관한 부정적인 평이 실리면 울음을 터뜨리고는 편집국에 해명하러 갔다.

* 프랑스 작곡가 에르베의 오페레타 〈Le Petit Faust(작은 파우스트)〉의 러시아어 제목.
** 쿠킨의 이름 '이반'의 애칭.
*** 프랑스 작곡가 오펜바흐의 오페레타.

배우들은 그녀를 좋아했고 그녀를 가리켜 '저희 바니치카랑 제가' 혹은 '선녀'라고 했다. 그녀는 배우들을 가엾게 여겨서 조금씩 돈을 빌려주었으며, 간혹 그녀를 속이는 일이 생기면 조용히 울 뿐이지 남편에게는 하소연하지 않았다.

겨울에도 잘 살았다. 시립 극장을 겨우내 임대받아서 우크라이나 극단이나 곡예사, 지역 아마추어들에게 단기로 무대를 빌려줬다. 올렌카는 살이 오르고 만족감에 빛이 났지만, 쿠킨은 야위고 노래지고 겨우내 일이 꽤 잘됐음에도 불구하고 끔찍한 손해를 보고 있다며 불평했다. 그는 밤마다 기침을 했고, 그녀가 산딸기잼을 섞은 홍차나 보리수 꽃차를 그에게 마시게 하고, 오드콜론*을 발라 주고, 부드러운 숄로 그의 몸을 감싸 주었다.

"당신은 정말 훌륭해!" 그녀는 그의 머리칼을 어루만지며 진심을 다해 말했다. "당신은 정말 좋은 사람이야!"

사순절 기간에 그가 극단 배우들을 모집하러 모스크바에 갔고, 그녀는 남편이 없으니 잠이 오지 않아서 창가에 앉아 별을 바라보았다. 그러면서 자신을 마치 닭장에 수탉이 없어 밤새 잠도 안 자고 안절부절못하는 암탉들에 비교하곤 했다. 쿠

* 감기, 피부 발진, 근육통, 관절통, 두통 등 다방면에 효능이 있다고 알려져서 예로부터 치료제로 사용되던 알콜 성분의 액체. 이후 방향유를 첨가하면서 향수로 사용하기도 했다.

킨이 모스크바에서 지체하게 되어 편지를 보내왔는데 부활절에 맞춰 돌아갈 테니 티볼리 공원을 어떻게 관리하라고 일러주는 내용이었다. 하지만 수난주간* 월요일을 앞둔 늦은 저녁, 갑자기 대문을 두드리는 불길한 소리가 들렸다. 누군가 나무통을 치듯 '퉁! 퉁! 퉁!' 하고 울타리를 쳤다. 잠에 취한 식모가 맨발로 물웅덩이를 찰방이며 문을 열려고 달려 나갔다.

"얼른 문 좀 열어 보세요!" 대문 너머에서 누군가 굵은 저음으로 말했다. "전보가 왔어요!"

올렌카는 예전에도 남편으로부터 전보를 받았었지만, 이번엔 왠지 정신이 아찔해졌다. 그녀는 떨리는 손으로 전보를 개봉하고 다음과 같은 문장을 읽었다.

"이반 페트로비치 금일 갑자기 사망. 일란 화요일 장래 일정 기다림."

전보에는 정말 그렇게 '장래'라고 써 있었고, 또 무슨 뜻인지 이해가 안 되는 '일란'이라는 단어도 있었다. 서명은 오페레타 극단 감독의 것이었다.

"내 비둘기!" 올렌카가 흐느껴 울었다. "바니치카, 내 사랑, 내 비둘기! 내가 왜 당신을 만났을까? 내가 왜 당신을 알게 돼서

* 부활절 전 한 주간.

사랑에 빠졌을까? 불쌍한 올렌카, 불쌍하고 불행한 당신의 올렌카는 어쩌라고 떠났어…?"

쿠킨은 화요일에 모스크바 바간코보 지역에 묻혔다. 올렌카는 수요일에 집에 돌아왔고, 방에 들어오자마자 침대에 쓰러져서 이웃집과 거리에 다 들릴 정도로 크게 통곡했다.

"우리 선녀!" 이웃집 여자들이 성호를 그으며 말했다. "선녀 올가 세묘노브나, 세상에나, 얼마나 괴로울까!"

석 달이 지난 어느 날 올렌카는 아침 예배를 마치고 슬프고 비통한 마음으로 돌아오고 있었다. 그녀의 이웃 중에 상인 바바카예프의 목재 창고를 관리하는 바실리 안드레이치 푸스토발로프라는 사람이 있었는데, 그 역시 교회에서 돌아오다가 그녀와 나란히 걷게 되었다. 그는 밀짚모자를 쓰고 흰색 조끼에 금시곗줄을 달고 있었는데 장사꾼보다는 지주地主를 더 닮아 보였다.

"모든 것엔 그것만의 질서가 있어요, 올가 세묘노브나." 그가 동정심이 담긴 목소리로 점잖게 말했다. "만일 우리 이웃들 중에 누군가가 죽는다면, 그게 하느님이 원하시는 바이겠지요, 그리고 그런 경우에도 자기 자신을 생각해서 겸손하게 이겨내야 돼요."

그는 올렌카를 집 울타리까지 바래다주고 인사를 하고 갔다. 이후 그녀는 하루 종일 그의 점잖은 목소리가 들리는 듯했으며 눈을 감기만 하면 그의 짙은 턱수염이 아른거렸다. 그가 매우 마음에 들었다. 그리고 그녀 역시 그에게 인상을 남긴 것 같은 것이, 얼마 후 그리 친하지도 않은 나이 든 부인이 커피를 마시러 와서는 테이블에 앉자마자 바로 푸스토발로프에 대한 얘기를 꺼내면서 그가 건실하고 좋은 사람이며 어떤 여자라도 흔쾌히 그와 결혼할 거라고 했기 때문이다.

3일 후 푸스토발로프가 직접 그녀의 집을 방문했다. 그는 잠깐 10분 정도 앉았다가 말도 얼마 안 하고 갔지만 올렌카는 그를 사랑하게 되었고, 어찌나 사랑하게 됐던지 열병이 난 것처럼 밤새 잠도 못 자고 열이 올랐고, 아침이 되자 나이 든 부인에게 사람을 보냈다. 곧 그녀에게 청혼이 들어왔고, 그다음엔 결혼식을 올렸다.

푸스토발로프와 올렌카는 결혼해서 잘 살았다. 보통 그는 점심까지 목재 창고에 있다가 그 후엔 일을 보러 나갔는데, 그러면 올렌카가 와서 저녁까지 사무소에 있으면서 영수증을 쓰고 물건을 내보내곤 했다.

"이젠 목재가 매년 20퍼센트씩 오르고 있어요." 그녀가 구매자들과 지인들에게 말했다. "너그러이 봐주세요, 예전에는 여기서 나는 목재만 팔았지만 지금은 바시치카*가 해마다 모길료프 주州**에 가서 목재를 사와야 돼요. 운임이 얼마나 드는데요!" 그녀가 무섭다는 듯 양손으로 볼을 감싸며 말했다. "운임이 정말 많이 들어요!"

그녀는 자신이 아주아주 오래전부터 목재 장사를 해온 것 같았고, 인생에서 가장 중요하고 필요한 것은 목재인 것 같았으며, 또 대들보, 원주목, 널판, 합판, 불량목, 산자널, 통나무, 죽데기 같은 단어들에서 어떤 친근감이나 감동이 느껴졌다. 밤에 잘 때는 산더미같이 쌓인 널판이나 합판이, 도시 너머 어딘가 먼 곳으로 목재를 실어가는 끝없이 늘어진 운송 행렬이 꿈에 나타났다. 또 12아르신***에 5베르쇼크짜리 통나무 군인들로 된 부대가 곧추 서서 목재 공장으로 들어가는가 하면, 통나무, 대들보, 죽데기 들이 서로 부딪치며 바짝 마른 나무 소리를 내고, 전부 무너졌다가 다시 일어나서 서로 첩첩이 쌓이는 꿈을 꾸곤 했다. 올렌카가 자다가 소리를 지르면 푸스토발로프가 부드럽게 말했다.

"올렌카, 무슨 일이야, 여보? 성호를 그어요!"

* 푸스토발로프의 이름 '바실리'의 애칭.

** 벨라루스의 동부 지역.

*** 1아르신=71.12cm.

남편의 생각이 곧 그녀의 생각이었다. 만일 그가 방이 덥다거나 일이 좀 줄었다고 생각하면 그녀도 그렇게 생각했다. 그녀의 남편은 오락을 전혀 좋아하지 않아서 축일祝日에도 집에 있었는데 그녀 또한 그랬다.

"늘 집이나 사무소에만 있잖아요." 지인들이 말했다. "우리 선녀, 극장이나 서커스장에라도 가봐요."

"저희 바시치카랑 저는 극장에 갈 시간이 없어요." 그녀가 점잖게 말했다. "저희는 일하는 사람들이라 하찮은 데 신경 쓸 틈이 없어요. 그런 극장에 뭐 좋은 게 있겠어요?"

푸스토발로프와 그녀는 토요일마다 저녁 예배에 갔고, 축일에는 아침 예배에 다녔다. 그리고 교회에서 돌아올 때는 감동스러운 얼굴로 나란히 걸었는데, 두 사람에게선 좋은 향기가 났고 그녀의 실크 드레스는 기분 좋게 사각거렸다. 집에 와서는 버터빵과 여러 가지 잼을 곁들여 홍차를 마셨고, 그다음엔 파이를 먹었다.

매일 정오마다 마당과 대문 너머 거리로 보르시*와 양고기 또는 오리 구이 냄새가 풍기고, 금식일**엔 생선 냄새가 풍겨서

* 비트가 들어가서 붉은색을 띠는 수프.

** 러시아 정교회는 매주 수요일과 금요일을 금식일로 정하고 이날에는 육류와 유제품 섭취를 금한다.

군침이 돌지 않고서는 대문 곁을 지나칠 수가 없었다. 사무소에는 항상 사모바르가 끓었고 손님들에게 홍차와 베이글을 대접했다. 부부는 일주일에 한 번씩 목욕탕에 다녔고 둘 다 새빨개져서 나란히 돌아왔다.

"괜찮아요, 잘 살고 있어요." 올렌카는 지인들에게 말했다. "하느님께 영광을. 하느님께서 다른 사람들도 다 저희 바시치카랑 저처럼 살게 하시길!"

푸스토발로프가 목재를 사려고 모길료프주로 떠나면 그녀는 남편이 너무 보고 싶어서 밤마다 잠도 못 자고 울었다. 가끔씩 저녁에 별채에 세 들어 살며 군부대의 수의사로 일하고 있는 젊은 남자인 스미르닌이 왔다. 그는 이런저런 이야기를 들려주거나 같이 카드놀이를 하곤 했는데 그녀는 이 시간이 즐거웠다. 특히 그의 가정생활에 대한 이야기가 재미있었다. 그는 결혼해서 아들이 있었지만 아내의 변절로 아내와 헤어졌고, 지금은 아내를 미워하고 있으며, 아들의 양육비로 매달 40루블을 보낸다고 했다. 이런 이야기를 들으며 올렌카는 한숨을 내쉬고 고개를 저었다. 그녀는 그가 가여웠다.

"그럼, 주님이 당신을 구원하시길." 그녀가 촛불을 들고 계단까지 배웅하며 인사했다. "적적했는데 함께 시간을 보내 주셔서 고마워요, 하느님께서 당신에게 건강을 주시길, 하늘의 여왕*이여…….”

그녀는 이렇게 남편을 빼닮아 아주 점잖고 세심한 표현을 썼다. 수의사가 계단 아래 문 너머로 사라졌는데 그녀가 그의 이름를 부르며 말했다.

“그런데 블라디미르 플라토니치, 아내랑 화해하시면 좋겠어요. 아들을 봐서라도 그녀를 용서하세요…! 아들내미가 아마 다 이해할 거예요.”

푸스토발로프가 돌아오자 그녀는 목소리를 낮추고 수의사와 그의 불행한 가정사에 대해 얘기해 줬고, 둘은 한숨을 내쉬고 고개를 저으며 그 소년이 분명 아버지를 보고 싶어 할 거라고 했다. 그러곤 생각이 어찌 엉뚱하게 흘러 둘 다 성상 앞으로 가서 엎드려 절을 하고 하느님이 그들에게 아이를 보내 주시길 기도했다.

이렇게 푸스토발로프 부부는 조용하고 검소하게, 사랑으로 한마음이 되어 6년을 지냈다. 그런데 어느 겨울날, 창고에 있던 바실리 안드레이치이가 뜨거운 차를 마신 후 모자를 쓰지 않은 채 밖으로 나와 목재를 내주다가 감기에 걸리고 탈이 났다. 가장 훌륭한 의사들이 치료를 했지만 질병이 그를 놔주지 않

* 성모 마리아를 가리킨다.

았고, 그는 4개월을 앓다가 죽고 말았다. 그리고 올렌카는 다시 과부가 되었다.

"나는 어쩌라고 떠났어, 내 비둘기!" 그녀가 남편의 장례를 치르고 통곡했다. "당신 없이 난 이제 어떻게 살아? 비참하고 불행한 나는! 세상 사람들아, 나 좀 불쌍히 봐주오, 혼자 남은 고아라오……."

그녀는 상장喪章이 달린 까만 드레스를 입고 다녔고 이젠 아예 모자와 장갑을 끼는 걸 거부했으며,* 교회나 남편 무덤에 가기 위해 가끔 외출할 뿐 수도녀처럼 집에만 머물렀다. 그리고 6개월이 지나자 그제야 상복을 벗고 창문의 덧창도 열어 놓기 시작했다. 종종 그녀가 아침에 식모와 함께 식료품을 사러 시장에 가는 게 보였지만 사람들은 그녀가 어떻게 지내는지, 그녀 집에 무슨 일이 일어나는지는 짐작만 할 수 있었다. 무엇으로 짐작했냐 하면, 예를 들어, 그녀가 집 정원에서 수의사와 차 마시는 걸 봤는데 그가 소리 내어 신문을 읽어 주었다거나, 우체국에서 아는 부인을 마주친 그녀가 이런 말을 했다는 것이다.

"우리 도시는 가축 위생 단속을 제대로 안 해서 그 때문에

* 모자와 장갑은 여성들의 액세서리로 여겨졌는데, 그걸 착용하지 않는 것은 몸을 치장하지 않는다는 뜻이다.

병이 많이 생겨요. 들리는 말이, 사람들이 우유를 먹고 병이 났다거나 말이나 소한테서 전염됐다고들 하잖아요. 사람 건강을 살피듯이 가축들 건강에 대해서도 정말로 신경을 써야 돼요."

그녀는 수의사의 견해를 곱씹었고 이제 모든 것에서 그와 같은 의견이었다. 그녀는 누군가에 대한 애착 없이는 단 1년도 살 수 없었고 이제 자신의 새로운 행복을 별채에서 찾은 게 분명했다. 다른 여자였다면 이 일로 비난을 받았겠지만, 올렌카에 대해서는 아무도 나쁘게 생각하지 않았고, 그녀의 삶에 있어선 모든 걸 이해해 줬다. 그녀와 수의사는 둘 사이에 일어난 변화에 대해 아무에게도 말하지 않았고 감추려고 애를 썼다. 하지만 그렇게 될 수 없었던 것은 올렌카에게 비밀이란 있을 수 없기 때문이다. 수의사에게 손님들이나 군부대 동료들이 오면 그녀는 차를 따르거나 저녁을 대접하며 뿔 달린 가축의 흑사병에 대해, 진주병*에 대해, 시의 도살장에 대해 말하기 시작했다. 그러면 그는 매우 난처해했고, 손님들이 떠나면 그녀의 손을 움켜쥐고는 화가 나서 식식거렸다.

"잘 알지도 못하면서 말하지 말라고 내가 부탁했잖아! 우리 수의사끼리 말하고 있을 때는 제발 끼어들지 마. 이런 거, 정말

* 소가 앓는 결핵.

지겨워!"

그럼 그녀는 깜짝 놀라서 그를 쳐다보며 근심스레 물었다.

"볼로지치카,* 그럼 난 무슨 말을 해?!"

그러고는 눈물을 흘리며 그를 안고서 화내지 말라고 애원했고, 둘은 그렇게 행복했다.

하지만 이 행복은 오래 지속되지 않았다. 수의사가 자신의 부대와 함께 아예 떠나게 됐는데, 부대가 거의 시베리아나 다름없는 아주 먼 곳으로 이동했기 때문이다. 그래서 올렌카는 홀로 남았다.

이제 그녀는 완전히 혼자였다. 아버지는 오래전에 죽었고, 그의 안락의자는 먼지가 뒤덮이고 다리 하나가 떨어져 나간 채 다락방에 나동그라져 있었다. 그녀는 살이 빠지고 얼굴도 못나졌고, 거리에서 마주치는 사람들은 더 이상 예전처럼 그녀를 바라보지도, 미소 짓지도 않았다. 가장 좋은 시절은 등 뒤로 지나간 게 분명하고 이젠 생각하지 않는 게 좋을, 알 수 없는 새로운 인생이 시작됐다. 올렌카는 저녁마다 현관 밖에 앉아 있었고 티볼리 공원에서 음악이 연주되고 폭죽이 터지는 소리가 들렸지만 이젠 아무 생각도 떠오르지 않았다. 그녀는 텅 빈 마

* 스미르닌의 이름 '블라디미르'의 애칭.

당을 멍하니 바라보며 아무 생각도 하지 않았고, 아무것도 원하지 않았고, 밤이 되어 잠자리에 들면 꿈에서도 텅 빈 마당을 보았다. 먹는 것도 마시는 것도 마지못해 했다.

하지만 가장 안 좋은 건 그녀에겐 이제 아무런 견해가 없다는 것이다. 그녀는 주변의 사물을 보고 주변에서 일어나는 모든 것을 이해는 했지만, 그 어떤 것에 대한 의견도 확립하지 못했고 무슨 말을 해야 할지도 몰랐다. 아무런 견해가 없다는 것은 얼마나 끔찍한 일인가! 예를 들어 병이 놓여 있거나, 비가 내리거나, 사내가 짐수레를 타고 가는 걸 본다 해도 그 병이, 혹은 비가, 혹은 사내가 무얼 위해 있는 것인지, 그것들에게 어떤 의미가 있는지 말할 수 없고, 심지어 천 루블을 준다 해도 말 한마디 못하는 것이다. 쿠킨과 푸스토발로프, 그다음에 수의사와 함께일 때 올렌카는 모든 걸 설명할 수 있고 그 어떤 것에 관해서도 자신의 의견을 말했을 테지만, 이제는 머리에도 가슴에도 텅 빈 마당과 같은 공허함이 있었다. 마치 쑥으로 배를 채운 것처럼 아주 혹독하고 아주 쓰다.

도시는 점차 사방으로 확장되었다. 츠간스카야 슬로보드카도 어느덧 하나의 거리로 불리게 됐고, 티볼리 공원과 목재 창고가 있던 곳엔 집들이 들어서서 골목이 많이 생겨났다. 시간은 얼마나 빨리 흐르는가! 올렌카의 집은 새카매지고, 지붕이

녹슬고, 헛간이 기울고, 마당은 온통 잡초와 가시엉겅퀴로 덮여 버렸다. 올렌카 자신도 나이를 먹고 추해졌다. 여름엔 현관 밖에 앉아 있고 마음은 여전히 공허하고 지루하고 쑥을 삼킨 듯하며, 겨울엔 창가에 앉아 눈雪을 바라본다. 봄바람이 불거나 교회 종소리가 바람을 타고 들려오면 불현듯 과거에 대한 회상이 떠밀려 와 가슴이 달콤하게 옥죄고 눈물이 하염없이 흐르지만, 그것도 잠시뿐 또다시 공허하고 왜 사는지 알 수 없었다. 까만 고양이 브리스카가 몸을 비비며 부드럽게 갸르릉대지만 고양이의 이런 애교도 올렌카를 감동시킬 수는 없다. 그녀에게 이런 게 필요하단 말인가? 그녀에게 필요한 것은 사랑, 자신의 존재 전체와 온 마음과 정신을 사로잡을, 생각과 삶의 방향을 제시하고 늙어 가는 피를 데워 줄 그런 사랑이다. 그녀가 옷자락에서 까만 브리스카를 떠밀치며 짜증스레 말한다.

"가, 저리 가… 여기서 뭐 한다니!"

이렇게 하루 또 하루, 한 해 또 한 해—아무 기쁨도, 아무 견해도 없다. 식모 마브라가 무슨 말을 하면, 그렇게 하라고 한다.

7월의 어느 더운 날, 저녁이 가까울 무렵, 거리에 가축떼가 지나가서 마당이 온통 먼지 구름으로 뒤덮였을 때 갑자기 누군가 울타리를 두드렸다. 올렌카는 직접 문을 열러 나갔고 밖을 내다본 순간 정신이 아찔해졌다. 대문 너머에 머리가 하얗게 센 수의사 스미르닌이 평복 차림으로 서 있었다. 그녀는 순간 모든 게 떠올랐고, 참지 못해 울음을 터뜨리고는 말 한마디 못한 채 그의 가슴에 머리를 기댔다. 그리고 크게 흥분되어 어떻게 두 사람이 집 안으로 들어왔는지, 어떻게 차를 마시러 자리에 앉았는지 알 수 없을 정도였다.

"내 비둘기!" 그녀가 기쁨에 몸을 떨며 중얼거렸다. "블라디미르 플라토니치! 하느님이 어디서 보내신 거죠?"

"여기서 아예 살려고 해요." 그가 말했다. "퇴역했으니까 이제는 좀 행복하게 한곳에 정착해서 살아 보려고 왔어요. 아들도 김나지야에 보낼 때가 됐고, 많이 컸어요. 그리고 제가, 사실은, 아내랑 화해했거든요."

"아내는 어디에 있는데요?" 올렌카가 물었다.

"아들이랑 여관에 있어요, 저는 집을 보러 다니고 있지요."

"세상에나, 바튜시카,* 저희 집을 쓰세요! 괜찮은 집이잖아요? 오, 주님, 집세도 하나도 안 받을게요." 올렌카는 마음이 울렁여서 다시 울기 시작했다. "여기서 사세요, 저는 별채로도 충분해요. 정말 기쁠 거예요, 세상에!"

다음 날 일꾼들이 벌써 지붕을 칠하고 벽도 하얗게 칠했으

* 아버지 또는 아주 잘 아는 성인 남성을 친근하게 부를 때 사용하는 말.

며, 올렌카는 두 손을 옆구리에 올린 채 마당을 오가며 이런저런 지시를 내렸다. 그녀의 얼굴에 예전과 같은 미소가 빛났고, 오랜 잠에서 깨어난 것처럼 온몸에 생기가 돌고 활력이 넘쳤다. 수의사의 아내가 왔는데 짧은 머리칼에 까다로운 인상을 가진, 마르고 못생긴 부인이었다. 그녀와 함께 사샤라는 소년도 왔다. 나이에 비해 작은 키에(소년은 벌써 열 살이었다) 통통하고, 또렷한 푸른 눈동자와 양 볼에는 보조개가 있었다. 소년은 마당에 들어오자마자 고양이를 쫓아다녔고, 이내 그의 명랑하고 즐거운 웃음소리가 울렸다.

"아줌마, 이 고양이 아줌마 거예요?" 소년이 올렌카에게 물었다. "새끼 낳으면 한 마리만 선물로 주세요. 엄마가 쥐를 아주 무서워하거든요."

올렌카는 아이와 얘기를 나누고 차를 주어 마시게 했다. 가슴속 심장이 순간 따뜻해지고 달콤하게 옥죄는 게 마치 이 소년이 자신의 친아들인 것 같았다. 저녁에 소년이 식당에 앉아 숙제를 하는 동안 그녀는 감동과 연민으로 아이를 바라보며 속삭였다.

"내 비둘기, 예쁜이… 내 아가, 어쩜 그리 똑똑하게 태어났을까, 피부도 하얗고."

"섬은," 아이가 읽었다. "사방이 물로 둘러싸인 육지의 일부를 일컫는다."

"섬은 사방이 물로 둘러싸인……." 그녀가 따라 했고, 이것은 무수한 세월의 침묵과 생각의 공허함 끝에 처음으로 확신에 차 말한 견해였다.

그녀는 이제 자신의 의견이 있었고, 저녁 식탁에서 사샤의 부모와 이야기하며 아이들이 요즘 김나지야에서 공부하기가 정말 어렵다고 했다. 하지만 어쨌든 고전적인 교육이 실업 교육보다 더 나은 이유는, 어디든 김나지야에서부터 길이 시작돼서 박사를 원하든 엔지니어를 원하든 그 길로 갈 수 있기 때문이라고 했다.

사샤가 김나지야에 다니기 시작했다. 아이 어머니는 하리코프에 있는 언니에게 갔다가 돌아오지 않았고, 아이 아버지는 날마다 어딘가로 가축떼를 검진하러 갔는데 어떨 때는 사흘씩 집에 돌아오지 않기도 했다. 올렌카는 사샤가 완전히 버려지고 그들에게 거추장스러운 존재인 것 같았고, 굶어 죽을 것 같았다. 그래서 아이를 자신이 사는 별채로 데려와 작은방에서 지내도록 했다.

사샤가 별채에서 지낸 지 어느덧 반년이 지났다. 매일 아침 올렌카는 아이의 방에 들어간다. 아이는 손을 볼 밑에 대고 숨소리도 안 내며 깊이 자고 있다. 그녀는 아이를 깨우기가 안쓰

럽다.

"사센카,"* 그녀가 애처롭게 말한다. "일어나 봐, 비둘기! 김나지야 갈 시간이야."

아이는 일어나서 옷을 입고 하느님께 기도하고, 그 후엔 차를 마시러 식탁에 앉는다. 홍차 세 잔을 마시고, 큰 베이글 두 개를 먹고, 버터 바른 프랑스빵** 반 개를 먹는다. 아이는 아직 잠에서 덜 깨어 시큰둥하다.

"근데 사센카, 우화를 제대로 외우지 않았잖아." 올렌카가 마치 아이를 먼 곳으로 떠나보내는 것처럼 바라보며 말한다. "걱정이 되는구나. 더 노력해 보렴, 비둘기야, 공부해야지… 선생님 말씀 잘 듣고."

"하아, 그냥 내버려 두세요!" 사샤가 말한다.

잠시 후 아이는 김나지야를 향해 길을 걷고 있다, 작은 아이가 큰 챙모자를 쓰고, 등에는 가방을 메고. 아이 뒤를 올렌카가 소리 없이 따른다.

"사센카—아!" 그녀가 아이를 부른다.

아이가 뒤돌아보면 그녀가 대추야자나 캐러멜 사탕을 손에 쥐어 준다. 김나지야가 있는 골목으로 돌면 아이는 키 크고 뚱

* '사샤'의 애칭.

** 바게트.

뚱한 여자가 자기를 따라오는 게 창피해서 뒤를 돌아보고 말한다.

"아줌마, 집에 가세요. 이젠 저 혼자 갈게요."

그녀는 멈춰 서서 아이가 김나지야 입구로 들어가 보이지 않을 때까지 눈도 깜빡이지 않고 그의 뒷모습을 바라본다. 아, 그녀가 아이를 얼마나 사랑하는가! 이전의 그 어떤 애착도 이토록 깊지는 않았으며, 점점 더 뜨겁게 모성애가 타오르는 지금처럼 그녀의 마음이 이토록 헌신적으로, 아무 욕심 없이 환희에 차서 복종했던 적은 결코 없었다. 친자식도 아닌 이 소년을 위해서라면, 그의 볼에 있는 보조개를 위해서라면, 챙모자를 위해서라면, 그녀는 흔쾌히 감동의 눈물을 흘리며 자신의 인생 전부를 내줄 것이다. 어째서냐고? 대체 누가 그걸 알까—어째서인지?

사샤를 김나지야에 바래다준 그녀는 아주 만족스럽고 평안하고 사랑이 넘치는 모습으로 조용히 집에 돌아온다. 최근 반년에 걸쳐 젊어진 그녀의 얼굴이 미소를 짓고 빛을 발한다. 마주치는 사람들은 그녀를 보고 마음이 흡족해져서 말을 건넨다.

"안녕하세요, 선녀 올가 세묘노브나! 어떻게 지내세요, 선녀님?"

"요새는 김나지야에서 공부하는 게 어려워졌어요." 그녀가 시장에서 이야기한다. "농담이 아닌 게, 어제 1학년에서 우화를 외우라는 숙제를 내줬지 뭐예요? 게다가 라틴어 번역에, 문제 풀이에… 어린애가 그걸 어떻게 하겠어요?"

그리고 교사들에 대해, 수업에 대해, 교과서에 대해 말하기 시작하는데 그건 사샤가 말하는 것과 똑같은 것들이다.

2시와 3시 사이에는 같이 점심을 먹고, 저녁에는 같이 숙제를 하며 힘들어 운다. 아이를 재우며 그녀는 오랫동안 성호를 긋고 기도를 속삭이고, 그다음엔 잠자리에 누워 안개처럼 희미한 먼 미래를 상상한다. 사샤가 대학을 마치고, 박사나 엔지니어가 되고, 큰 집과 말들과 마차를 갖게 되고, 결혼을 하고 아이들을 낳고… 그녀는 잠에 들면서도 계속 같은 생각을 하고, 감은 눈에선 눈물이 볼을 타고 흘러내린다. 까만 고양이가 그녀 옆에 누워 갸르릉댄다.

"갸릉… 갸르릉… 가르릉……."

갑자기 울타리를 세게 두드리는 소리가 들린다. 올렌카는 잠에서 깨어 겁에 질려 숨을 죽인다. 심장이 세차게 뛴다. 30초쯤 지나서 다시 두드린다.

'하리코프에서 온 전보야.' 그녀는 몸을 바르르 떨며 생각한다. '애 어머니가 사샤를 하리코프로 보내라는 거야… 오, 주님!'

그녀는 절망에 빠져서 머리와 손발이 차가워지고, 이 세상에 그녀보다 더 불행한 사람은 없을 것만 같다. 하지만 잠시 후 목소리가 들리는데 수의사가 클럽에서 돌아온 것이었다.

'하느님, 감사합니다.' 그녀는 생각한다.

묵직한 것이 심장에서 차츰 사라지고 다시 가벼워진다. 그녀는 누우며 사샤를 생각하고, 옆방에 깊이 잠든 아이는 이따금 잠꼬대를 한다.

"내가 널! 저리 가! 때리지 마!"

(1899년)

개를 데리고 다니는 부인
ДАМА С СОБАЧКОЙ

1

해안가에 새로운 얼굴이 나타났는데 작은 개를 데리고 다니는 부인이라고들 했다. 벌써 두 주일을 얄타에서 지내어 이곳에 익숙해진 드미트리 드미트리치 구로프도 새로운 인물들에게 관심이 가기 시작했다. 그는 베르네의 파빌리온*에 앉아 있다가 아담한 키에 금발이고 베레모를 쓴 젊은 부인이 해안 산책로를 따라 걷고 있는 걸 봤다. 그녀의 뒤로 하얀 스피츠가 달려갔다.

그는 이후에도 시립 공원이나 정원에서 하루에도 몇 번씩 그녀를 마주쳤다. 그녀는 혼자 걸었으며, 항상 그 베레모를 쓰고 하얀 스피츠를 데리고 다녔다. 아무도 그녀가 누구인지 몰랐고 그냥 작은 개를 데리고 다니는 부인이라고 불렀다.

* 당시에 실제로 존재했던 명소이다. 얄타 해안로에는 프랑스인 베르네 소유의 제과점이 있었는데, 그 제과점 맞은편 바다에 천막으로 된 파빌리온을 설치해서 카페로 사용했다.

'남편도 없고 아는 사람들도 없이 여기에 있는 거라면,' 구로프는 생각했다. '그녀와 인사를 나누는 게 지나친 일은 아니지.'

그는 아직 마흔이 안 됐지만 벌써 열두 살 난 딸과 김나지야에 다니는 두 아들이 있었다. 대학교 2학년일 때 일찍 결혼을 하게 됐는데, 지금은 그의 아내가 그보다 1.5배는 더 나이 들어 보였다. 그녀는 큰 키에 짙은 눈썹을 가졌고, 솔직하고 당당하고 진중한, 그녀 자신의 표현대로라면, 생각할 줄 아는 여자였다. 그녀는 독서를 많이 했고, 글을 쓸 때 ъ 자*를 쓰지 않았으며, 남편을 드미트리가 아니라 디미트리**라고 불렀다. 하지만 그는 속으로 그녀를 무디고 답답하고 우아하지 않은 여자로 여겼고, 그녀를 무서워했으며, 집에 있는 걸 좋아하지 않았다. 바람을 피우기 시작한 것도 이미 오래고 자주 바람을 피웠는데, 그래서인지 여자들에 대해 한결같이 나쁘게 말했고 그가 있는 자리에서 여자들에 대한 얘기가 오갈 때면 그들을 이렇게 칭했다.

* 러시아어 알파벳 중 하나. 띄어쓰기가 제대로 발달되지 않았던 시대에 자음으로 끝나는 단어에 이 글자를 붙임으로써 단어를 구분했다. 하지만 이후에도 관습처럼 계속 사용되면서 공간만 차지하고 종이를 낭비한다는 논란이 이어지다가, 1917년 철자법 개정으로 공식적으로 사용이 중지됐다. 현대 러시아어에서는 '경음부호'라고 불리며 쓰이는 경우가 매우 제한적이다.

** 드미트리와 디미트리는 같은 이름인데 '디미트리'는 고대 교회 슬라브어식으로 옛스러운 느낌을 풍긴다.

"천한 종족!"

그는 자신이 여자들을 내키는 대로 불러도 될 만큼 쓰디쓴 경험을 통해 충분히 배웠다고 생각했지만, 어쨌든 그 '천한 종족' 없이는 이틀도 살 수 없었을 것이다. 남자들 모임에 있을 땐 지루하고 불편하고 말수도 적고 차가웠지만, 여자들 사이에서는 거리낌 없었고 무슨 말을 할지 어떻게 행동해야 할지 잘 알았다. 말없이 그냥 있는 것마저 편했다. 그의 외모에, 성격에, 기질에 여자들이 호감을 느끼며 다가오게 하는 어떤 미묘한 매력이 있었는데, 그도 이러한 것을 알고 있었고, 그 자신도 어떠한 힘에 이끌려 여자들에게 다가갔다.

수차례의 경험, 정말로 쓰디쓴 경험을 통해 그가 오래전에 깨우친 것은, 처음엔 인생을 그토록 기분 좋게 변화시키고 귀엽고 가벼운 모험 같았던 만남이 점잖은 사람들, 특히 엉덩이가 무겁고 우유부단한 모스크바 남자들에게는 기어이 커다랗고 지극히 복잡한 문제로 자라 버려서, 결국엔 상황이 짐스러워진다는 것이었다. 하지만 흥미로운 여성을 새로 만날 때마다 그 경험은 왠지 기억에서 슬쩍 사라지고, 인생을 살고 싶어졌으며, 모든 게 너무나 간단하고 우습게 여겨졌다.

한번은 저녁 무렵 그가 정원에서 식사를 하고 있는데 베레모를 쓴 부인이 옆 식탁에 앉으려고 천천히 다가왔다. 그녀의 표정, 걸음걸이, 드레스, 머리 모양에서 그가 읽어 낸 것은 그녀가 기품 있는 집안 출신이며, 남편이 있고, 얄타에 처음이고 혼자이며, 이곳을 지루해한다는 것이었다… 이곳 풍속의 문란함에 대한 이야기들에는 거짓이 많았기에 그는 그런 것을 무시했으며, 그런 이야기들은 대부분 능력만 있다면 기꺼이 먼저 죄지을 사람들이 지어낸다는 걸 알고 있었다. 하지만 부인이 자신으로부터 불과 세 발짝 옆의 식탁에 앉자, 손쉽게 성공했다거나 산에 다녀왔다는 등의 그런 이야기들이 떠올랐고, 급하게 스쳐 지나갈 관계나 이름도 성도 모르는 낯선 여자와의 정사 같은 선정적인 생각이 불현듯 그를 사로잡았다.

그는 다정하게 손짓하며 스피치를 불렀고, 개가 다가오자 손가락을 흔들며 꾸짖었다. 스피츠가 그르렁댔다. 구로프는 다시 개를 꾸짖었다.

부인이 그를 쳐다보고 이내 고개를 숙였다.

"물지는 않아요." 그녀는 얼굴이 빨개져서 말했다.

"개한테 뼈다귀를 줘도 될까요?" 그녀가 고개를 끄덕이자 그는 상냥하게 물었다. "얄타에 오신 지 오래되셨어요?"

"5일 정도요."

"저는 여기서 지낸 게 벌써 두 주일이 돼 가요."

잠시 침묵이 흘렀다.

"시간이 참 빨리 가요, 근데 여긴 정말 지루하네요!" 그녀가 그를 보지 않고 말했다.

"여기가 지루하다는 말은 예의상 해줘야 되는 말이지요. 벨료프나 쥐즈드라* 같은 곳에 사는 사람이 거기선 심심하지 않다가도 여기만 오면 '아, 지루해! 아, 흙먼지!' 이러거든요. 그라나다**에서라도 온 줄 알겠어요."

그녀가 웃음을 터뜨렸다. 그리고 둘은 모르는 사람들처럼 말없이 음식을 먹었다. 하지만 식사 후 나란히 걸어 나갔고, 어딜 가든 무슨 이야기를 하든 상관없는 한가롭고 만족스러운 사람들의 농담 섞인 가벼운 대화가 시작됐다. 그들은 산책을 하며 바다가 참 특이하게 비치고 있는 것에 대해 말했다. 바닷물은 아주 부드럽고 따스한 연보라색이었고, 달 아래 물결에는 황금빛 줄무늬가 떠 있었다. 뜨거운 낮이 지나니 습하고 답답하다는 이야기도 했다. 구로프는 자신은 모스크바 사람이며, 문헌학을 전공했지만 은행에서 일하고 있고, 한때 민간 오페라단에서 노래를 하려고 준비하다가 그만두었고, 모스크바에 집이 두 채 있다고 했다… 그리고 그가 그녀에게서 알아낸 것은, 그녀는 페테르부르크에서 자랐으나 S로 시집가서 2년째 살고 있

* 벨료프, 쥐즈드라는 평범한 지방 소도시이다.

** 스페인의 유명 관광 도시.

으며, 얄타에는 한 달 더 머물 예정이고, 어쩌면 남편도 이곳으로 쉬러 올 수도 있다는 것이었다. 그녀는 남편이 일하는 곳이 주청사인지 지방자치의회인지 확실히 설명을 못 했는데 그녀 자신도 그것이 우스웠다. 구로프는 그녀의 이름이 안나 세르게예브나라는 것도 알게 됐다.

객실로 돌아온 그는 아마 내일도 그녀가 그를 만나 줄 거라고 생각했다. 그렇게 될 수밖에 없다. 잠자리에 들면서는 그녀가 불과 얼마 전까지만 해도 그의 딸처럼 공부하는 학생이었음을 떠올렸다. 그녀의 웃음에서, 낯선 이와의 대화에서 다분히 묻어나던 수줍음과 서투름을 떠올렸다. 그녀도 짐작 못할 리 없는 한 가지 은밀한 목적으로 사람들이 그녀를 따라다니고 쳐다보고 말을 건네는 이런 상황이, 이렇게 혼자인 것이 생전 처음일 것이다. 그는 그녀의 가녀린 목과 예쁜 회색빛 눈동자를 떠올렸다.

'아무래도 뭔가 가여운 느낌이 있어.' 이렇게 생각하고 그는 잠이 들었다.

2

서로 알게 된 지 일주일이 지났다. 축일이었다. 방 안은 답답했고, 거리엔 회오리바람이 불어 흙먼지가 날리고 모자가 벗겨졌다. 하루 종일 목이 말랐고, 구로프는 파빌리온에 자주 들러서 안나 세르게예브나에게 음료수나 아이스크림을 권했다. 마땅히 갈 곳이 없었다.

저녁이 되어 바람이 조금 잦아들자 그들은 증기선이 오는 걸 보기 위해 부둣가로 갔다. 선착장엔 행락객이 많았고, 누군가를 맞으러 나온 사람들, 꽃다발을 든 사람들이 있었다. 멋지게 차려입은 얄타 사람들의 특징 두 가지가 눈에 확연히 들어왔는데, 하나는 나이 많은 부인들이 젊은 여자들처럼 옷을 입었다는 것이고, 또 하나는 장군들이 많다는 것이었다.

증기선은 풍랑으로 인해 늦어져서 해가 진 후에야 도착했고 부두에 대기 전에 오랫동안 선체를 돌렸다. 안나 세르게예브나는 아는 사람이라도 찾는 것처럼 손잡이 안경 너머로 증기선과 승객들을 살폈고, 구로프를 돌아볼 때면 눈동자가 반짝였다. 그녀는 말이 많았고 갑작스레 이런저런 질문을 던졌지만, 자신이 무얼 물어봤는지는 바로 잊어버렸다. 그리고 군중 속에서 손잡이 안경을 잃어버렸다.

화려한 군중은 흩어져서 어느덧 아무도 보이지 않았고 바람은 완전히 잦아들었다. 구로프와 안나 세르게예브나는 마치 증기선에서 누군가 또 내리지 않을까 기다리는 듯 서 있었다. 안나 세르게예브나는 어느새 말이 없었고 구로프를 보지 않고 꽃향기만 맡았다.

"저녁이 되니 날씨가 좋아졌네요." 그가 말했다. "이제 우리 어디로 갈까요? 좀 먼 곳으로 가보면 어때요?"

그녀는 아무 대답도 하지 않았다.

그러자 그가 그녀를 빤히 쳐다보다가 갑자기 그녀를 끌어안고 입술에 입을 맞췄다. 꽃다발의 습한 향기가 훅 밀려왔고, 그는 곧바로 누가 보지 않았을까 놀라서 주위를 둘러봤다.

"당신한테로 갑시다……." 그가 조용히 말했다.

두 사람은 급히 나섰다.

그녀의 객실은 후텁지근했고 그녀가 일본 상점에서 산 향수 냄새가 났다. 구로프는 그녀를 바라보며 '인생엔 참 별의별 만남이 있어!' 하고 생각했다. 과거로부터 남은 것은 근심 없고 너그럽고 사랑 때문에 즐거워하고, 아주 짧게나마 자신들에게 행복감을 준 그에게 고마워했던 여자들에 대한 기억이다. 그리고 또, 예를 들어 그의 아내처럼, 진심도 없이 사랑하면서 예의상 쓸데없는 대화를 하고, 히스테리가 동반되고, 그것을 사랑도 정욕도 아닌 더 큰 의미의 무언가로 여기는 표정을 지었던 여자들이 있었다. 또 매우 아름답고 차가운 두세 명의 여자들은 어느 순간 얼굴에 맹수의 표정이 번득이고 인생이 자신들에게 줄 수 있는 것보다 더 많은 것을 낚아채려는 집요한 욕망을 보였다. 그들은 나이가 꽤 들고 변덕스럽고 분별력 없고 고압적이고 현명하지 않은 여자들이었는데, 구로프의 마음이 식을 때면 그들의 아름다움은 혐오감을 일으켰고, 그럴 땐 속옷의 레이스가 비늘처럼 보였다.

그런데 여기엔 미숙한 젊음의 수줍음과 서투름, 난처한 감정이 있다. 마치 누군가 문을 두드려서 어쩔 줄 몰라 하는 인상이었다. 안나 세르게예브나, 이 '작은 개를 데리고 다니는 부인'은 벌어진 일을 꽤 특별하게, 매우 진지하게, 정확히는 자신의 타락으로 받아들였다. 그렇게 보였다. 그리고 이것은 그로서는 이상하고 부적절한 반응이었다. 그녀의 모습은 시들어 축 처졌고, 얼굴 양옆으로 긴 머리칼이 슬프게 드리워져 있었다. 그녀는 옛 그림 속의 죄 많은 여인*처럼 침울한 포즈로 생각에 잠겨 있었다.

"좋지 않아요." 그녀가 말했다. "이젠 당신부터가 저를 존중하지 않잖아요."

객실 탁자 위에 수박이 있었다. 구로프는 수박 한 조각을 잘라 천천히 먹기 시작했다. 적어도 한 30분은 침묵이 흘렀다.

안나 세르게예브나는 감동적이었고 그녀에게서 단정하고 순진한, 얼마 살지 않은 여자의 깨끗함이 풍겨 났다. 탁자 위 하나뿐인 촛불이 그녀의 얼굴을 희미하게 비쳤음에도 그녀의 맘이 좋지 않다는 게 보였다.

"내가 왜 널 존중하지 않겠어?" 구로프가 물었다. "넌 네가 무슨 말을 하는지도 몰라."

"하느님이 날 용서하시길!" 그녀의 눈에 눈물이 가득 고였다. "정말 끔찍해요."

"너 그거 변명이야."

"제가 무슨 변명을 하겠어요? 전 멍청하고 저급한 여자예요. 제 자신을 경멸해요, 변명할 생각도 없어요. 저는 남편을 속인 게 아니라 제 자신을 속였어요. 지금만 그런 게 아니라 벌

* 성서 속 인물 마리아 막달레나를 가리킨다.

써 오래전부터 속였어요. 남편은 아마 정직하고 좋은 사람이겠죠. 하지만 그는 하인이에요! 거기서 뭘 하는지, 어떻게 일하는지는 모르지만, 그가 하인이라는 건 알아요. 그 사람과 결혼했을 때 전 스무 살이었어요. 호기심이 절 힘들게 했어요, 뭔가 더 좋은 걸 바랐어요. 분명 다른 삶이 있을 거라고 스스로에게 말하곤 했어요. 살고 싶었어요! 진짜 사는 것처럼 살고 싶었어요… 호기심이 절 불살랐어요… 당신은 이해 못 해요. 하느님께 맹세하건대, 더 이상 제 자신을 어쩔 수 없었어요. 제게 대체 무슨 일이 생긴 건지 붙잡아 둘 수가 없었어요. 그래서 남편한테 아프다고 하고 여기로 온 거예요… 여기 와서 계속 넋 놓고 돌아다녔어요, 미친 여자처럼… 그리고 이젠 경멸 받아 마땅한 천하고 나쁜 여자가 됐어요."

구로프는 어느새 듣는 게 지겨워졌고 순진한 목소리와 때맞지 않은 뜻밖의 참회에 짜증이 났다. 눈물을 흘리지 않았다면 그녀가 농담을 하거나 연기를 한다고 생각했을 거다.

"이해가 안 돼." 그는 조용히 말했다. "대체 뭘 원하는 거야?"

그녀가 그의 품에 얼굴을 묻으며 안겼다.

"믿어요, 절 믿어 주세요, 부탁이에요……." 그녀는 말했다. "저는 정직하고 깨끗한 삶을 사랑해요. 죄는 추악한 거예요, 제가 뭘 하고 있는지 저도 모르겠어요. 어리석은 사람들이 악령에게 홀렸었다고 하잖아요. 이젠 저도 그렇게 말할 수 있어요, 악령이 절 홀린 거예요."

"그만, 그만해……." 그는 중얼거렸다.

그가 겁에 질려 멍한 그녀의 눈동자를 들여다보다가 입을 맞추고, 조용하고 다정하게 말했다. 그러자 그녀는 조금 진정이 되더니 다시 기분이 좋아졌고, 둘은 웃기 시작했다.

이후 그들이 밖으로 나왔을 땐 해안가에 아무도 없었고, 측백나무로 둘러싸인 도시는 죽은 듯 고요한 모습이었으나 바다는 여전히 소리를 내며 해변에 부딪쳤다. 보트 한 척이 파도에 출렁이고 배에 달린 등불이 졸린 듯 가물거렸다.

그들은 마차를 타고 오레안다*로 향했다.

"좀 전에 아래 로비에서 당신 성이 뭔지 알았어. 칠판에 폰 디데리츠라고 써 있던데," 구로프가 말했다. "남편이 독일인이야?"

"아뇨, 아마 할아버지가 독일인이었던 것 같고, 남편은 정교회 신자예요."

오레안다에 도착한 그들은 교회 근처의 벤치에 앉아 말없이 바다를 내려다봤다. 아침안개 속으로 얄타가 희미하게 보였고,

* 흑해 연안의 마을. 얄타에서 5km 정도 떨어져 있다.

산 정상엔 흰 구름이 가만히 내려앉아 있었다. 나뭇잎 하나 살랑이지 않는데 매미는 울어댔고, 아래쪽에서 들려오는 단조롭고 둔탁한 바다 소리는 평온에 대해, 우리에게 닥칠 영면에 대해 말하고 있었다. 저 아래 바다는 아직 얄타도 오레안다도 없을 때부터 저렇게 소리를 내고 있었고, 지금도 그러하고, 우리가 사라져 없을 때에도 저렇게 무심하고 둔탁하게 소리를 낼 것이다. 이런 지속성에, 개개인의 삶과 죽음에 대한 완전한 무관심 속에 어쩌면 영원한 구원의 조건이, 땅 위 인생의 끊임없는 진보와 끊임없는 완성의 조건이 숨겨져 있을 것이다. 새벽빛에 더없이 아름다워 보이는 젊은 여자 옆에 앉아서 바다, 산, 구름, 드넓은 하늘이 그려낸 동화 같은 풍경에 매료되고 평온해진 구로프는, 사실 따져 보면 이 세상 모든 게 아름답다고 생각했다. 존재의 고상한 목적과 인간의 존엄에 대해 잊을 때 우리 자신에게서 나오는 생각과 행동을 제외하면 말이다.

파수꾼으로 보이는 어떤 사람이 다가오더니 그들을 쳐다보고는 다시 갔다. 이런 세세함이 너무나 신비롭고 아름답게 느껴졌다. 등불을 끈 증기선이 아침노을을 받으며 페오도시야*에서 도착한 게 보였다.

* 흑해 남동부 연안, 크림반도에 있는 도시.

"풀에 이슬이 맺혔어요." 안나 세르게예브나가 침묵을 깨고 말했다.

"음, 이제 돌아가야지."

그들은 얄타로 돌아왔다.

이후 그들은 매일 정오에 해안가에서 만났다. 같이 점심을 먹고, 저녁을 먹고, 산책을 하고, 바다를 보며 감탄했다. 그녀는 잠을 잘 못 이루고 심장이 불안하게 두근거린다며 불평했고, 그가 자신을 충분히 존중해 주지 않는다며 질투심과 두려움에 늘 똑같은 질문을 던졌다. 그러면 공원이나 정원을 거닐다가 근처에 아무도 없을 때 그가 그녀를 와락 끌어안고 정열적으로 입을 맞췄다. 완벽한 한가로움, 누가 볼까 무서워 주위를 살피며 하는 대낮의 입맞춤, 무더위, 바다 냄새, 그리고 눈앞에 아른거리는 태평하고 화려하고 배부른 사람들의 모습이 그를 다시 태어나게 한 듯했다. 그는 안나 세르게예브나에게 그녀가 얼마나 좋은지 얼마나 매혹적인지 말해 주었고, 참을 수 없이 정열적이었으며, 그녀에게서 한 발짝도 떨어지지 않았다. 하지만 그녀는 자주 생각에 잠기고 계속 그에게 요구하길, 그가 그녀를 존중하지 않고 조금도 사랑하지 않으며 그저 천한 여자로만 본다는 사실을 인정하라는 것이었다. 그들은 거의 매일 저녁 느지막이 오레안다나 폭포가 있는 근교로 갔다. 나들이는 좋았고 매번 변함없이 아름답고 벅찬 감동이 있었다.

그들은 남편이 오기를 기다렸다. 하지만 그에게서 편지가 왔는데, 눈병이 심해지고 있으니 아내에게 어서 집으로 돌아오라고 애원하는 내용이었다. 안나 세르게예브나는 서두르기 시작했다.

"제가 떠나는 게 잘된 거예요." 그녀는 구로프에게 말했다. "이게 운명이에요."

그녀가 마차를 탔고 그도 동행했다. 하루를 꼬박 달렸다. 그녀는 특급열차에 오르고 두 번째 출발신호가 울리자 말했다.

"당신 얼굴 조금만 더 볼게요… 한 번만 더 볼게요, 이렇게."

그녀는 울지는 않았으나 슬프고 아팠으며, 얼굴이 떨리고 있었다.

"당신에 대해 생각할게요… 기억할게요." 그녀가 말했다. "주님이 함께하시길, 잘 계세요. 나쁘게 생각하지 말아요. 우린 영영 헤어지는 거예요. 그래야 돼요. 왜냐하면 아예 만나지 말았어야 하니까요. 그럼, 주님이 함께하시길."

기차는 빠르게 떠났고, 불빛도 곧 사라지고 소리도 이내 들리지 않았다. 이 달콤한 망상을, 이 어리석음을 서둘러 중단시키고자 모든 게 약속이라도 된 듯했다. 플랫폼에 홀로 남아 멀리 어둠 속을 바라보며 구로프는 방금 막 잠에서 깬 듯한 기분으로 귀뚜라미 울음소리와 전선이 윙윙대는 소리를 들었다. 그리고 이것이 그의 인생에서 또 하나의 사건이자 모험이었음을, 이 또한 이미 끝났음을, 이제 기억만 남았음을 생각했다… 그는 감상에 젖어 슬퍼졌고 조금의 후회마저 들었다. 더 이상 볼 수 없는 그 젊은 여자는 그와 함께 있으면서 행복하지 않았기 때문이다. 그가 비록 친절하고 다정했어도 그녀를 대하는 그의 태도에는, 그의 목소리와 애정 표현에는 가벼운 비웃음이, 그녀보다 거의 두 배나 나이가 많은 운 좋은 남자의 무례한 거만함이 그림자처럼 어려 있었다. 그녀는 그를 항상 너그럽고 특별하고 고상한 사람이라고 불렀다. 분명한 건, 그녀에게 보였던 것이 그의 실체가 아니니, 그렇다면 의도치 않게 그녀를 속인 것이다…….

역에서는 벌써 가을 냄새가 났고 저녁은 꽤 서늘했다.

"나도 북쪽으로 갈 때가 됐어." 플랫폼을 나오며 구로프가 생각했다. "갈 때가 됐어!"

3

모스크바 집은 벌써 온통 겨울이었다. 난로를 피우고, 아침에 아이들이 김나지야에 갈 준비를 하고 차를 마실 땐 어두워서 보모가 잠깐 불을 켰다. 벌써 추위가 시작됐다. 첫눈이 내릴 때, 첫 썰매를 타는 날에 새하얀 땅과 새하얀 지붕을 바라보면 마음이 흐뭇하고 숨 쉬는 게 편하며 좋고, 이럴 때면 어린 시절이 떠오른다. 하얗게 서리가 내린 오래된 보리수나무와 자작나무의 표정이 온화하다. 이 나무들이 측백나무나 야자나무보다 더 정감이 가고, 가까이에 있으면 어느덧 산이나 바다는 생각하지 않게 된다.

구로프는 모스크바 사람이었고, 맑고 아주 추운 날에 모스크바로 돌아왔다. 슈바를 입고 따뜻한 장갑을 끼고 페트로브카 거리를 걷자, 그리고 토요일의 저녁 종소리를 듣자 얼마 전의 여행과 그가 머물렀던 장소들은 완전히 매력을 잃었다. 그는 서서히 모스크바 생활에 몰두하게 되었고, 욕심내어 하루에 신문을 세 개나 읽으면서 사람들에겐 자신은 원칙상 모스크바 신문은 읽지 않는다고 했다. 그는 어느새 레스토랑에, 클럽에, 만찬에, 기념행사에 마음이 끌렸으며, 유명한 변호사들과 예술가들이 자신의 집을 방문하고 박사 클럽에서 교수와 카드놀이를 한다는 것에 우쭐해했다. 프라이팬에 한가득 담긴 셀랸카*를 다 먹어 치울 수도 있었다…….

그의 생각대로라면, 기껏해야 한 달이면 안나 세르게예브나는 기억 속에 안개로 덮이고 다른 여자들처럼 가끔 꿈에 나와 감동적인 미소를 지을 것이었다. 그러나 한 달이 훌쩍 넘어 한겨울이 되어서도 기억은 또렷했고 안나 세르게예브나와 헤어진 것이 어제 일 같았다. 기억은 더욱 강렬하게 타올랐다. 저녁의 고요함 속에 공부하는 아이들 소리가 그의 서재에 들려올 때도, 로망스나 오르간 소리가 레스토랑에 흐를 때도, 벽난로에 눈보라 소리가 울릴 때도, 불현듯 모든 게 기억 속에 되살아났다. 선착장에서 있던 일, 안개 낀 산의 이른 아침, 페오도시야에서 도착한 증기선, 입맞춤. 그는 오랫동안 방 안을 서성였고 기억을 떠올리며 미소 지었다. 그러자 기억은 갈망이 됐고,

* 프라이팬 셀랸카. 고기와 양배추를 주재료로 프라이팬에 조리하여 그대로 서빙되는 요리.

회상 속의 과거는 미래와 뒤섞였다. 안나 세르게예브나는 꿈에 나타나는 게 아니라 어디든 그림자처럼 뒤따르며 그를 지켜보았다. 눈을 감으면 살아 있는 듯 나타나는 그녀는 이전보다 더 아름답고 젊고 다정하게 느껴졌다. 그 자신도 알타에 있을 때보다 더 멋지게 느껴졌다. 저녁마다 그녀가 책장에서, 벽난로에서, 방구석에서 그를 쳐다봤고, 그녀의 숨소리와 살랑거리는 옷자락 소리가 들렸다. 거리에서는 여자들을 눈으로 좇으며 혹 그녀를 닮은 사람이 없을까… 찾고 있었다.

그리고 이젠 자신의 추억을 누군가와 나누고 싶은 마음이 간절했다. 하지만 집에선 자신의 사랑을 말할 수 없고, 집 밖에선 얘기할 사람이 없었다. 이웃집 사람들이나 은행에서 말할 수는 없으니. 게다가 무슨 말을 할 것인가? 그가 과연 사랑을 했던가? 안나 세르게예브나를 향한 그의 태도에 무언가 아름답고 시적인, 혹은 교훈적인, 혹은 그저 흥미롭기라도 한 부분이 있었던가? 그래서 그는 사랑에 대해, 여자들에 대해 막연하게 말할 수밖에 없었고, 아무도 무슨 일인지 짐작하지 못했으며, 오직 그의 아내만 짙은 눈썹을 움직이며 말했다.

"당신은, 디미트리, 왕자병이 전혀 안 어울려."

어느 날 밤, 함께 카드놀이를 하던 관리와 박사 클럽을 나오다가 그가 참지 못해 말했다.

“제가 얄타에서 얼마나 매혹적인 여자를 만났는지 모르실 걸요!”

관리는 썰매를 타고 출발했다. 그런데 갑자기 뒤를 돌아보더니 그를 불렀다.

“드미트리 드미트리치!”

“왜요?”

“좀 전에 당신 말이 맞았어요, 철갑상어에서 고린내가 나더군요!”

이 말이, 이렇게 평범한 말이 왠지 구로프를 불편하게 했으며 모욕적이고 더럽게 느껴졌다. 이 얼마나 미개한 풍습이고 미개한 사람들인가! 얼마나 무의미한 밤들인가, 얼마나 재미없고 시시한 날들인가! 미친 카드놀이에, 폭식에, 술판에, 늘 똑같은 대화에! 쓸데없는 일들과 늘 똑같은 대화에 최고의 시간과 최고의 힘을 빼앗기고, 결국엔 꼬리도 날개도 잘린 인생, 실없는 것만 남는다. 나가지도, 도망치지도 못하는 게 정신병원이나 죄수 부대에 갇힌 것 같다!

구로프는 밤새 잠도 안 자며 분개했고 다음 날은 온종일 두통에 시달렸다. 그는 그다음 며칠도 잠을 설쳤고, 내내 침대에 앉아 생각을 하거나 방 안을 서성였다. 아이들도 질렸고, 은행도 질렸고, 아무 데도 가기 싫고, 아무 말도 하기 싫었다.

12월 연휴가 되자 그는 길 떠날 채비를 하고 아내에겐 어느 젊은이의 일을 도와주러 페테르부르크에 간다고 하고선 S로 떠났다. 무엇을 위해? 그 자신도 잘 몰랐다. 그저 안나 세르게예브나를 만나고 얘기하고, 가능하다면 밀회를 갖고 싶었다.

그는 아침에 S에 도착해서 호텔에서 가장 좋은 객실을 잡았다. 객실은 바닥 전체에 회색 군용 모포가 깔려 있었고 탁자 위엔 먼지가 쌓여 뽀얗게 된, 말 탄 기수 모양의 잉크병이 있었다. 기수는 모자 든 손을 뻗고 있었고 머리는 떨어져 나가고 없었다. 안내원이 그에게 필요한 정보를 줬다. 폰 디데리츠는 스타로-곤차르나야 거리에 사는데 집은 그의 소유이며, 호텔에서 멀지 않고, 부유하게 잘 살고, 말도 몇 마리 갖고 있으며, 이 도시 사람들은 전부 그를 안다는 것이었다. 안내원은 그를 드리디리치라고 발음했다.

구로프는 천천히 스타로-곤차르나야 거리로 가서 집을 찾아냈다. 집 바로 앞에는 못이 박힌 회색 담장이 길게 세워져 있었다.

'이런 담장이면 도망치고 싶겠어.' 구로프가 창문과 담장을 번갈아 보며 생각했다.

그는 따져 봤다. 오늘은 근무날이 아니니까 남편이 아마 집에 있을 것이다. 어찌 됐든 집에 들어가서 당혹스럽게 하는 건

경솔하다. 쪽지를 보내면 남편 손에 들어갈 수도 있고, 그럼 다 망치게 된다. 우연에 맡기는 게 제일 좋다. 그래서 그는 담장 근처 거리를 따라 계속 걸었고 그 우연이 오기만을 기다렸다. 어떤 거지가 그 집 대문으로 들어가자 개들이 달려들었다. 이후 한 시간쯤 지나서 피아노 소리가 들렸는데 작고 희미한 소리가 안에서 새어 나오는 거였다. 안나 세르게예브나가 치는 게 틀림없었다. 갑자기 현관문이 열리더니 한 노파가 나왔고 그녀의 뒤로 낯익은 하얀 스피츠가 달려갔다. 구로프는 개를 부르고 싶었지만 갑자기 심장이 날뛰기 시작했고, 흥분이 되어 스피츠의 이름을 기억해 내지 못했다.

주위를 서성이던 그는 점점 더 회색 담장이 미워졌고 어느덧 짜증이 나서, 어쩌면 안나 세르게예브나가 자신을 잊고 벌써 다른 남자랑 즐기고 있을지도 모르며, 아침부터 저녁까지 이 빌어먹을 담장을 봐야 하는 젊은 여자의 입장에선 그게 너무나 당연하단 생각이 들었다. 그는 호텔로 돌아와서 뭘 해야 할지 몰라 한동안 소파에 앉아 있다가, 점심을 먹고는 오랫동안 잠을 잤다.

'정말 한심하고 걱정스럽군.' 잠에서 깬 그는 어두운 창문을 바라보며 생각했다. 벌써 저녁이었다. '아주 잘도 잤네. 밤인데 이제 뭘 한담?'

그는 병원 담요 같은 싸구려 회색 담요가 덮인 침대에 앉아 짜증을 내며 자신을 향해 비아냥거렸다.

'개를 데리고 다니는 부인을 만날 거라더니… 모험이라더니… 여기 앉아나 있고.'

아까 아침에 기차역에서 아주 커다란 글씨의 벽보가 그의 눈에 들어왔는데 〈게이샤〉*의 첫 공연이었다. 그는 그걸 기억하고는 극장으로 갔다.

'그녀가 첫 공연을 보러 다닐 확률이 높아.' 그는 생각했다.

극장은 사람들로 가득했다. 이곳도 다른 주립 극장들처럼 샹들리에까지 안개가 차 있었고, 위층 관람석은 매우 소란했으며, 공연이 시작되기 전 맨 첫째 열엔 현지의 멋쟁이 신사들이 뒷짐을 지고 서 있었다. 그리고 이쪽, 주지사를 위한 지정석에는 보아**를 두른 주지사의 딸이 앞자리에 앉아 있고, 주지사는 수줍게 커튼 뒤에 숨어 있어서 손만 보였다. 막이 흔들거리고 오케스트라는 오랫동안 조율을 했다. 관객들이 들어와 자리에 앉는 내내 구로프는 눈으로 간절히 찾았다.

안나 세르게예브나가 들어왔다. 그녀는 세 번째 열에 앉았다. 구로프는 그녀를 보자 심장이 오그라들었고 이제 이 세상

* 영국 작곡가 시드니 존스의 오페레타.

** 모피나 깃털로 만든 폭이 좁고 긴 머플러.

에 그녀보다 더 가깝고 소중하고 중요한 사람이 없음을 확실히 깨달았다. 지방 사람들 무리에 섞여서 눈에 잘 띄지도 않는, 특별할 것 하나 없고 손에는 투박한 손잡이 안경을 든 저 작은 여자가 이젠 그의 인생 전부를 가득 채웠다. 그녀는 그의 고통이자 기쁨이었고, 그가 이제 스스로에게 바라는 유일한 행복이었다. 수준 낮은 오케스트라와 조악하고 보잘것없는 바이올린 소리를 배경으로 그는 그녀가 얼마나 좋은지 생각했다. 생각하고 갈망했다.

안나 세르게예브나와 함께 짧은 구레나룻에 키가 아주 크고 등이 약간 굽은 젊은 남자가 들어와서 옆에 앉았다. 그는 걸음을 옮길 때마다 머리를 흔들었는데, 그래서 계속 인사를 하는 것처럼 보였다. 이 사람이 아마, 그녀가 얄타에서 괴로운 심정을 터뜨리며 하인이라고 비하했던 그 남편일 것이다. 그리고 실제로도 그의 기다란 체구와 구레나룻, 살짝 벗겨진 머리에서 뭔가 하인스러운 공손함이 느껴졌다. 그는 친절한 미소를 지었고, 옷깃에는 무슨 학자 배지가 반짝였는데, 꼭 하인들이 달고 다니는 번호표 같았다.

첫 번째 휴식 시간에 남편은 담배를 피우러 나갔고 그녀는 자리에 남았다. 같은 1층에 앉아 있던 구로프는 그녀에게 다가가 억지로 미소를 지으며 떨리는 목소리로 말했다.

"안녕하세요."

그녀는 그를 보고 얼굴이 창백해졌고, 눈을 의심하며 다시 한번 기겁해서 쳐다봤다. 그리고 부채와 손잡이 안경을 두 손에 꼭 쥐었는데 기절하지 않도록 자신을 추스르는 것 같았다. 둘은 말을 하지 못했다. 그녀는 앉아 있었고, 그는 그녀의 당혹감에 놀라서 옆에 앉을 결심도 못 하고 서 있었다. 바이올린과 플루트의 조율 소리가 들리자 갑자기 무서워졌고, 발코니석에서 전부 그들을 쳐다보는 것 같았다. 그때 그녀가 일어나 출구를 향해 급히 갔고, 그도 그녀를 뒤따랐다. 그들은 복도를 따라, 계단을 따라, 올라가거니 내려가거니 하며 이리저리 발걸음을 옮겼다. 눈앞에는 판사복, 교사복, 관복을 입은 사람들이 아른거렸고 모두 배지를 달고 있었다. 부인들과 옷걸이에 걸린 슈바들이 아른거렸고, 새어 들어오는 바람에 담배꽁초 냄새가 실려 왔다. 구로프는 심장이 세차게 두근거림을 느끼며 생각했다. '오, 맙소사! 이 사람들, 이 오케스트라는 다 뭐람……'

그리고 이때 기차역에서 안나 세르게예브나를 배웅하던 그 저녁이 불현듯 떠올랐다. 모든 게 끝났고 다시는 서로 보지 못할 거라고 스스로에게 말했었다. 하지만 끝까지는 아직 한참 멀었다!

'원형객석 통로'라고 적힌 좁고 어두운 계단에서 그녀가 멈춰

셨다.

"정말 놀랐어요!" 충격에 싸여 여전히 창백한 그녀가 숨을 몰아쉬며 말했다. "오, 정말 놀랐어요! 죽다 살아났어요. 왜 오셨어요? 왜?"

"이해해 줘요, 안나, 이해해 줘요……." 그가 목소리를 낮추고 서둘러 말했다. "부탁이에요, 이해해 줘요……."

그녀는 두려움과 애원과 사랑의 눈빛으로 그를 바라봤다. 그의 모습을 기억에 더욱 선명히 새기기 위해 뚫어져라 쳐다봤다.

"전 정말 괴로워요!" 그의 말을 듣지 않고 그녀가 계속했다. "늘 당신만 생각했어요, 당신 생각으로 살았어요. 하지만 잊고 싶었어요. 잊고 싶었는데 왜, 왜 오신 거예요?"

위쪽 층계참에서 김나지야 학생 둘이 담배를 피우다가 아래를 내려다봤지만 구로프는 아무래도 상관없었다. 그는 안나 세르게예브나를 끌어안고 그녀의 얼굴에, 뺨에, 손에 입을 맞추기 시작했다.

"뭐 하시는 거예요, 뭐 하시는 거예요!" 공포에 질린 그녀가 그를 밀쳐내며 말했다. "우린 둘 다 미쳤어요. 오늘 바로 떠나세요, 지금 바로 가세요… 성자들께 의탁해 빌어요, 부탁이에요… 사람들이 와요!"

누군가 계단 아래쪽에서 위로 올라오고 있었다.

"가셔야 돼요……." 안나 세르게예브나가 속삭이며 말했다. "드미트리 드미트리치, 제 말 들어 보세요. 제가 모스크바로 찾아갈게요. 전 한 번도 행복한 적이 없었어요. 지금도 불행하고 앞으로도 절대, 절대 행복하지 못해요, 절대로! 더는 절 괴롭히지 말아요! 제가 모스크바로 갈게요, 맹세해요. 이제 헤어져요! 내 사랑, 착하고 소중한 사람, 헤어져요!"

그녀가 그의 손을 꽉 쥐고 나서 아래로 급히 내려가기 시작했다. 몇 번이고 뒤돌아보는 그녀의 눈동자에서 그녀가 정말로 행복하지 않다는 게 보였다. 구로프는 잠시 소리에 귀를 기울이며 서 있다가, 주변이 조용해지자 옷걸이에 걸린 외투를 찾아 극장에서 나왔다.

4

안나 세르게예브나가 그를 만나러 모스크바로 오기 시작했다. 2, 3개월에 한 번씩 S를 떠나면서 남편에게는 부인병 문제로 교수에게 상담 받으러 간다고 했다. 남편은 그녀를 믿기도, 믿지 않기도 했다. 모스크바에 오면 그녀는 '슬라뱐스키 바자르'*에 묵었고 곧바로 구로프에게 빨간 모자 쓴 사람**을 보냈다. 구로프가 그녀가 있는 곳으로 왔으며, 모스크바에 있는 그 누구도 이 사실을 알지 못했다.

한번은 어쩌다 겨울 아침에 그녀에게 가게 되었다(심부름꾼이 전날 저녁에 왔었지만 그를 만나지 못한 것이다). 딸이 같이 갔는데, 그가 김나지야에 바래다준다고 했고, 김나지야는 가는 길에 있었다. 축축한 함박눈이 내렸다.

* 호텔 이름.

** 당시 심부름꾼들이 빨간 챙 모자를 쓰고 다녔다.

"지금이 영상 3도인데, 그래도 눈이 내리잖아." 구로프가 딸에게 말했다. "땅의 표면만 영상이어서 그래, 저 위쪽 공기층은 온도가 완전히 달라."

"아빠, 근데 겨울엔 왜 천둥이 안 쳐?"

그는 그 이유도 설명해 줬다. 그는 딸에게 말을 하며 자신이 밀회에 가고 있고, 아무도 이 사실을 모르고 있으며, 앞으로도 절대 모를 거라고 생각했다. 그에겐 두 개의 삶이 있었다. 하나는, 필요하다면 누구나 보고 알 수 있는 공공연한 삶, 조건적 진실과 조건적 속임으로 가득하며 그의 지인들과 친구들의 삶과도 완전히 닮아 있는 것이고, 또 하나는 비밀리에 흘러가는 삶이다. 그런데 왠지 상황의 이상한 일치에 의해, 아마 우연이겠지만, 그에게 중요하고 재미있고 필수적인 것들, 그가 진심으로 대하고 스스로를 속이지 않으며, 인생의 알맹이를 이루는 것들은 남몰래 비밀스레 이루어졌다. 그리고 거짓인 것, 진실을 감추려고 덮어쓰고 있는 껍데기, 예를 들어 은행 업무, 클럽에서의 논쟁, 그의 '천한 종족', 아내와 함께 기념행사에 다니는 일은 전부 명백하게 드러났다. 그래서 그는 자신을 기준으로 다른 이들을 판단했고, 보이는 것을 믿지 않았으며, 모든 사람은 밤의 베일 같은 비밀의 베일 속에서 그의 진짜이자 가장 재미있는 인생을 살고 있을 거라고 추측했다. 모든 개인이라는 존재는 비밀에 의해 지탱되고, 부분적이겠지만 아마 이러한 이유로 교양인이 개인의 비밀 존중에 대해 그토록 민감하게 구는 게 아닐까.

구로프는 딸을 김나지야에 바래다주고 '슬라뱐스키 바자르'로 향했다. 아래층에서 슈바를 벗고 위로 올라가 조용히 문을 두드렸다. 안나 세르게예브나는 그가 좋아하는 회색 드레스를 입고 있었고 여행과 기다림에 지친 기색이었다. 그녀는 어제 저녁부터 그를 기다리고 있었다. 얼굴빛은 창백했고 그를 보고도 웃지 않았다. 그가 들어오자마자 그녀가 그의 품에 안겼다. 한 2년은 보지 못한 사람들처럼 그들의 입맞춤은 길고 오랫동안 이어졌다.

"어떻게 지냈어?" 그가 물었다. "새로운 소식은?"

"잠깐, 기다려 봐… 말을 못하겠어."

그녀는 우느라 말을 잇지 못했다. 그에게서 돌아서서 손수건으로 눈가를 닦았다.

'뭐, 울게 두고 난 잠깐 앉아나 있자.' 그는 이렇게 생각하고 안락의자에 앉았다.

그리고 사람을 불러 차를 주문했고, 그가 차를 마시는 동안 그녀는 내내 창가를 향해 돌아서 있었다… 그녀는 걱정이 돼서 울었고, 자신들의 인생이 이토록 고통스러워졌다는 생각에 비참해서 울었다. 그들은 늘 비밀리에 만나고 도둑들처럼 숨어 다닌다! 이들의 인생은 깨져 버린 게 아닐까?

"그만 울어!" 그가 말했다.

그에겐 분명했다. 그들의 사랑은 끝나려면 아직 멀었고, 그게 언제일지도 모른다. 안나 세르게예브나는 그에게 점점 더 강한 애착을 느꼈고 그를 열렬히 사랑했다. 그녀에게 이 모든 게 언젠가 끝난다고 말하는 것은 생각조차 못할 일이고, 말한다 해도 믿지 않을 것이다.

그는 그녀를 달래고 농담을 건네고자 그녀에게 다가가 어깨를 감싸 쥐었다. 그때 거울에 비친 자신의 모습이 보였다.

그의 머리칼은 벌써 하얗게 세기 시작했다. 요 몇 년 새에 자신이 이렇게 늙고 추해진 게 이상했다. 그가 손을 얹고 있는 그녀의 어깨는 따뜻했고 떨리고 있었다. 그는 이 인생, 아직 이렇게 따뜻하고 예쁜, 하지만 아마 곧 그의 인생처럼 색이 바래고 시들기 시작할 이 인생에게 연민을 느꼈다. 그녀는 어째서 그를 이렇게 사랑하는 것일까? 여자들에게 비친 그의 모습은 늘 진짜가 아니었고, 그들이 사랑했던 것은 그가 아니라 그들의 상상이 만들어 낸, 각자의 인생에서 간절히 찾던 인물이었다. 그리고 자신들의 실수를 깨달은 후에도 여전히 그를 사랑했다. 그런데 그 어떤 여자도 그와 함께 있으면서 행복하지는 않았다.

시간이 흐르면 그는 새로운 여자를 알게 되고, 만나고, 헤어졌지만 한 번도 사랑하진 않았다. 그게 무엇이었든 간에 사랑만은 아니었다.

그런데 이제야, 머리칼이 하얗게 세기 시작했을 때에야 그가 정말로, 제대로 사랑을 하게 된 것이다, 평생 처음으로.

안나 세르게예브나와 그는 아주 가까운 사람처럼, 가족처럼, 남편과 아내처럼, 다정한 친구처럼 서로를 사랑했다. 운명이 그들을 서로를 위해 존재하도록 만든 것 같았고, 왜 그에게 아내가 있는지, 왜 그녀에게 남편이 있는지 이해할 수 없었다. 마치 암수 한 쌍의 철새를 잡아다가 각기 다른 새장에서 살도록 한 것 같았다. 그들은 서로의 부끄러운 과거를 용서했고, 현재의 모든 것도 용서했으며, 사랑이 그 두 사람을 변화시켰다고 느꼈다.

예전에 그는 슬픈 순간이 오면 머릿속에 온갖 구실을 떠올리며 자신을 안도시켰지만, 지금은 그렇게 궁리할 겨를도 없이 깊은 연민이 일었고 그저 진실하고 다정한 사람이 되고 싶었다…….

"그만, 내 좋은 사람." 그가 말했다. "그만큼 울었으면 됐어… 이제 얘기 좀 해, 뭔가 방법을 생각해 보자."

이후 그들은 오랫동안 의논했고, 어떻게 해야 숨고 속여야만 하는 상황에서, 서로 다른 도시에 살고 오랫동안 만날 수 없는 상황에서 벗어날 수 있을지 얘기했다. 어떻게 해야 견딜 수 없는 이 족쇄에서 벗어날 수 있을까?

"어떻게? 어떻게?" 그가 머리를 감싸 쥐며 물었다. "어떻게?"

그들은 이제 조금만 더 하면 방법을 찾게 되고, 그러면 새롭고 아름다운 인생이 시작될 것 같았다. 그리고 두 사람 모두, 끝까지는 아직 멀고 멀었으며 가장 복잡하고 어려운 것은 이제부터가 시작임을 잘 알고 있었다.

(1899년)

신부

新婦

НЕВЕСТА

1

어느새 저녁 10시쯤이었고, 정원 위로 보름달이 비추고 있었다. 슈민가家의 집에서 마르파 미하일로브나 할머니가 요청했던 저녁 예배가 이제 막 끝났고, 나쟈는 잠깐 정원에 나왔는데 홀에 음식이 차려지고 실크 드레스를 입은 할머니가 분주히 다니는 게 보였다. 정교회 사제장인 안드레이 신부가 나쟈의 어머니 니나 이바노브나와 무언가 이야기를 나누었는데, 창문을 통해 보이는 어머니가 저녁 불빛을 받아서인지 왠지 아주 젊어 보였다. 그 옆엔 안드레이 신부의 아들*인 안드레이 안드레이치가 그들의 대화를 주의 깊게 듣고 있었다.

정원은 조용하고 선선했으며, 평온하고 짙은 그림자가 땅 위에 드리워 있었다. 어딘가 멀리서, 아주 멀리서, 아마 도시 너머

* 동방정교회에서는 성직자들의 혼인을 금하지 않는다. 단, 이혼과 재혼은 불가능하다.

에서 개구리 우는 소리가 들려왔다. 5월, 사랑스러운 5월의 기운이 느껴졌다! 숨을 깊이 들이마시게 되고, 여기가 아니라 하늘 아래 어딘가에, 나무들 위에, 도시 너머 먼 곳에, 들판과 숲 속에 신비하고 아름답고 풍요롭고 성스러운, 연약하고 죄 많은 인간은 이해할 수 없는 봄의 생명이 펼쳐진 거라는 생각이 들었다. 그리고 왠지 모르게 울고 싶었다.

그녀 나쟈는 어느덧 스물세 살이었는데 열여섯 살부터 열렬히 결혼을 꿈꾸었고, 이제 드디어 안드레이 안드레이치, 창문 너머에 서 있는 바로 그 사람의 신부가 되었다. 그녀는 그가 마음에 들었고, 결혼식은 7월 7일로 예정되어 있었다. 하지만 그럼에도 기쁘지 않았고, 밤에 잠을 잘 못 잤으며, 흥겨움도 사라졌다… 부엌이 있는 지하에서 바삐 움직이고, 칼질을 하고, 문이 여닫히는 소리가 열린 창문을 통해 들려왔고, 칠면조 구이와 체리 피클 냄새가 풍겼다. 그리고 왠지 이렇게 평생을 갈 것 같았다, 바뀌는 것 없이, 끝도 없이 말이다!

이때 누군가 집에서 나와 현관에 섰다. 그는 알렉산드르 티모페이치, 혹은 그냥 사샤라고 불리는데 열흘 전쯤 모스크바에서 온 손님이다. 언젠가 아주 오래전에 할머니의 먼 친척인 마리야 페트로브나가 할머니를 자주 찾아왔었는데, 그녀는 과부가 된 귀족 부인으로 키가 작고 마르고 병약했다. 그녀에게 아들 사샤가 있었다. 왠지 모르지만 다들 그가 아주 훌륭한 화가라고 했고, 그의 어머니가 죽자 할머니는 사람을 살린다는 생각으로 그를 모스크바에 있는 코미사롭스키 기술학교에 보냈다. 그는 한 2년쯤 후에 미술학교로 옮겼고, 거기서 거의 15년 가까이 있다가 간신히 건축학부를 졸업했으나 건축일은 하지 않고 모스크바의 한 석판 인쇄소에서 일했다. 그는 보통은 아주 아픈 상태로 거의 매년 여름마다 할머니 집에 와서 휴식을 취하고 몸을 회복하곤 했다.

지금 그는 단추를 채운 프록코트와 아랫단이 닳아 해어진 범포* 바지를 입고 있다. 셔츠는 구겨져 있고 전체적으로 생기가 없는 모습이다. 깡마른 몸에 큰 눈, 가늘고 긴 손가락, 턱수염, 짙은 얼굴빛, 하지만 그럼에도 잘생겼다. 그는 슈민가 사람들이 가족처럼 친숙했고 여기에 오면 자기 집처럼 거리낌 없었다. 그가 올 때마다 지내는 방도 사샤의 방이라고 불린 지 벌써 오래다.

현관에 서 있던 그가 나쟈를 보고 다가왔다.

"여기 참 좋아요." 그가 말했다.

"그럼요, 좋지요. 여기서 가을까지 지내지 그러세요."

* 돛을 만드는 데 사용되는 거칠고 두꺼운 마로 된 천.

"네, 그래야겠어요. 아무래도 9월까지는 여기서 살려고요."

그가 이유도 없이 웃더니 옆에 앉았다.

"여기 앉아서 엄마를 보는데," 나쟈가 말했다. "여기서 보니 엄마가 참 젊어 보여요! 엄마는, 당연히 약점도 있지만," 그녀가 잠시 말을 멈췄다가 이어갔다. "그래도 참 특별한 여자예요."

"네, 좋은 분이세요……." 사샤가 동의했다. "당신의 엄마는, 당연히 나름 아주 선하고 사랑스러운 여성이지요, 하지만… 뭐랄까요? 제가 오늘 아침 일찍 부엌에 갔었는데, 거기서 하인 네 명이 바닥에서 자고 있더라구요. 침대도 없이 이불 대신 누더기 옷을 덮고 있고, 악취에, 빈대에, 바퀴벌레에… 20년 전이랑 똑같고 하나도 변한 게 없어요. 뭐, 할머니야 그렇다 쳐요, 할머니니까. 근데 엄마는 프랑스어도 하시고 연극도 하시잖아요. 뭔가 이해되는 게 있을 텐데."

사샤는 말할 때 듣는 사람 앞으로 가늘고 긴 손가락 두 개를 내밀었다.

"저는 여기에 있으면 왠지 습관이 안 맞아서 불편해요." 그는 계속 말했다. "젠장, 아무도 아무 일도 안 하잖아요. 엄마는 무슨 공작 부인처럼 하루 종일 산책만 하고, 할머니도 아무것도 안 하고, 당신도 그렇구요. 그리고 신랑인 안드레이 안드레이치도 아무것도 안 해요."

나쟈는 이 말을 작년에도 들었고, 아마 재작년에도 들은 것 같았는데, 사샤가 다른 방식으로는 생각할 수 없다는 걸 알았다. 예전엔 이런 말들에 웃곤 했지만 지금은 왠지 짜증이 났다.

"그런 건 다 오래된 말이고 벌써 질렸어요." 그녀는 말하고서 일어났다. "뭔가 좀 새로운 걸 생각해 내지 그러세요."

그가 웃음을 터뜨리고는 역시 일어났고, 둘은 집으로 향했다. 그녀는 키가 크고 아름답고 날씬했는데 그의 옆에 있으니 아주 건강하고 화려해 보였다. 그녀 자신도 이런 것을 느꼈고, 그가 불쌍하고 왠지 불편하기도 했다.

"그리고 지나친 말씀도 많이 하세요." 그녀가 말했다. "방금 제 안드레이에 대해 말씀하셨는데, 당신은 그 사람을 모르시잖아요."

"제 안드레이라… 당신의 안드레이는, 그렇다 쳐요! 근데 저는 당신의 젊음이 안타까워요."

그들이 홀에 들어왔을 땐 저녁식사를 위해 벌써 사람들이 자리에 앉고 있었다. 할머니, 혹은 집에서 부르는 식으로 할무니는 아주 뚱뚱하고 못생기고, 숱 많은 눈썹에 콧수염도 삐죽 나 있고, 큰 소리로 말하는데 목소리와 말하는 태도에서 그녀가 이 집에서 가장 높은 어른이라는 게 보였다. 그녀는 시장에 매대 건물을 소유하고 있고 원형 기둥이 세워진 고풍스러운 저택과 정원도 가지고 있었지만, 자신을 빈곤에서 구해 주시라고 아침마다 하느님께 기도했고, 기도하면서 울기까지 했다. 그리고 그녀의 며느리, 즉 나쟈의 어머니인 니나 이바노브나는 금발에, 허리를 꼭 조이는 드레스를 입고, 팽스네를 걸치고, 손가락마다 다이아몬드 반지를 끼고 있다. 안드레이 신부는 야윈 노인으로, 이빨이 얼마 없어서 뭔가 아주 웃긴 이야기를 꺼낼 것 같은 표정이다. 그의 아들 안드레이 안드레이치, 나쟈의 신랑은 통통하고 잘생기고 곱슬머리인데 예술가나 화가를 닮았다. 세 사람은 최면술에 대해 말하고 있었다.

"일주일만 있으면 몸이 좋아질 게다." 할무니가 사샤를 보며 말했다. "아무튼 많이 먹기나 해. 꼴이 그게 뭐냐!" 그녀는 한숨을 내쉬었다. "볼썽사나워졌어! 돌아온 탕자가 분명하다니까."

"아버지가 준 재물을 탕진하고," 안드레이 신부가 눈웃음을 치며 천천히 말했다. "저주받은 그는 어리석은 짐승들 사이에서 죽어갔느니라……."

"전 아버지가 참 좋아요." 안드레이 안드레이치가 아버지의 어깨를 만지며 말했다. "멋진 노인이에요. 착한 노인이죠."

모두가 침묵했다. 사샤가 갑자기 웃더니 냅킨으로 입을 닦았다.

"그래서, 최면술을 믿으신다구요?" 안드레이 신부가 니나 이바노브나에게 물었다.

“사실, 믿는다고 확언할 수는 없지만,” 니나 이바노브나가 아주 진지하고 엄중하기까지 한 표정을 지으며 대답했다. “자연에는 신비하고 이해할 수 없는 것들이 많다는 점은 인정해야지요.”

“저도 전적으로 동의합니다만, 신앙이 신비의 영역을 현저히 축소시킨다는 말씀을 개인적으로 덧붙이고 싶군요.”

크고 아주 기름진 칠면조 구이가 식탁에 놓였다. 안드레이 신부와 니나 이바노브나는 자신들의 이야기를 이어갔다. 니나 이바노브나의 손가락 사이에서 다이아몬드가 반짝였고, 곧 눈에서도 눈물이 반짝였다. 마음이 상한 것이다.

“제가 감히 당신과 논쟁할 수는 없지만,” 그녀가 말했다. “인생에는 풀리지 않는 수수께끼가 아주 많다는 것엔 동의하시죠.”

“그런 건 하나도 없어요, 확실히 말씀드립니다.”

저녁식사 후 안드레이 안드레이치가 바이올린을 연주했고, 니나 이바노브나는 피아노 반주를 했다. 그는 10년 전에 대학에서 문헌학과를 졸업했지만 아무 곳에서도 일하지 않았고, 특별히 하는 일 없이 가끔 자선 음악회에 참여할 뿐이었다. 사람들은 그를 예술가라고 불렀다.

안드레이 안드레이치가 연주를 하고 모두 말없이 듣고 있었다. 테이블 위엔 사모바르가 조용히 끓었고, 사샤만 홀로 차를 마셨다. 이후 시계가 12시를 울리자 갑자기 바이올린 줄이 끊어졌고, 모두 한바탕 웃고는 분주히 작별 인사를 나눴다.

신랑을 배웅하고 나쟈는 엄마와 그녀의 방이 있는 위층으로 올라왔다(아래층은 할머니가 차지하고 있었다). 아래층 홀에서 불을 끄기 시작했지만 사샤는 계속 남아 차를 마셨다. 그는 항상 오랫동안 차를 마셨는데, 모스크바식으로 한 번에 일곱 잔 정도나 마셨다.* 나쟈가 옷을 벗고 침대에 누운 후에도 하녀가 아래층을 치우고 할무니가 야단치는 소리가 오랫동안 들렸다. 드디어 조용해졌고, 가끔씩 아래층 사샤의 방에서 굵은 기침 소리만 들렸다.

* 모스크바 사람들은 특히 차를 많이 마시는 걸로 유명했는데, 한 번에 오랫동안 여러 잔의 홍차를 마시고, 진한 차를 좋아했다. 설탕 같은 첨가물을 차에 직접 타지 않고 각설탕, 사탕, 잼, 크림 등 달콤한 것을 곁들여 마셨다.

2

나쟈가 잠에서 깼을 때는 아마 2시쯤이었고 새벽이 오고 있었다. 저 멀리 어딘가에서 야경꾼이 딱따기를 두드렸다.* 잠을 자기는 싫고, 누워 있자니 너무 푹신하고 불편했다. 나쟈는 지난 5월의 밤들과 마찬가지로 침대에 앉아 생각하기 시작했다. 그런데 생각이래야 어젯밤과 똑같은 단조롭고 쓸데없고 끈덕진 것들로서, 어떻게 안드레이 안드레이치가 그녀에게 마음을 쏟기 시작하고 청혼을 했는지, 어떻게 그녀가 승낙을 하고 차츰 이 선하고 똑똑한 사람을 존중하기 시작했는지 하는 것들이었다. 하지만 결혼식까지 한 달도 채 남지 않은 지금, 그녀는 왠지 불확실하고 힘겨운 무언가가 자신을 기다리고 있는 듯한 두려움과 불안을 느끼기 시작했다.

* 야경꾼은 자신의 존재를 알리며 도둑을 쫓기 위해 나무망치 등으로 소리를 냈다.

'딱—딱, 딱—딱…' 야경꾼이 느릿느릿 두드렸다. '딱—딱…'

오래된 큰 창으로 정원이 보인다. 저 멀리 무성히 피어나고 있는 라일락 나무들은 졸리고 추위에 시든 모습이고, 짙은 하얀 안개가 가만히 헤엄쳐 와 라일락을 덮으려 한다. 먼 곳 나무 위에는 졸린 갈까마귀들이 울고 있다.

"오 하느님, 왜 이리 마음이 무거울까!"

어쩌면 결혼을 앞둔 신부라면 누구나 겪게 되는 것일 수 있다. 그럴 수 있다! 혹은 이게 사샤의 영향일까? 하지만 사샤는 벌써 몇 년째 미리 써 놓은 것처럼 똑같은 말만 하고, 말할 때는 순진하고 엉뚱해 보인다. 그런데 왜 사샤가 머릿속에서 떠나지 않을까? 왜?

야경꾼 소리가 들리지 않은 지도 오래되었다. 창 아래 정원에는 새들이 지저귀기 시작하고, 안개도 걷히고, 주변이 온통 미소를 닮은 봄빛으로 환해졌다. 이내 정원 전체가 태양의 애무로 달구어져 깨어났고, 나뭇잎에는 다이아몬드 같은 이슬방울이 반짝였다. 오랫동안 방치된 낡은 정원이 이 아침엔 아주 생생하고 화려하게 보였다.

할무니가 벌써 일어났다. 사샤가 굵은 기침을 했다. 아래층에 사모바르가 놓이고 의자를 옮기는 소리가 들렸다.

시간이 천천히 간다. 나자는 벌써 오래전에 일어나 벌써 오랫동안 정원을 산책하고 있지만, 아침은 아직 길게 이어진다.

저기 니나 이바노브나가 울음기 있는 얼굴로 광천수가 담긴 컵을 들고 온다. 그녀는 심령술과 동종요법에 관심을 쏟았고, 독서를 많이 했으며, 자신이 의심하는 것들에 대해 말하길 좋아했는데, 나쟈는 이런 모든 것에 깊고 신비한 의미가 담겨 있는 것 같았다. 나쟈가 어머니에게 입 맞추고 나란히 걸었다.

"엄마, 무슨 일로 울었어?" 그녀가 물었다.

"어젯밤에 소설을 읽기 시작했는데, 어느 노인이랑 딸이 나오는 이야기야. 노인이 어디선가 일을 했는데, 아무튼 그 상관이 노인의 딸과 사랑에 빠졌어. 끝까지 읽진 않았는데 어느 한 부분에서 눈물을 참기가 힘들더구나." 니나 이바노브가 말하고 컵의 물을 홀짝였다. "오늘 아침에도 생각이 나서 좀 울었어."

"근데 난 요즘 전혀 즐겁지가 않아." 나쟈가 잠시 후 말했다. "왜 밤마다 잠이 안 올까?"

"글쎄, 우리 딸. 나는 밤에 잠이 안 오면 눈을 이렇게 아주 꼭 감고 안나 카레니나를 상상해. 그녀의 걸음걸이나 말투 같은 것들, 아니면 어떤 역사적인 사건을 상상하거나, 고대 세계에 있었던……."

나쟈는 어머니가 자신을 이해하지 못하고 있고 앞으로도 이해할 수 없을 거라고 느꼈다. 이런 느낌이 생전 처음이라 무섭기까지 했고 숨고 싶어져서 자신의 방으로 갔다.

2시에 점심식사를 하려고 앉았다. 금식일인 수요일이었고, 그래서 할머니에게는 고기가 들지 않은 보르시와 죽을 곁들인 도미가 차려졌다.

사샤는 할머니를 약 올리려고 자신의 기름진 수프도 먹고 보르시도 먹었다. 그는 점심시간 내내 농담을 했는데 죄다 교훈을 주려는 듯한 무거운 농담들이었고, 농담을 꺼내면서 죽은 듯 야윈 기다란 손가락을 쳐들면 그가 매우 아픈 상태이고 얼마 못 살 거라는 생각이 들어 전혀 웃기지 않았다. 눈물이 날 정도로 안타까웠다.

점심 후 할머니는 휴식을 취하러 방에 들어갔고, 니나 이바노브나도 잠깐 피아노를 치더니 나갔다.

"아흐, 사랑스러운 나자," 점심식사 후에 늘 등장하는 사샤의 이야기가 시작됐다. "제 말대로 하시면 좋을 텐데! 그러면 좋을 텐데!"

그녀는 눈을 감은 채 오래된 안락의자에 깊숙이 앉아 있었고, 그는 조용히 방 안을 서성였다.

"공부하러 가시면 얼마나 좋아요!" 그가 말했다. "교육받은 사람들과 경건한 사람들만이 흥미롭고, 그런 사람들만이 필요해요. 그런 사람들이 많을수록 이 땅에 하느님 나라가 더 빨리 올 테니까요. 그럼 당신의 도시도 점차 돌 위에 돌 하나 남지 않고 마법처럼 전부 뒤집히고, 전부 변할 거예요. 그럼 이곳에 놀랍도록 아름답고 웅장한 건물들, 환상적인 정원들, 기막힌 분수들, 훌륭한 사람들이 생길 거예요… 하지만 중요한 건 그게 아니지요. 중요한 건, 지금 우리가 이해하는 모습으로서의 군중이, 그런 악한 것이 없을 거라는 거예요. 왜냐하면 개개인이 믿음을 가질 것이고, 개개인이 무얼 위해 사는지 알 것이고, 어느 누구도 군중 속에서 위안을 찾지 않게 될 거니까요. 사랑스러운 사람아, 떠나세요! 이렇게 꼼짝도 하지 않는 회색빛의 죄스러운 삶이 지겨워졌다는 걸 모두에게 보여 주세요. 그저 자기 자신에게라도 보여 주세요!"

"안 돼요, 사샤. 전 결혼해요."

"어휴, 그만둬요! 그게 누구한테 필요해요?"

그들은 정원으로 나가 잠깐 걸었다.

"아무튼, 사랑스러운 사람아, 곰곰이 생각해 봐야 돼요. 아무것도 안 하는 당신의 인생이 얼마나 깨끗지 못하고 부도덕한지 알아야 돼요." 사샤가 계속 말했다. "생각 좀 해보세요, 만일, 예를 들어, 당신과 당신의 어머니와 당신의 할무니가 아무것도 안 한다면, 그건 누군가 다른 사람이 당신들을 대신해 일하고 있는 것이고, 당신들은 그 타인의 인생을 씹어 삼키고 있다는 뜻이에요. 이게 과연 깨끗한가요? 더럽지 않아요?"

나쟈는 '네, 맞아요'라고 말하고 싶었다. 그녀도 이해한다고 말하고 싶었다. 하지만 눈물이 차올라서 순간 말을 잃었고, 몸을 움츠리며 자신의 방으로 갔다.

저녁을 앞두고 안드레이 안드레이치가 와서 평소처럼 오랫동안 바이올린을 켰다. 그는 원래 말이 없는 편이었고 바이올린을 좋아했는데, 어쩌면 연주하는 동안엔 말을 안 해도 돼서 그런 것일 수도 있다. 10시가 넘어 집으로 돌아가면서 외투를 입은 그가 나쟈를 끌어안고 그녀의 얼굴과 어깨와 손에 열정적으로 입 맞추기 시작했다.

"귀하고 사랑스러운 사람, 아름다운 사람…!" 그가 중얼거렸다. "오, 난 정말 행복해! 황홀해서 미칠 것 같아!"

그런데 그녀는 이 말을 벌써 오래전에, 아주 오래전에 들어 봤거나, 혹은 어디선가… 오래돼서 찢어진, 아주 오래전에 내다버린 소설에서 읽어 본 것 같았다.

사샤가 홀의 테이블에 앉아 작은 접시를 자신의 긴 다섯 손가락 위에 올려놓고서 차를 마시고 있었다. 할무니는 카드놀이를 하고, 니나 이바노브나는 책을 읽었다. 등잔 속 불꽃이 타닥타닥 소리를 냈고, 모든 게 조용하고 평안해 보였다. 나쟈는 인사를 하고 자기 방으로 올라갔고, 눕자마자 잠에 들었다. 하지만 어젯밤과 마찬가지로 새벽빛이 어슴푸레 비치자마자 잠에서 깼다. 다시 자고 싶지 않았고, 마음은 불안하고 무거웠다. 그녀는 머리를 무릎에 대고 앉아 신랑에 대해, 결혼에 대해 생각했다… 그리고 웬일인지 떠오른 생각은, 어머니가 고인이 된 남편을 사랑하지 않았었고 지금 그녀는 가진 것 하나 없이 할무니, 즉 자신의 시어머니에게 완전히 종속되어 살고 있다는 것이었다. 나쟈는 아무리 생각해 봐도 왜 자신이 지금껏 어머니에게서 뭔가 특별하고 각별한 점만 봐왔는지, 평범하고 불행한 보통 여자는 왜 보지 못했는지 이해할 수 없었다.

기침하는 소리가 들리는 게, 아래층의 사샤도 자고 있지 않았다. 참 엉뚱하고 순진한 사람이라고 나쟈는 생각했다. 그의 꿈에서는, 그 모든 환상적인 정원들과 기막힌 분수들에서는 뭔가 어설픔이 느껴졌다. 하지만 어쩐지 그의 순진함 속에, 심지어 그런 어설픔 속에도 수많은 아름다움이 있어서, 공부하러 떠나면 어떨까 하는 생각만으로도 그녀의 심장이, 가슴이 찬물을 끼얹힌 듯 깨어났고 기쁨과 환희가 몰려들었다.

"하지만 생각 안 하는 게 좋아, 안 하는 게 좋아……." 그녀는 속삭였다. "이런 생각 하면 안 돼."

'딱—딱…' 어딘가 멀리서 야경꾼이 딱따기를 두드렸다. '딱—딱…딱—딱…'

3

사샤는 6월 중순에 갑자기 지루함을 느끼고는 모스크바로 떠나려고 했다.

"이 도시에서는 살 수가 없어요." 그는 침울하게 말했다. "상수도도 없고, 하수도도 없고! 밥 먹는 것도 꺼려져요. 부엌은 말 못하게 더럽고……."

"좀만 기다려, 돌아온 탕자야!" 할머니는 왠지 모르게 속삭이면서 설득에 나섰다. "7일이 결혼식인데!"

"싫어요."

"9월까지 여기서 지낸다고 했잖아!"

"근데 지금은 싫어요. 전 일을 해야 돼요!"

여름은 축축하고 쌀쌀했다. 나무들은 젖어 있고, 정원의 모든 게 무뚝뚝하고 침울해 보였으며, 정말로 일이 하고 싶어졌다. 위아래층 방방마다 낯선 여인들의 소리가 들렸고, 할머니

방에서는 재봉틀이 달그닥거렸다. 서둘러 혼숫감을 준비하는 중이다. 나쟈가 가져갈 슈바만 하더라도 여섯 벌이었고 그중에서 가장 싼 게, 할머니 말에 따르면 300루블이었다! 사샤는 어수선함에 질려 버렸고 자신의 방에 들어앉아 화를 냈다. 하지만 어쨌든 좀더 머물도록 그를 설득했고 7월 1일에 떠나는 걸로, 그전까진 떠나지 않기로 약속했다.

시간은 빨리 흘렀다. 성 베드로 축일* 점심식사 후, 안드레이 안드레이치가 나쟈를 데리고 모스콥스카야 거리로 갔다. 벌써 오래전에 집을 세내어 신혼집으로 꾸미고 있었는데 다시 한번 살펴보기 위해서였다. 이층집이었고 아직 위층만 정리돼 있었다. 홀에는 파켓 마루 모양으로 칠해진 바닥이 반짝였고, 비엔나풍 의자들, 피아노, 바이올린 보면대가 있었다. 페인트 냄새가 났다. 벽에는 큰 유화 그림이 금색 액자에 걸려 있었는데 벌거벗은 여인과 손잡이가 떨어져 나간 연보랏빛 꽃병이 옆에 있었다.

"환상적인 그림이야." 안드레이 안드레이치가 말하고선 존경심이 담긴 한숨을 내쉬었다. "화가 쉬시마첸스키의 작품이지."

그다음 응접실에는 원형 테이블, 밝은 하늘색 천이 씌워진

* 6월 29일.

소파와 안락의자들이 있었다. 소파 위엔 카밀라프카*를 쓰고 훈장을 단 안드레이 신부의 큰 초상 사진이 걸려 있었다. 그다음엔 찬장이 있는 식당, 그다음엔 침실이었다. 어둑한 방에 침대 두 개가 나란히 놓여 있었는데, 아마 침실에 가구를 들이며 이곳은 언제나 아주 좋을 거라고, 그럴 수밖에 없을 거라고 기대했을 것이다. 안드레이 안드레이치는 방마다 나쟈를 데리고 다니며 계속 그녀의 허리에 팔을 두르고 있었다. 그런데 그녀는 자신이 약하고 잘못을 저지른 것처럼 느껴졌으며 이런 방이며 침대며 안락의자가 다 싫었고, 벌거벗은 여인에 구역질이 났다. 그녀는 이제 확실했다, 안드레이 안드레이치가 싫어진 것이다. 아니 어쩌면 처음부터 사랑하지 않았을지도 모른다. 하지만 이걸 어떻게 말할지, 누구에게 말할지, 무엇을 위해 그래야 하는지 알 수 없었고 이해할 수 없었다. 비록 수많은 날을, 수많은 밤을 생각했는데도 말이다……. 그는 그녀의 허리를 안고서 정말 다정하고 순하게 말했고, 집 안 구석구석을 돌며 아주 행복해했다. 하지만 이 모든 것에서 그녀가 본 것은 진부함, 멍청하고 순진하고 참을 수 없는 진부함이었고, 허리를 감싸고 있는 그의 손은 쇠고리처럼 딱딱하고 차갑게 느껴졌다. 그녀는

* 정교회 성직자가 쓰는 원기둥 모양의 모자로, 표창의 의미로 수여한다.

매 순간 도망치고 싶었고, 통곡하고 싶었고, 창밖으로 뛰어내리고 싶었다. 안드레이 안드레이치가 그녀를 욕실로 데려왔고 벽에 설치된 수도꼭지를 만지자 갑자기 물이 흘러나왔다.

"어때?" 그는 말하고 크게 웃었다. "내가 다락에 양동이 100개는 부을 수 있는 수조를 만들라고 했어. 그래서 이렇게 물도 쓸 수 있어."

그들은 마당을 통과하고, 그다음엔 거리로 나와 마차를 탔다. 흙먼지가 짙은 먹구름처럼 날렸고 곧 비가 내릴 것 같았다.

"춥지 않아?" 안드레이 안드레이치가 흙먼지에 눈을 찌푸리며 물었다.

그녀는 잠자코 있었다.

"어제 사샤가, 당신도 기억하겠지만, 내가 아무것도 안 한다고 핀잔 줬잖아." 그가 잠시 침묵하더니 말했다. "뭐, 그 사람이 옳아! 백번 옳아! 난 아무것도 안 하고 할 줄도 몰라. 내 사랑, 왜 그런 걸까? 내가 언젠가 이마에 모장*을 붙이고 일하러 간다고 생각하면, 생각만으로도 불쾌해, 왜 그럴까? 변호사나 라틴어 교사나 젬스트보 의원을 보면 왜 그리 마음이 불편할까? 오, 마투시카 루시!** 오, 마투시카 루시, 네 땅에 빈둥거리는 무

* 帽章. 직업이나 신분을 표시하기 위해 모자에 붙이는 표장.

** 러시아를 높이며 시적으로 표현할 때 '루시'라고 한다.

익한 사람이 얼마나 많은지! 나 같은 자들이 얼마나 많은지, 고난 많은 땅이여!"

그는 자신이 아무것도 안 하는 것을 일반화했으며 시대상으로 여겼다.

"우리가 결혼하면," 그가 말을 이었다. "같이 시골로 가자, 내 사랑, 거기서 일을 하는 거야! 동산도 있고 강도 흐르는 작은 땅덩이를 사서 노동하고, 생명을 관찰하고… 아, 정말 좋을 거야!"

그가 모자를 벗으니 머리칼이 바람에 흩날렸다. 하지만 그녀는 그의 말을 들으며 '하느님 맙소사, 집에 가고 싶어!' 생각했다. 집에 거의 다 도착해서 안드레이 신부를 지나쳤다.

"저기 아버지가 오시네!" 안드레이 안드레이치는 반갑게 모자를 흔들었다. "난 아버지가 참 좋아, 정말로." 그는 마부에게 돈을 건네며 말했다. "멋진 노인이야. 착한 노인이지."

나쟈는 저녁 내내 손님들이 와 있을 거고, 그들을 즐겁게 해줘야 하고, 미소를 짓고, 바이올린 소리를 듣고, 온갖 헛소리를 들으며 오로지 결혼 얘기만 해야 한다는 생각에 화가 나고 안색이 안 좋아져서 집으로 들어왔다. 실크 드레스를 입은 풍만한 할머니가 손님들이 있을 때면 늘 그래 보이는 당당하고 거만한 모습으로 사모바르 옆에 앉아 있었다. 교활한 미소를 띤 안드레이 신부가 들어왔다.

"정정하신 모습을 보니 마음에 흡족하고 은혜로운 위안을 얻습니다." 그가 할머니에게 말했다. 그게 농담을 하는 건지 진지하게 말하는 건지 이해하기 어려웠다.

4

바람이 창을 때리고 지붕을 때렸다. 쌩쌩거리는 소리가 나고, 난로 안에서 도모보이*가 애처롭고 음침하게 노래를 불렀다. 자정이 지난 시간이었다. 모두 잠자리에 들었지만 아무도 자고 있진 않았고, 나쟈는 아래층에서 바이올린을 켜는 것 같은 느낌이 계속 들었다. 뭔가 날카롭게 부딪치는 소리가 들렸는데, 아마 덧창이 떨어져 나간 모양이다. 잠시 후 니나 이바노브나가 잠옷 바람에 촛불을 들고 들어왔다.

"나쟈, 방금 뭐가 부딪친 거였어?" 그녀가 물었다.

머리를 한 갈래로 땋아 내리고 수줍은 미소를 짓고 있는 어머니는 폭풍우 치는 이 밤에 더 늙고, 못나고, 작아 보였다. 나쟈는 불과 얼마 전까지만 해도 자신의 어머니를 특별하게 여기

* 슬라브 문화권에서 믿는 신화적 존재. 사람들의 집에 거주하며, 집의 주인으로서 집안 살림과 가족들의 안위를 살피는 착한 영이라고 믿는다.

며 그녀가 하는 말들을 자랑스럽게 들었던 것이 떠올랐다. 하지만 지금은 아무리 생각해 봐도 그런 말들이 기억나지 않았고, 머릿속에 떠오르는 것은 전부 하찮고 쓸모없는 것이었다.

난로 속에서 여럿이 낮은 목소리로 노래하는 게 들렸고, '아아흐, 마압—소—사!' 하는 소리도 들렸다. 나쟈는 침대에 앉아 갑자기 머리칼을 세게 움켜쥐고 흐느끼기 시작했다.

"엄마, 엄마," 그녀가 말했다. "내가 지금 어떤 상태인지 엄마가 안다면! 부탁이야, 제발, 떠나게 해줘! 제발!"

"어디로?" 니나 이바노브나는 이해를 못 하며 묻고는 침대에 앉았다. "어디로 간다는 거니?"

나쟈는 오랫동안 울었고 한 마디도 할 수 없었다.

"이 도시에서 떠나도록 허락해 줘!" 그녀가 드디어 말했다. "결혼식은 하면 안 돼, 안 할 거야! 이해해 줘! 나 그 사람 사랑하지 않아… 그 사람에 대해 말하는 것도 싫어."

"아니야, 우리 딸, 아니야," 니나 이바노브나는 몹시 놀라서 다급히 말했다. "진정해, 네가 지금 기분이 안 좋아서 그래. 지나갈 거야. 그럴 때도 있어. 안드레이랑 다퉜나 보구나. 하지만 사랑하면서 싸우기도 하고 또 금방 웃기도 하잖니."

"아, 나가, 엄마, 나가!" 나쟈는 흐느꼈다.

"그래," 니나 이바노브나는 잠깐의 침묵 뒤에 말했다. "네가 아이였고 소녀였던 게 엊그제 같은데, 이젠 벌써 신부라니. 자연은 물질대사가 끊임없이 일어나지. 자신도 모르는 새에 어머니가 되고 노파가 될 거야, 나처럼 너한테도 똑같이 고집불통인 딸이 생길 거야."

"사랑스럽고 착한 엄마, 엄마는 똑똑해, 근데 불행해." 나쟈가 말했다. "엄마는 정말 불행해, 그런 진부한 말은 도대체 왜 하는 거야? 제발, 왜?"

니나 이바노브나는 뭐라고 말하고 싶었지만 한 마디도 내뱉을 수 없었고, 훌쩍거리며 자기 방으로 갔다. 난로 속에서 또다시 낮은 목소리들이 웅웅거렸고 갑자기 무서워졌다. 나쟈는 침대에서 벌떡 일어나 급히 어머니에게 갔다. 눈물이 채 마르지 않은 니나 이바노브나는 침대에 누워 하늘색 이불을 덮고 있었고 손에는 책을 쥐고 있었다.

"엄마, 내 말 좀 들어 봐!" 나쟈는 말했다. "제발 잘 생각하고 깨달아 봐! 우리 인생이 얼마나 하찮고 굴욕적인지 보라고. 난 눈이 떠져서 이젠 다 보여. 그 안드레이 안드레이치가 대체 뭔데? 그 사람은 똑똑하지 않잖아, 엄마! 주님, 맙소사! 생각해 봐, 엄마, 그 사람은 멍청하다고!"

니나 이바노브나는 불쑥 몸을 일으켜 앉았다.

"너랑 니 할매가 날 괴롭히고 있어!" 그녀가 분을 내며 말했다. "나도 살고 싶어! 살고 싶다고!" 그녀는 되뇌며 주먹으로 가슴을 두어 번 쳤다. "나한테 자유를 좀 줘! 난 아직 젊고 제대로 살고 싶어, 근데 이 집이 날 늙은 노파로 만들어 버렸어…!"

그녀는 쓰라리게 울었고, 이불 속에 들어가 몸을 동그랗게 웅크리고 누웠는데, 그래서 아주 작고 가련하고 미련하게 느껴졌다. 나쟈는 자기 방으로 와서 옷을 입고, 창가에 앉아 아침이 오길 기다렸다. 그녀는 밤새 앉아 생각했는데, 누군가 마당 쪽에서 덧창을 계속 두드리며 휘파람을 불었다.

아침에 할머니가 어젯밤 바람에 사과가 다 떨어지고 오래된 살구나무 하나가 부러졌다며 툴툴댔다. 불을 켜도 회색이고 음침하고 우울했다. 모두가 춥다며 툴툴댔고, 빗방울은 여전히 창을 때렸다. 차를 마신 후 나쟈는 사샤의 방에 갔다. 그리고 아무 말 없이 안락의자가 놓인 구석에 무릎을 꿇고 앉아 두 손으로 얼굴을 가렸다.

"왜 그래요?" 사샤가 물었다.

"못 하겠어요……." 그녀가 말했다. "여태까지 여기서 어떻게 살았는지 모르겠어요, 납득이 안 돼요! 신랑도 경멸하고, 제 자신도 경멸하고, 이렇게 빈둥대고 있는 의미 없는 인생도 경멸해요……."

"음, 뭐……." 아직 무슨 일인지 눈치채지 못한 사샤가 말했다. "괜찮아요··· 그게 좋은 거예요."

"이런 인생이 지겨워졌어요." 나쟈가 계속 말했다. "여기서는 이제 하루도 못 견뎌요. 내일 여길 떠날 거예요. 저도 같이 데려가세요, 제발!"

사샤는 놀라서 잠시 그녀를 쳐다보더니 드디어 이해를 하고는 아이처럼 기뻐했다. 그는 기쁨에 겨워 춤을 추듯 팔을 휘두르고 구두 신은 발을 구르기 시작했다.

"대단해요!" 그가 손을 비비며 말했다. "오 하느님, 정말 좋아요!"

그녀는 마치 홀린 것처럼 눈도 깜빡이지 않고 그 크고 사랑에 빠진 눈으로 그를 바라봤다. 그가 뭔가 의미 있고 한없이 중요한 얘기를 해주길 기대했다. 사샤는 아직 아무 말 안 했지만, 그녀는 벌써 전에는 몰랐던 새롭고 드넓은 무언가가 그녀 앞에 펼쳐지는 듯했고, 충만한 기대감에 벅차서 죽음도 마다하지 않으리라는 심정으로 그를 쳐다봤다.

"난 내일 떠나요." 그는 잠시 생각하더니 말했다. "그리고 당신은 날 배웅하러 역에 가는 거예요··· 당신 짐은 내 가방에 넣고 표도 내가 살게요. 출발 종이 세 번째 울릴 때 기차에 타세요, 그럼 우린 떠나게 돼요. 나랑 모스크바까지 가고, 거기서 페테르부르크까지는 혼자 가세요. 신분증 있어요?"

“있어요.”

“맹세하는데, 후회도 안 하고 실망도 안 할 거예요.” 사샤가 흥이 나서 말했다. “가서 공부하는 거예요. 그리고 운명에 자신을 맡겨요. 인생을 뒤집어 놓으면, 전부 바뀔 거예요. 중요한 건 인생을 뒤집는 거예요, 나머지는 중요치 않아요. 자, 그럼, 내일 우리 떠나는 거죠?”

“네! 제발 떠나요!”

나쟈는 자신이 매우 흥분된 상태이고, 마음에 더없이 큰 부담을 느끼고 있고, 떠나기 직전까지 괴롭고 고통스러운 생각을 하게 될 것 같았다. 하지만 위층 자기 방으로 돌아와 침대에 눕자마자 곧장 잠들었고, 눈물 젖은 얼굴에 미소를 띠며 저녁이 될 때까지 깊은 잠에 빠졌다.

5

마차를 부르러 사람을 보냈다. 나쟈는 이미 모자를 쓰고 외투를 걸쳤고, 다시 한번 어머니와 자신의 물품들을 보기 위해 위층으로 올라갔다. 아직 온기가 남은 침대 곁에 서서 방을 둘러보고는 조용히 어머니에게 갔다. 니나 이바노브나는 잠들어 있었고 방 안은 조용했다. 나쟈는 어머니에게 입 맞추고 그녀의 머리칼을 정돈해 주고, 잠시 곁에 서 있었다⋯ 그리고 천천히 아래로 내려왔다.

밖엔 비가 세차게 내리고 있었다. 덮개가 있는 마차가 비에 흘딱 젖은 채 입구에 서 있었다.

“같이 못 탈 것 같구나, 나쟈.” 하인이 짐가방을 올리기 시작하자 할머니가 말했다. “날씨가 이런데 배웅을 간다 그래! 집에 있지 그러냐, 비가 이렇게 오는데!”

나쟈는 뭐라고 말하려고 했지만 하지 못했다. 사샤가 나쟈를 태우고 모포로 다리를 덮어 주었다. 그러고는 자신도 옆에 탔다.

"잘 가거라! 주님께서 축복하시길!" 현관에서 할머니가 소리쳤다. "얘, 사샤, 모스크바에서 편지하렴!"

"그럴게요. 안녕히 계세요, 할무니!"

"하늘의 여왕께서 지켜 주시길!"

"날씨도 참!" 사샤가 중얼거렸다.

나쟈는 그제야 울기 시작했다. 그제야 떠난다는 게 확실히 느껴졌다. 할머니와 인사할 때도, 어머니를 바라볼 때도 믿기지 않았었다.

잘 있거라, 도시여! 그러자 불현듯 모든 게 떠올랐다. 안드레이도, 그의 아버지도, 새집도, 벌거벗은 여인과 꽃병도. 그러나 그 모든 게 더 이상 그녀를 무섭게 하거나 짓누르지 않았고, 그저 순진하고 작게 느껴졌으며, 점점 뒤로 뒤로 멀어져 갔다. 그리고 기차칸에 오르고 기차가 출발하자 그토록 크고 심각한 과거는 작은 덩어리로 뭉쳐지고 지금껏 거의 인식하지 못한 거대하고 드넓은 미래가 펼쳐졌다. 빗방울이 기차의 창문을 두드리고, 보이는 건 오직 초록 들판뿐, 전신주와 전선에 앉은 새들이 아른거렸다. 순간 숨이 멎을 듯 기쁨이 차올랐다. 그녀는 자유를 향해 가고 있고, 배우기 위해 가고 있고, 이것은 먼 옛날 언젠가 '카자크 공동체*로 떠난다'고 했던 것이나 마찬가지라는 생각이 들었다. 그녀는 웃고, 울고, 기도했다.

"괜찮아요—!" 사샤가 싱긋 웃으며 말했다. "괜찮아요—!"

* 현재의 우크라이나와 러시아 서남부 지역에 15-16세기에 걸쳐 형성되어 자치적 군사집단을 이룬 공동체.

6

가을이 지나고, 그 뒤로 겨울도 지났다. 나쟈는 어느덧 강한 그리움에 사로잡혀서 하루하루 어머니와 할머니를 생각하고, 사샤를 생각했다. 집에서 오는 편지들은 평온하고 다정했고, 모든 게 이미 용서되고 잊힌 듯했다. 5월에 시험이 끝나자 그녀는 건강하고 활기찬 모습으로 집으로 향했고, 사샤를 만나기 위해 도중에 모스크바에 들렀다. 그는 작년 여름과 똑같았다. 턱수염에, 헝클어진 머리에, 여전히 똑같은 프록코트와 범포 바지를 입고, 크고 아름다운 눈도 여전했다. 하지만 병약하고 피곤한 모습이었고, 더 늙고 더 말랐고 계속 기침을 했다. 나쟈는 왠지 그가 평범하고 촌스럽게 느껴졌다.

"오, 하느님, 나쟈가 오다니!" 그는 유쾌하게 웃으며 말했다. "내 누이, 내 비둘기!"

그들은 석판 인쇄소에 잠깐 있었는데, 담배 연기가 자욱하고 숨 막힐 정도로 잉크와 페인트 냄새가 진동했다. 그리고 그의 방으로 갔는데 그곳도 담배 냄새가 진동하고 여기저기 침 뱉은 자국이 있었다. 테이블 위 식어 버린 사모바르 옆에는 깨진 접시와 까만 종이가 있었고, 테이블 위에도 바닥에도 죽은 파리가 수없이 많았다. 이런 것들로 보아 사샤는 자신의 생활을 단정하게 꾸리지 않고 되는대로 살고 있으며, 안락한 환경이란 것은 아예 무시했음을 알 수 있었다. 누군가 그의 개인적인 행복과 개인적인 인생에 대해, 그를 향한 사랑에 대해 말을 꺼낸다면, 아마 전혀 이해하지 못하고 그저 웃기만 했을 것이다.

"괜찮아요, 다 순조롭게 지나갔어요." 나쟈가 서둘러 이야기했다. "엄마가 가을에 페테르부르크로 오셨었는데, 할머니가 화내지 않고 늘 제 방에 가서 벽에 성호를 긋는다고 하시더라구요."

사샤는 즐거워 보였지만 계속 기침을 했고 갈라진 목소리로 말했다. 나쟈는 계속 그를 살펴봤지만 그가 정말 심각하게 아픈 건지, 단지 그렇게 느껴지는 것인지 알 수 없었다.

"사샤, 귀한 사람," 그녀는 말했다. "당신은 아프잖아요!"

"아니에요, 괜찮아요. 아프긴 하지만, 그렇게 심하진 않아요……."

"아흐, 하느님," 나쟈가 걱정하며 말했다. "왜 치료를 안 받으세요, 왜 건강을 돌보지 않으세요? 귀한 사람, 사랑스러운 사샤." 그녀가 여기까지 말하자 눈에서 눈물이 흘러나왔다. 그리고 웬일인지 안드레이 안드레이치가, 벌거벗은 부인과 꽃병이, 이젠 어린 시절처럼 아주 멀게만 느껴지는 자신의 모든 과거가 그림처럼 떠올랐다. 그리고 어느덧 사샤가 작년처럼 그렇게 새롭지도, 지적이지도, 재미있지도 않게 느껴져서 울었다. "사랑스러운 사샤, 당신은 많이, 아주 많이 아파요. 이렇게 창백하고 야위지 않도록 제가 무슨 일이든 했을 거예요. 정말 당신에게 진 빚이 많아요! 당신이 제게 얼마나 많은 걸 해주셨는지 상상도 못하실 거예요, 너무나 좋은 사샤! 실제로 제게는 이제 당신이 가장 가깝고 가장 친근한 사람이에요."

그들은 앉아서 이야기를 나눴다. 나쟈가 페테르부르크에서 겨울을 나고 온 지금, 사샤에게서, 그의 말에서, 그의 미소와 체구에서 느껴지는 것은 뭔가 한물 지난 구식 같은, 오래된 노래 같은, 어쩌면 이미 무덤 속으로 사라진 것 같은 기운이었다.

"내일모레 볼가강에 갈 거예요." 사샤는 말했다. "그다음엔 쿠므스*로 몸보신을 하구요. 쿠므스를 마시고 싶어요. 제 친구랑

* 마유주(馬乳酒). 말의 젖을 발효시켜 만든 음료. 영양 보충이나 치료를 목적으로 마셨다.

그의 아내도 같이 가요. 그의 아내는 놀라운 사람이에요, 공부해야 된다고 제가 계속 흔들어 대며 설득하고 있어요. 그녀가 자신의 인생을 뒤집어 버리면 좋겠어요."

이야기를 마치고 기차역으로 갔다. 사샤가 차와 사과를 대접했다. 기차가 출발하자 그는 미소를 지으며 손수건을 흔들었는데, 그의 다리만 봐도 그가 매우 아픈 상태이고 오래 살기 힘들다는 게 보였다.

나쟈는 정오에 고향 도시에 도착했다. 기차역에서 집으로 가는 동안 거리들은 아주 넓게 느껴졌으나 집들은 아주 작고 납작해 보였다. 사람들도 없었고, 갈색 외투를 입은 독일인 조율사만 마주쳤을 뿐이었다. 집들이 전부 먼지로 뒤덮인 듯했다. 이젠 아주 늙어 버린, 여전히 뚱뚱하고 못생긴 할머니가 두 팔로 나쟈를 붙들고 얼굴을 손녀의 어깨에 묻고는 한참을 울며 떨어지질 못했다. 니나 이바노브나 역시 많이 늙고 흉해지고 얼굴이 반쪽이 됐다. 하지만 예전처럼 허리를 꼭 조이는 옷을 입고 손가락에는 다이아몬드가 반짝였다.

"내 사랑아!" 그녀가 온몸을 떨며 말했다. "내 사랑아!"

이후 모두 앉아서 말없이 울었다. 할머니도 어머니도 과거는 영영 사라져 되돌릴 수 없음을 알고 있었다. 더 이상 사회에서의 위치도, 이전의 명예도, 집으로 손님을 초대할 권리도 없다.

마치 아무 근심 없는 가뿐한 인생을 살던 중에 갑자기 밤에 경찰이 들이닥치고 집 안을 수색하는데, 집주인이 횡령하고 위조한 게 밝혀져서 근심 없는 가뿐한 인생과는 영영 이별하게 된, 그런 일이다!

나자는 위층으로 올라와서 이전과 똑같은 침대, 순진한 하얀 커튼이 달린 똑같은 창문, 창문 너머엔 햇살에 잠긴 즐겁고 소란한 똑같은 정원을 보았다. 그녀는 테이블과 침대를 만져 보고, 잠깐 앉아서 생각했다. 점심도 잘 먹었고, 고소하고 맛있는 크림을 넣은 차도 마셨지만 뭔가 부족했고, 집 안에서 허전함이 느껴지고, 천장은 낮았다. 저녁에 잠자리에 누워 이불을 덮었지만, 이렇게 따뜻하고 아주 부드러운 침대에 누워 있는 게 왠지 우스웠다.

니나 이바노브나가 들어와서 잘못을 저지른 사람처럼 소심하게 눈치를 보며 앉았다.

"그래, 좀 어떠니, 나자?" 잠깐의 침묵을 깨고 그녀가 물었다. "만족해? 아주 만족해?"

"만족해, 엄마."

니나 이바노브나가 일어나더니 나자와 창문을 향해 성호를 그었다.

"나는, 네가 보다시피 신앙심이 깊어졌어." 그녀가 말했다.

"그거 알아? 요즘엔 철학을 공부하는데 생각하고 또 생각한단다… 그래서 이젠 많은 게 대낮처럼 분명해졌어. 맨 먼저 필요한 건, 내 생각엔, 인생 전체가 프리즘을 통과하는 것처럼 흐르도록 해야 한다는 거야."

"엄마, 근데 할머니 건강은 어때?"

"괜찮으신 것 같애. 네가 사샤랑 떠나고 너한테서 전보가 오자 할머니는 그걸 읽고 쓰러지셨어. 사흘을 꼼짝없이 누워 계셨지. 그다음엔 계속 하느님께 기도하며 우셨어. 지금은 괜찮으셔."

그녀는 일어나서 방 안을 서성였다.

'딱—딱…' 야경꾼의 소리가 들렸다. '딱—딱, 딱—딱…….'

"맨 먼저 필요한 건, 인생 전체가 프리즘을 통과하는 것처럼 흐르도록 해야 한다는 거야." 그녀가 말했다. "그러니까, 다른 말로 하자면, 인생이 의식 속에서 일곱 가지 기본 색상 같은 가장 간단한 요소들로 나뉘도록 해야 한다는 거지. 그리고 각 요소를 개별적으로 연구해야 돼."

나쟈는 곧 잠이 들어서 니나 이바노브나가 또 무슨 말을 했는지, 언제 나갔는지 듣지 못했다.

5월이 지나고 6월이 됐다. 나쟈는 어느덧 집에 익숙해졌다. 할머니는 사모바르를 분주히 준비하고, 깊은 한숨을 쉬었다.

니나 이바노브나는 저녁마다 자신이 공부하는 철학에 대해 얘기했다. 그녀는 이전과 마찬가지로 이 집의 식객처럼 살았고, 20코페이카짜리 동전 하나도 할머니에게서 받아 써야 했다. 집 안엔 파리가 많았고, 천장은 점점 더 낮아지는 것 같았다. 할머니와 니나 이바노브나는 안드레이 신부나 안드레이 안드레이치를 마주칠까 무서워 밖에 나가지 않았다. 나쟈는 정원과 거리를 거닐고 집들과 회색 담장들을 바라봤다. 도시의 모든 게 벌써 오래전에 낡아 수명을 다하고, 모든 게 끝나기만을, 뭔가 젊고 생생한 것이 시작되기만을 기다리는 듯했다. 오, 어서 빨리 그 새롭고 분명한 인생이 시작돼서 자신의 운명을 두 눈 똑바로 뜨고 용감하게 쳐다볼 수 있기를, 자신이 옳았다는 걸 깨닫고, 신나고 자유로워지기를! 그리고 그러한 인생은 조만간 온다! 왜냐하면 이곳도, 네 명의 하인이 지하의 더러운 단칸방에서 살 수밖에 없도록 모든 게 정해진 할머니의 집도 흔적 없이 사라지고, 잊혀지고, 아무도 기억하지 않을 때가 올 것이기 때문이다.

나쟈를 즐겁게 하는 것은 이웃집 마당의 아이들뿐이었다. 그녀가 정원을 거닐고 있으면 아이들이 담장을 두드리고 웃으면서 놀렸다.

"신부다! 신부야!"

사라토프*에 있는 사샤에게서 편지가 왔다. 경쾌하고 춤추는 듯한 글씨체로 볼가 여행이 아주 좋았다고 쓰여 있었다. 하지만 사라토프에서 조금 앓게 되어 목소리가 안 나오고, 벌써 2주일이나 병원에 누워 있다고 했다. 그녀는 그게 무슨 뜻인지 알았고 확신에 가까운 예감에 사로잡혔다. 그리고 이런 예감과 사샤에 대한 생각들이 예전처럼 그녀를 걱정시키지 않는다는 사실에 기분이 좋지 않았다. 그녀는 살고 싶다는 생각이 강렬했고, 페테르부르크로 떠나고 싶었으며, 사샤와의 친분도 사랑스럽지만 이미 머나먼 과거의 일로 여겨졌다! 그녀는 밤새 잠을 못 이루었고 아침이 되자 창가에 앉아 소리에 귀를 기울였다. 그리고 정말 아래층에서 사람들 소리가 들렸다. 할머니가 불안한 목소리로 무언가 급히 물어보기 시작했다. 그리고 누군가 울음을 터뜨렸다… 나쟈가 아래층에 내려왔을 때는 할머니가 구석에 서서 기도하고 있었고 얼굴이 눈물로 젖어 있었다. 테이블 위에 전보가 놓여 있었다.

나쟈는 할머니의 울음소리를 들으며 오랫동안 방 안을 서성이다가 전보를 집어 들고 읽었다. 어제 아침 사라토프에서 알렉산드르 티모페이치, 혹은 그냥 사샤가 폐결핵으로 사망했다

* 볼가강 중류 연안에 위치한 도시.

는 내용이었다.

할머니와 니나 이바노브나는 추도 예배를 요청하기 위해 교회로 갔고, 나쟈는 계속 집 안을 서성이며 생각했다. 그녀는 분명히 깨달았다. 자신의 인생이 사샤가 바랐던 것처럼 뒤집혔음을, 자신은 이곳에서 외롭고 낯설고 쓸모없으며, 이곳의 모든 것도 자신에게 필요치 않고, 이전의 모든 것은 자신에게서 떨어져 나가 불타 버린 듯 사라지고, 재조차 바람에 흩어졌음을. 그녀는 사샤의 방으로 들어가서 잠시 서 있었다.

'잘 가요, 사랑스러운 사샤!' 그녀는 생각했다. 그러자 그녀 앞에 새롭고 드넓은 자유로운 인생이 그려지고, 아직 불분명하고 비밀로 가득한 그 인생이 그녀를 손짓해 부르며 이끌었다.

그녀는 짐을 싸러 위층으로 올라갔고, 다음 날 아침 가족들과 작별 인사를 하고는 생기발랄한 모습으로 도시를 떠났다—그녀가 예상한 바대로, 영원히.

(1903년)

작품 해설

질문을 던지는 작가 체호프, 그가 그린 여성 인물들

평생 세속성과 싸웠던 작가, 안톤 체호프

안톤 파블로비치 체호프는 러시아의 작가, 산문가, 극작가이다. 25년 동안 짧은 콩트·단편·중편·희곡 등 총 600여 편에 달하는 작품을 남겼고, 다수의 작품이 세계적인 고전이 되었다. 그의 작품은 100개가 넘는 언어로 번역되어 수많은 사람들의 사랑을 받고 있고, 지금도 끊임없이 전세계의 무대에 올려지고 있다. 또 러시아를 비롯해 세계 각국의 영화와 TV 방영물 등으로 제작되어 왔는데 이러한 영상물의 수가 530여 개에 이른다.

체호프는 현대 단편의 발전에 지대한 영향을 끼쳤고 문학에 새로운 움직임을 이끌었다. 그의 창작법의 독창적인 특징은 '의식의 흐름'이라 불리는 기법과 당시의 고전적인 문학에서 필수였던 도덕적 결말의 부재이다. 체호프는 독자에게 정답을 주는 것을 목표로 삼지 않았으며, 작가의 역할은 질문을 던지는 것이지 그에 답하는 것이 아니라고 생각했다.

체호프는 러시아 문학사에서는 처음으로 아무 식견도 없고, 활동이나 선한 목표에 대한 열망이 없는 속물근성의 인물들(「이오느치」, 「문학 교사」)을 묘사했다. 그는 속물근성이라는 사회 현상이 개인적으로도 사회적으로도 얼마나 위험한지 보여 주었다. 체호프는 온전하고 충실한 삶에 대한 갈망의 부재와 세속성을 철저히 꾸짖었다. 그의 작품들에는 내면의 자유와 영적인 정화에 대한 호소가 담겨 있고, 후기 단편들에는 '더 이상 이렇게 살 수는 없어!'라는 내면의 외침이 관통하고 있다. 막심 고리키는 체호프의 작품이 갖는 의미를 다음과 같이 말했다.

"안톤 체호프처럼 인생의 사소한 것들이 지닌 비참함을 명료하고 세심하게 이해한 사람은 없었다. 소시민적 일상의 희미한 혼돈 속에 놓인 인생들, 그들의 부끄럽고 우울한 면을 이처럼 냉정하고 사실적으로 그려 낸 사람은 지금까지 없었다. 그의 적은 세속성이었다. 평생 세속성과 싸웠고, 그것을 비웃었고, 침착하고 날카로운 펜으로 묘사했다. 첫눈엔 모든 게 좋고 편리하게 정돈된 것처럼, 심지어 반짝이는 것처럼 보이는 곳에서도 그 안에 담긴 세속의 유혹을 발견해 냈다."

체호프의 소설에서 만나는 개성 있는 여성들

체호프의 빛나는 단편들 중 여성이 주인공으로 등장하는 작품들을 골라 번역하는 일은 흥미로웠다. 작품 속 세상은 지금 우리가 사는 세상과 그리 달라 보이지 않았고, 등장인물들도 낯설지 않았다. 어느 순간엔 소설 속 인물에게서 내 자신의 모습을 언뜻 발견하기도 했고, 주변에서 본 듯하거나 미디어를 통해 접하게 되는 인물들이 떠오르기도 했다. 체호프는 '무엇이 옳고 그르다', 또는 '선하고 악하다' 뚜렷하게 나뉘는 도덕적 결론을 제시하지 않는다. 세속성과 속물근성을 비판하지만, 그렇다 해서 어느 인물을 단정적으로 평가하지는 않는다. 속 시원하고 분명한 결말 없이 그저 상황을 보여 주는 것으로 이야기를 마무리하기도 한다. 삶의 다양한 모습을 생생한 대사와 현실감 있는 묘사로 그려 냈기에, 오랜 시간이 지난 지금에도 재밌게 읽힌다. 이 글에서는 각 작품에 나오는 여자 주인공들을 중심으로 체호프의 작품 세계를 이야기해 보고자 한다.

∘

첫 작품 「뜀박쟁이」의 러시아어 제목은 Попрыгунья(빠쁘리구냐)로, '뛰고 뱅뱅 도는 성질이 있는 것, 가만히 있지 못하는 사람, 경솔하고 변덕스러운 여자'를 뜻한다.

주인공 올가 이바노브나는 미적 감각을 지닌 여자로 예술 세계를 동경하고 화가로서의 성공을 꿈꾼다. 하지만 자신의 실력을 키우려 애쓰기보다는 이미 성공한 유명인들과 인맥을 쌓는 데 모든 시간과 에너지와 돈을 써버린다. 반면 남편 드모프는 성실한 의사로서 그 실력을 인정받는 인물이지만, 예술과는 거리가 멀다. 올가는 단순하고 너그러운 남편을 존중하면서도 예술에 전혀 관심 없는 것은 남편의 중요한 결점이라고 말한다.

예술을 사랑하는 아내와 예술에 관심 없는 남편의 결혼 생활은 어떨까? 드모프가 논문 심사를 통과하고 들뜬 마음으로 아내에게 그 사실을 전하는 장면을 번역하면서는 안타까운 마음이 들기도 했다. '병리학 총론'이니 '비상근 강사'이니 하는 말이 무엇을 의미하는지 이해하지 못하는 올가는 행복감으로 빛나는 남편의 얼굴을 알아채지 못하는 것이다. '드모프 씨, 전문용어 말고 그냥 이제 강의도 하고 돈도 더 많이 벌 거다, 나도 이제 꽤 인정받는 의사가 될 거라고 했어야지!' 나도 모르게 한숨이 나왔다.

결국 남편이 죽고 나서야 아내는 자신이 그토록 애쓰며 찾았던 위인으로 그를 재발견하게 된다. 올가의 아버지가 아플 때 밤낮 가리지 않고 헌신적이었던 드모프는 한 소년을 치료하려다 결국 병을 얻어 세상을 떠났다. 남편을 향한 동료 의사의 "가장 위대하고 범상치 않은 사람"이라는 칭송 앞에서야 남편을 제대로 인정하는 올가. 그녀는 왜 자신이 선택한 남자의 진가를 진작 본인이 직접 알아채지 못하고 타인들의 시선을 빌려야만 했던 걸까? 왜 이런 남편을 두고 다른 남자와 불같은 사랑에 빠져 버린 걸까? 성공을 향한 허영심에 눈이 멀어 진짜 자기의 모습을 보지 못하는 여자. 질투심에 눈이 멀어 함께 있는 소중한 사람을 들여다보지 못하고 밖으로만 내달리는 뛰박쟁이, 올가.

그에 비해 드모프는 좋은 남편이었다. 자신은 잘 모르는 예술 세계 속에 있는 아내와 친구들을 위해 늘 근사한 식사 자리를 마련해 주지 않았던가. 그런데 왜 그는 수많은 달콤한 애칭을 놔두고 아내를 시종일관 '엄마'라고 불렀을까? 궁금해서 인터넷을 검색하던 중에 흥미로운 글을 발견했다. 드모프가 올가를 엄마라고 부른 것이 굉장히 큰 실수였다는 것이다. '남편이 당신을 엄마라고 부른다면?'이라는 질문에 대다수의 러시아 여자들은 흥분하며 용납할 수 없다는 답변을 쏟아내고 있었다. 드모프에 대한 새로운 해석을 종합해 보면 이렇다.

"그는 성실하고 책임감 있는 가장이었으나 여자가 남자에게 무엇을 원하는지 잘 알지 못하고, 나이는 서른이 넘었으나 심리는 어린 남자에 가깝고 사랑 표현에 서툴며, 어린 시절에 엄마를 잃었든지 어떠한 이유로든 엄마의 사랑을 충분히 못 받아서 잠재된 그리움으로 인해 그렇게 부르는 것이며, 자기보다 한참 어리고 정열적인 아내를 엄마라고 부르니 부부관계가 원활하지 못했을 것이다."

이러한 의견을 접하고 나니, 나 역시 '보기 드문 비범한 위인' 드모프에 대해 다시 생각해 보게 됐다. 올가는 다른 모든 사람들에게서는 '잘한다, 예쁘다, 재능 있다, 성공할 거다' 온갖 칭찬과 격려를 받는데, 정작 남편이 그런 말을 해주는 장면은 하나도 없다. 드모프는 예술을 이해하지 못하기에 칭찬도 해줄 수 없었던, 너무나 솔직하고 바른 남자였던 것이다. 성공을 좇아 밖으로만 겉도는 아내의 공허함을 드모프는 채워 주지 못했고, 결국 올가는 남편을 그저 자신의 의식주를 책임져 주는 사람으로, 돌아가신 아버지를 대체하는 정도로 여기게 된 것은 아닐까.

이 작품은 원래 '위대한 사람'이라는 제목으로 출판사에 넘겨졌으나 체호프의 요청으로 '뛰박쟁이'로 바뀌어 발표되었다고 한다. 올가가 '위대한 사람'인 남편을 그리워하며 자신도 그런 사람으로 살아가기 위해 애썼을지, 자신의 잘못을 깨닫고도 여전히 '뛰박쟁이'로 살아갔을지는 독자들의 마음속 판단에 따라 다를 것 같다.

◦

가난에 시달리다 오로지 돈 때문에 나이 많은 부자와 결혼한 아나는 「목 위의 안나」 속 주인공이다. 열여덟 살을 갓 넘긴 나이에 쉰두 살의 남자와 결혼하게 된 그녀는 결혼식 때 입을 드레스도 빚을 내어 마련해야 했다. 주정뱅이 아버지를 돌보고, 어린 동생들의 양말을 꿰매고, 시장에 다녀야 했던 그녀의 삶이 결혼으로 달라질 수 있을까? 결혼해서도 여전히 돈이 없는 그녀는 아버지와 어린 두 남동생의 저녁식사를 걱정하고, 돌아가신 어머니를 그리워한다. '오, 난 정말 불행해. 난 왜 이렇게 불행한 걸까?' 하는 그녀의 속마음에 독자는 연민을 느꼈을 것이다. 하지만 성급한 판단은 금물이다. 두 부분으로 나누어진 이 소설에서 뒷부분은 전혀 다른 모습의 그녀를 보여 주기 때문이다.

그녀는 무도회에서 자신의 재능—어머니로부터 물려받은 애교와 처세술과 댄스 실력, 아버지로부터 물려받은 미모와 센스—을 발견하고 사교계의 여왕으로 등극한다. 인색한 데다 아냐를 무시하기 일쑤였던 남편은 아내 덕분에 승진까지 하게 되자, 이제 힘 있는 자들 앞에서나 보이던 비굴한 미소를 아내를 향해 짓기 시작한다. "저리 가세요, 이 멍청한 양반!" 하고 그녀가 남편에게 내뱉는 장면에선 아마 대부분의 독자가 통쾌함을 느꼈을 것이다! 앞서 자신의 불행을 비관했던 그녀는 이제 그 무엇에도 불구하고 반드시 행복해지려고 한다. 그녀는 "소란하고 화려하고 웃음 짓는 인생" 속에서 아무런 거리낌 없이 돈을 물 쓰듯 쓰며 쾌락적인 생활을 이어간다. 가족들도 더 이상 걱정하지 않는다.

누구를 탓해야 할까? 딸을 서른 살 넘게 나이 차가 나는 늙은 남자와 결혼시킨 알코올중독자 아버지를 욕해야 할까? 어린 아내를 무시하고 그녀의 가족의 어려움을 외면했던 남편을 탓해야 할까? 아니면 일찍 세상을 떠나 버린 어머니를 원망해야 하는 걸까? 어느 누구를 탓하기에도 마음이 찜찜하고 서글프기만 하다. 남동생 페탸와 안드류샤는 어떻게 될까? 그녀는 나중에 자신의 지금 모습을 반성하고 새로운 삶을 살게 될까? 가난에 지쳐 주눅 들었던 어린 신부가 사교계의 여왕으로 당당해지는 모습을 통해, 체호프는 삶의 비극과 희극을 절묘하게 보여 주고 있다.

◦

이어지는 소설 「아리아드나」 속 아리아드나는 '사랑받을 것!'이 인생의 목표이자 의미인 사람이다. 그녀는 순수하고 고상한 사랑을 꿈꾸는 남자 샤모힌의 순정을 철저히 짓밟고 뭉갠다. 사랑하지 않으면서 사랑하는 척하고, 내가 갖기엔 성에 안 차지만 없으면 아쉬우니까 옆에 두고 남자를 이용한다. 계속되는 해외여행, 비싼 호텔, 쇼핑, 실은 관심 없지만 유명하다니까 가 보는 박물관과 전시회, 밤늦게까지 이어지는 식탐, 모든 사람들에게 사랑받고 싶어 하는 낮은 자존감, 자신의 진짜 형편을 숨기기 위해 늘어놓는 거짓말과 허세……. 요즘엔 외모를 성공의 조건이자 실력으로 여기기도 한다지만 그런 이 시대의 시선으로 보아도 오직 화려한 생활이 목적이 돼 버린 아리아드나의 빼어난 미모는 결코 축복이 아닌 것 같다. 아리아드나에게 상처 받은 샤모힌은 어느새 여성을 혐오하게 되었다.

"임신과 출산을 핑계 삼는 그런 태도도 버려야 돼요. 왜냐하면 일단 여자가 매달 출산을 하는 게 아니고, 둘째, 모든 여자가 출산하는 게 아니고, 셋째, 보통의 시골 여자는 출산 전날에도 들에 나가 일하는데 그래도 아무 일 없거든요."

어디서 많이 들어본 듯한 이런 말이 백 년도 훨씬 전에 러시아 소설에 등장했었다는 게 인상적이다. 자신이 사랑했던 여자에 대해 주절주절 비난의 이야기를 늘어놓으며 여자들은 모두 교활하다고 말하는 샤모힌은 좀 지질해 보이기도 한다. 이야기를 듣던 화자는 왜 일반화시키냐고, 왜 아리아드나 한 명으로 모든 여자들을 판단하냐고 묻는다. 여자들이 교육과 남녀평등을 추구하는 것은 자신이 이해하기엔 공정성에 대한 추구이고, 그것만으로도 그들이 역행하고 있다는 가정이 성립될 수 없다고 말이다. 물론 이미 열렬한, 확신에 찬 여성혐오가가 되어 버린 샤모힌을 설득하는 건 불가능했지만.

샤모힌이 뜬구름 잡듯 정신적으로 숭고한 사랑만 고집하지 않고 아리아드나와의 연애를 일찍 시작했다면 어떻게 됐을까 하는 생각도 해본다. 혹은 정말 이성적인 판단을 내려서 그녀를 빨리 잊고 자신의 신념대로 생활하다가 다른 여자를 만났다면 어땠을까? 지구상의 모든 여자를 속물이라고 일반화하진 않았을 것이다. 자신도 결국 감정과 본능에 이끌려 아리아드나의 애인이 되었으면서 이제는 여자는 모두 '원시적인 암컷'이라고 비하하는 샤모힌. 그의 순정이 잘못된 방향이 되어 버린 것 같아 안타깝다. 세상엔 반대로 샤모힌 같은 여자도, 아리아드나 같은 남자도 있다. 그러니 여자들은 죄다 속물이라거나 남자들은 다 음흉하다고 함부로 말할게 아니다. 무엇보다 서로의 추한 모습과 바닥을 경험하고서도 '역겹다'며 돌아서지 않고 '아름답다'고 감싸 안으며 진정한 사랑을 완성해 가는 수많은 남녀가 있다. 바로 이것이 샤모힌이 꿈꾸었던 시적이고 고상한 사랑이 아닐까.

◦

「메자닌이 있는 집— 화가의 이야기」는 개인적으로 가장 인상 깊었고 여운이 길게 남는 작품이었다. 민중을 위해 학교와 병원이 필요하다고 생각하는 리다와 그런 것이 오히려 민중을 더 심하게 구속시킨다고 말하는 화가. 두 사람의 논쟁은 그 자체로 흥미진진하다. "싸워야 해요. 젊은이들이 강력한 정당을 조직해야 되는데, 우리 청년들이 어떤지 아시잖아요. 부끄러운 일이에요." 하는 리다의 말과 "전 일하는 게 싫고, 하지도 않을 거예요… 아무것도 필요 없어요, 이 세상은 지옥으로 꺼지라 해요!" 하는 화가의 말은 참 달라 보인다. 그럼에도 나는 두 사람의 입장이 모두 이해되었다. 특히 화가가 쏟아내는 독백에 가까운 말들을 읽으며 그랬다. 인간은 가장 잔인하고 불결한 동물로 남았고, 이런 조건들 속에서 화가의 삶은 의미를 갖지 못한다고, 현재의 체계를 지지하면서 잔인하고 불결한 동물의 오락을 위해 일하는 결과가 되기 때문에 일을 안 하겠다는 말에서 왜 그가 무위로 시간을 보내는지 이해하게 되었다.

하지만 하루하루 자신이 할 수 있는 최선을 다하며 민중을 위해 사는 리다의 눈에 그의 말은 너무나 순진해 보일 뿐이고, 예술의 의미를 찾지 못해 방황하는 화가의 삶은 그저 빈둥거리는 한심한 인생으로 느껴질 뿐이다. 그래서 동생 미슈스의 사랑도 허락하지 못했을 것이다. 리다는 화가가 고통당하는 민중의 모습은 그리지 않고 속 편하게 풍경화만 그리는 걸 마음에 들어 하지 않았다. 그러나 동생 미슈스는 언니와 달리 화가의 그림을 좋아했고, 그를 존경했고, 그의 생각을 지지했다. 그래서 화가는 미슈스를 사랑하게 된 것이다. 나는 이 부분이 썩 마음에 들진 않았는데, 아마 '남자란 역시 똑 부러지고 활동적인 여자보다는, 자기보다 많이 어리고 자기를 우러러보는 여자를 좋아하지.'라는 편견(이라고 말하고 싶다)이 작용한 것 같다. 체호프에게 편지를 쓰고 싶다. '안톤 파블로비치, 이거 다시 써주시면 안 돼요? 화가랑 리다랑 사랑하게요. 민중을 생각하는 마음은 둘 다 같은데 그냥 접근이 좀 다를 뿐이잖아요. 두 사람만 단둘이 이틀 밤만 더 대화를 하게 하면 서로 이해하지 않을까요? 사랑에 빠질 수도 있구요.' 내 상상과는 달리 애석하게도 리다는 말했다. "우린 절대로 합의에 이르지 못해요."

그럼에도 다른 단편들보다 이 작품의 결말이 흐뭇하고 희망적으로 다가온다. 리다는 강력한 정당을 세워서 제멋대로였던 의회 의장 발라긴을 '날려 버렸'고, 화가는 다시 그림을 그리기 시작했으며, 언젠가 미슈스도 만나게 될 거란 예감이 들기 때문이다. 어쨌거나 누가 뭐라 해도 내게는 리다가 이 작품의 주인공이다. 부와 명예가 있음에도 불구하고 다른 단편들의 여자들처럼 화려한 생활에 빠지지 않고, 여전히 시골 학교에서 아이들을 가르치고, 사명감을 갖고 이웃을 섬기는 그녀를 응원한다!

◦

「고향집에서」에는 스물세 살의 건강하고 활기찬 베라가 등장한다. 그녀는 학업과 대도시에서의 생활을 마치고 도네츠크로 왔다. 부모님은 모두 돌아가셨고, 이제 할아버지와 고모와 함께 시골에서 새로운 생활을 시작하게 된 것이다. 그녀는 곧 아무것도 안 하고 초원만 바라보며 지내야 하는 고향집에서의 삶이 행복할 수 없을 거라고 생각한다. 그리고 소위 '있는 사람들'의 속마음을 간파하고 실망하게 된다. 민중의 계몽과 교육의 필요성에 대해 말하지만 그건 양심을 달래기 위한 것일 뿐, 실제로는 자신들이 가진 것을 나누지 않는 위선. 베라는 뭘 하고 살아야 하나, 어떻게 민중을 섬길까, 무엇부터 시작할까 오랫동안 고민한다. 그러던 중에 자신을 위해 길을 만들어 주는 일꾼이 사생아라는 이유로 내쫓기자 분을 참지 못하고 또 다른 약자인 하녀 알료나를 쫓아 버린다. 그리고 나무숲에 숨어 하늘을 올려다보며 자신의 모습과 현실을 생각하고 결혼하기로 결심한다.

마음에 들지 않는 남자와 결혼하는 것은 안타깝지만, 현실을 직시하고 그 상황에서 한 걸음 앞으로 내딛는 결단을 내린 것은 큰 용기이다. 그녀에게 결혼은 도피가 아니라 자신이 진정으로 원하는 의미 있는 인생으로의 첫 걸음이 아닐까? 비록 "더 나은 것을 기다리지 않기로 했다… 더 나은 것이란 없으니까! 행복과 진실은 인생의 바깥 어딘가에 존재하는 게 틀림없다."고 비관했지만, 이제 네샤포프 박사와 결혼해서 공장에서 살게 된 그녀는 조금이나마 더 나아지고, 더 행복해지지 않았을까? 그렇게 믿고 싶다. '베라'라는 이름이 '믿음'이라는 뜻이기 때문이다.

이 작품을 번역하면서는 한국의 많은 젊은이들을 떠올릴 수밖에 없었다. 이제 성인이 되어 사회에 발을 내딛는 청년들이 맞닥뜨리는 실망감, 좌절감, 배신감. '고작 이러려고 내가 그동안……' 하는 생각이 드는 현실 때문에 괴로울 것이다. 하지만 성공은, 아니 행복은 맨 처음부터 그럴듯하게 시작되는 게 아니라고 말해 주고 싶다. 그러니 실망하지 말고 지금의 상황에서 내릴 수 있는 가장 용감한 결단을 내려 보라고, 그러면 나아질 거라고 격려해 주고 싶다. 자신을 믿으라고 말이다.

°

「선녀」는 국내에선 '귀여운 여인'이라는 제목으로 널리 알려진 작품이다. 이 작품의 러시아어 제목은 душечка(두셰치카)로 душа(두샤 : 마음, 정신, 혼)라는 단어의 지소형이다. 지소형이란 원래의 뜻보다 더 작은 개념이나 친애의 뜻을 나타내기 위해 쓰이는 형태를 말한다. 일차적으로는 물리적으로 크기가 더 작음을 뜻하지만, 대화를 나누는 상대방에 대한 관심, 존중, 애정 등을 표현하는 수단으로도 쓰인다. '두샤'의 지소형인 '두시카', '두셴카', '두셰치카'는 가까운 사람을 애정을 담아 부를 때 사용된다. 그중 '두셰치카'는 '두샤'의 가장 작은 지소형이다. 작품에 쓰인 많은 명사와 형용사들, 또 인물들의 이름이 이런 식의 지소형으로 쓰였다. 「선녀」 속 주인공의 이름도 원래는 '올가'인데, 이 이름의 애칭인 '올랴'가 한 번 더 작아져서 '올렌카'가 된 것이다. 체호프가 「뛰박쟁이」의 주인공을 처음부터 끝까지 이름 + 부칭인 '올가 이바노브나', 즉 예의를 갖춘 형태로 쓴 데 비해 「선녀」에서는 계속 '올렌카'라는 지소형을 썼다는 점이 비교된다.

작품 속의 인물들은 올렌카를 '두셰치카'라고 부른다. 두셰치카라는 제목을 우리말로 옮기면서 염두에 뒀던 부분은 원어처럼 가능하면 한 단어이고, 사람을 직접 부를 때도 사용할 수 있어야 하고, '마음'이라는 단어에서 파생된 단어이므로 그런 내면적인 특징이 드러나면 좋겠다는 것이었다. 그래서 오랜 고민 끝에 '얼굴도 곱고 마음씨도 착한 여자'의 이미지가 떠올려지는 '선녀'로 결정하게 됐다. '귀여운 여인'이라는 제목에 익숙해진 독자에겐 어색할 수 있겠지만, 성숙한 느낌이 드는 '여인'이라는 말은 가급적 피하고 싶었다. 올렌카의 내면이 점점 더 성숙해지고 단단해져서 진짜로 자신만의 두샤(마음, 정신)를 갖추는 게 아니라 그냥 그 상태로, 두셰치카(아주 작은 마음)로 남아 있는 것 같았기 때문이다.

올렌카는 늘 누군가를 사랑했고 그러지 않고서는 살 수 없는 사람이었다. 그녀는 백지 같은 여자여서 자신만의 생각, 의견, 생활방식이 없었고, 사랑하는 사람을 전적으로 따랐다. 극장주인 쿠킨을 사랑할 땐 쿠킨을 따라 극장을 극찬했지만, 쿠킨이 죽고 목재상이 남편이 되었을 땐 극장에 뭐 좋은 게 있냐고 하는 것이다. 불행하게도 그녀가 사랑하는 사람들은 죽거나 떠났고, 마지막으로 그녀는 자신의 핏줄도 아닌 어린아이를 돌본다. 어느새 그 아이가 그녀의 모든 것이 돼 버린다.

「선녀」가 발표됐을 때 독자들은 물론 작가들과 비평가들 사이에 뜨거운 반응이 일었는데, 주인공 올렌카에 대한 서로 다른 평가 때문이다. 올렌카가 그리고 있는 여인상을 부정적으로 본 사람들이 있는가 하면, 긍정적이고 따뜻하게 받아들인 사람들도 있었다.

막심 고리키는 선녀의 성격에서 노예 심리를 보아 이렇게 말했다. "선녀는 회색 쥐*처럼 불안하게 쏘다닌다. 아주 노예스럽게, 아주 많이 사랑할 줄 아는 사랑스럽고 순종적인 여인이다. 뺨을 때리면 감히 신음 소리도 크게 내지 못할 온순한 여종이다."

또 블라디미르 레닌은 선녀의 모습을 번번이 자신의 취향과 신념을 바꾸는 멘셰비키의 리더 중 한 명에 빗대면서 투쟁에 이용하기도 했다.

반면 톨스토이는 "이건 그야말로 진주다. 여성의 사랑이 지닌 성질이 매우 세밀하게 포착되고 간파되었다! 문체는 또 어떤지! 우리 중 그 누구도, 도스토옙스키도, 투르게네프도, 곤차로프도, 나도 이렇게 쓰지 못했다."라고 극찬했다. 톨스토이의 큰딸 타치야나 리보브나는 체호프에게 보낸 편지에서 "당신의 「선녀」는 정말 훌륭합니다! 아버지는 그 작품을 4일 동안 저녁마다 낭독하셨고, 이 작품 때문에 더 똑똑해지셨다고 하셨어요."라고 하기도 했다.

톨스토이는 체호프가 사망한 후인 1906년 최초 발행된 자신의 격언집 『독서 범위Круг чтения』의 「주간 독서」편에 「선녀」

* '회색 쥐(серая мышь)'는 외적으로도 내적으로도 전혀 눈에 띄지 않는, 웅크리고 있는, 늘 피하고 숨어 있는 여자를 가리키는 부정적인 뉘앙스의 말이다.

를 포함시키고 후기까지 썼다. 그 내용을 간추려 소개한다.

체호프는 (감정이 아닌) 이성적 판단으로 불쌍한 존재 「선녀」를 비웃고 싶었다. 나는 그가 「선녀」를 쓸 때, 그의 이성적 사유 속에 신여성에 대한 불분명한 관념이 흐르고 있었다고 생각한다. 남성과 평등하고, 발전적이고, 박식하고, 자립적이고, 남성보다 뛰어나진 않더라도 남성 못지않게 사회의 유익을 위해 일하며, 여성 문제를 대두시켰고 지지하는, 바로 이러한 신여성을 염두에 둔 채 「선녀」를 쓰면서, 여성이 선녀와 같은 모습이면 안 된다는 것을 보여 주고 싶었던 것이다. 연약하고 순종적이고 남성에게 충실하고 발전적이지 않은 여성을 비판하려고 입을 연 체호프는 오히려 그녀를 축복해 버렸다.

적어도 나는, 작품 전체가 지닌 뛰어나고 유쾌한 코믹성에도 불구하고, 이 빼어난 이야기의 몇몇 부분을 눈물을 흘리지 않고는 읽을 수가 없다. 그녀가 자기 자신을 완전히 버리고 쿠킨과 쿠킨이 사랑하는 모든 것을 사랑한 것이 나를 감동시킨다. 목재상과도 그러했고, 수의사와도 그러했다. 또 더욱 감동적인 것은 사랑할 대상 없이 홀로 남게 된 그녀가 고통스러워하고, 결국 여성으로서 어머니로서 (자연적으로는 직접 경험하지 않았던 모성애로) 온 힘을 다해 미래의 사람에게, 큰 모자를 쓴 김나지야 학생에게, 끝없는 사랑으로 헌신했다는 점이다.

저자는 그녀가 우스운 쿠킨을, 별 볼 일 없는 목재상과 비호감인 수의사를 사랑하도록 만든다. 그러나 사랑은, 그것의 대상이 쿠킨이든 스피노자이든 파스칼이나 쉴러이든, 또 「선녀」처럼 그 대상이 빠르게 대체되든 평생 하나이든, 무엇이고 덜 성스럽지 않다.

가장 고상하고 우수하며 인간을 신에 가장 근접하게 하는 사랑의 일, 사랑하는 사람에게 자기 전부를 내어주는 일, 훌륭한 여성들이 그토록 훌륭하고 자연스럽게 해왔으며, 하고 있으며, 하게 될 일을 남성들은 할 수 없다. 만일 여성들에게 이러한 성품이 없었다면, 그들이 그 성품을 드러내지 않았다면 세상이 어떻게 됐을까? 우리 남성들은 어떻게 됐을까? 쿠킨을 향한 것이든 그리스도를 향한 것이든, 이러한 사랑 속에 본질적이고 위대하며 그 무엇으로도 대체될 수 없는 여성의 힘이 있다. 이 이야기가 이토록 아름다운 것은 무의식중에 나와서이다. 체호프는 선녀를 쓰러뜨리고 싶어서 그녀에게 집중적인 관심을 쏟았고, 결국엔 그녀를 드높였다.

톨스토이처럼 올렌카를 '자신을 완전히 버리고 상대가 사랑하는 모든 것까지 사랑해 버리는', 여성만이 할 수 있는 성스러운 사랑의 화신으로 볼 것인지, 아니면 고리키처럼 노예적 심리를 가진 나약한 여자로 판단할 것인지는, 120년 전이나 지금이나 독자의 몫이다.

°

한 젊은 여자가 얄타의 해안가에 나타나자 남자들의 시선이 그녀에게 집중됐다. 옷차림이나 걸음걸이로 보아 얌전한 여자인 건 분명한데 멍한 눈빛으로 강아지 한 마리 데리고 하염없이 바닷가를 거닌다. 그녀가 누군지 아무도 모르고 그냥 '개를 데리고 다니는 부인'이라고들 한다. 그녀는 왜 그리 혼자 며칠이고 돌아다니는 걸까? 얄타엔 무슨 일로 왔을까? 매력적인 외모의 바람둥이 구로프가 그녀를 가만둘 리 없다. 구로프는 그녀에게 말을 걸고 그녀의 이름이 안나 세르게예브나이고, 결혼해서 S에 2년째 살고 있고, 얄타에는 한 달 더 머물 예정이란 사실을 알게 된다. 두 사람의 불륜 혹은 한 달간의 휴양지 연애는 그녀가 떠나면서 자연스럽게 끝이 나는 듯했다. 그러나……! 구로프의 생각대로라면, 기껏해야 한 달이면 그녀의 기억이 잊혔어야 했지만 아니었다. 한 달이 훌쩍 넘어 한겨울이 되어서도 또렷한 기억은 더욱 강렬하게 타올라 구로프의 머릿속은 안나로 가득 찼다. 그녀 없는 무의미한 밤들, 재미없고 시시한 날들을 견딜 수 없어진 구로프는 모스크바를 떠나 S로 간다. 무엇을 위해? 그 자신도 몰랐다. 그저 그녀를 만나고, 밀회를 갖고 싶었다. 자신을 찾아온 구로프 앞에서 안나는 "전 정말 괴로워요! 늘 당신만 생각했어요, 당신 생각으로 살았어요. 하지만 잊고 싶었어요. 잊고 싶었는데 왜, 왜 오신 거예요?" 소리친다.

평생 처음으로, 머리칼이 하얗게 세기 시작했을 때에야 진짜 사랑을 알게 됐다고 고백하는 구로프와 그에게 점점 더 강한 애착을 느끼는 안나. 그들이 말하는 사랑은 무엇일까? 인생은 무엇일까?

구로프는 사람에게 두 개의 삶이 있다고 말한다. 누구나 보고 알 수 있는 공공연한 삶, 또 하나는 비밀리에 흘러가는 삶. 그는 인생의 알맹이를 이루는 것들은 남몰래 비밀스레 이루어지는 건지도 모른다고 생각하며, 자기 식대로 모든 사람은 어두운 비밀의 베일 속에서 진짜이자 가장 재미있는 인생을 살고 있을 거라고 추측한다. "모든 개인이라는 존재는 비밀에 의해 지탱되고, 부분적이겠지만 아마 이러한 이유로 교양인이 개인의 비밀 존중에 대해 그토록 민감하게 구는 게 아닐까."

사실 안나 역시 구로프를 만나기 전부터 스스로를 속였다고 했다. 뭔가 더 좋은 걸 바라는 호기심으로 분명 다른 삶이 있을 거라고 생각했다는 그녀의 고백. "살고 싶었어요! 진짜 사는 것처럼 살고 싶었어요……."

앞으로 두 사람은 어떻게 될까? 언제나처럼 체호프는 분명한 결론을 내리지 않고 끝을 맺는다. 누군가에게는 이 작품이 로맨틱하게 읽힐 수도 있겠고, 또 다른 누군가에게는 이들의 인생이 깨진 걸로 읽힐 수도 있겠다. 역시나 독자의 몫이다.

◦

스물세 살의 신부인 나쟈는 소녀 적부터 결혼을 꿈꾸었다. 하지만 그토록 바라던 결혼을 앞두고 그녀는 밤마다 잠을 못 이룬다. 기쁨은 사라져 버리고, 근사하게만 봐왔던 어머니가 실은 할머니 집의 식객이나 마찬가지로 불행하게 살고 있다는 게 보이기 시작한다. 나쟈는 "사랑스럽고 착한 엄마, 엄마는 똑똑해, 근데 불행해. 우리 인생이 얼마나 하찮고 굴욕적인지 보라고. 난 눈이 떠져서 이젠 다 보여."라고 외친다. 그녀의 눈을 뜨게 한 것은 살날이 얼마 남지 않은 병약한 사샤이다. 그와 소통하면서 나쟈는 "여태까지 여기서 어떻게 살았는지 모르겠어요, 납득이 안 돼요! 신랑도 경멸하고, 제 자신도 경멸하고, 이렇게 빈둥대고 있는 의미 없는 인생도 경멸해요…….”라고 말한다. 사샤는 나쟈에게 공부해야 한다고, 일해야 한다고, 떠나야 한다고 주장한다! “공부하러 가시면 얼마나 좋아요! 사랑하는 사람아, 떠나세요! 이렇게 꼼짝도 하지 않는 회색빛의 죄스러운 삶이 지겨워졌다는 걸 모두에게 보여 주세요! 운명에 자신을 맡겨요. 중요한 건 인생을 뒤집는 거예요.”

결국 나쟈는 결단을 내리고는 가족과 고향을 뒤로하고 새로운 인생을 향해 도망친다, 결혼을 엿새 앞두고……. 체호프는 고맙게도 발칵 뒤집힌 나쟈의 집과 신랑의 집을 그리지 않고, 모든 게 다 지난 후의 풍경을 처연하게 그린다. 그러면서도 수명을 다한 옛 도시는 무너질 것이며 젊고 생생한 도시가 새로이 시작될 거라는 희망을 던진다. 이 작품은 체호프가 남긴 마지막 단편인데, 다른 작품들과는 확연히 다른 분위기를 담고 있다고 평가되고 있다. 당시의 사회 평론가이자 문학 비평가였던 안겔 보그다노비치는 “승리의 함성 같은 힘찬 생명력이 느껴지는 결말”이라고 했다. 체호프가 그린 여러 여성 인물들 중에서 나쟈는 특히나 자신의 운명을 개척해 나가는 능동적인 여성의 모습을 보여 준다. 그녀의 본래 이름은 Надежда(나제쥐다)이고 그 애칭이 Надя(나쟈)이다. Надежда는 여자의 이름이자 ‘희망’이라는 뜻의 명사이다. 한 세기가 끝나고 20세기가 갓 시작된 1903년, 모든 게 정해진 대로 흘러가는 옛 시대가 막을 내리고 어서 빨리 새 시대가 열리길 바라는 체호프의 열망이 나자에게 투영된 게 아닐까.

◦

이 책에 담긴 여덟 편의 소설은 체호프의 수많은 작품들 중 아주 일부에 불과하지만, 그의 매력을 느끼기에 충분하다고 생각된다. 「뛰박쟁이」의 올가 이바노브나, 「목 위의 안나」의 아냐, 「아리아드나」의 아리아드나, 「메자닌이 있는 집」의 리다와 미슈스, 「고향집에서」의 베라, 「선녀」의 올렌카, 「개를 데리고 다니는 부인」의 안나 세르게예브나, 「신부」의 나자. 이들의 이름을 한 번 더 불러주며 이 글을 맺는다.

안톤 체호프 연보

1860년 1월 29일. 제정 러시아 남서부 예카테리노슬라프주州(현재 로스토프주) 타간로크시市, 폴리체이스카야거리(현재 체호프거리)에서 출생. 아버지 파벨 예고로비치 체호프와 어머니 예브게니야 야코블레바 체호바의 5남 1녀 중 셋째로 태어남. 할아버지 예고르 미하일로비치 체호프는 농노였으나 1841년에 자신과 가족의 몸값을 치르고 평민 신분이 됨. 아버지 파벨 체호프는 1858년에 3급 길드 상인이 되어 식료품점을 운영함.

1869년. 타간로크 김나지야 입학. 김나지야의 성서교리 교사 표도르 포크롭스키로부터 '체혼테'라는 별명을 얻음. 문학과 연극을 접하게 됨.

1873년. 생애 처음으로 극장 방문. 타간로크극장에서 자크 오펜바흐의 오페레타 〈아름다운 엘렌〉을 보고 무대에 대한 꿈을 키우게 됨.

1876년. 아버지의 파산으로 체호프를 제외한 일가족이 모스크바로 도주함. 체호프는 김나지야를 졸업하기 위해 3년 동안 타간로크에 홀로 남았고, 생계를 위해 가정교사로 일함. 이 시기에 독서를 많이 했고, 김나지야 잡지에 수필을 썼으며, 타간로크 생활을 그린 짧은 이야기들이 실린 잡지 《자이카Заика》를 모스크바의 형제들에게 보내기도 함.

1877년. 최초로 모스크바를 방문함.

1878년. 자신의 최초 희곡 「아버지 없는 인생Безотцовщина」을 씀. 이 희곡은 '제목 없는 희곡Пьеса без названия' 또는 '플라토노프Платонов'라는 제목으로 널리 알려져 있는데 체호프 사후 19년 만에 발견되어 1923년에 발표됨.

1879년. 김나지야 졸업. 타간로크를 떠나 모스크바로 이주. 모스크바대 의과대학 입학.

1880년. 페테르부르크의 유머 주간지 《잠자리Стрекоза》 제10호에 데뷔작 「이웃집 학자에게 쓴 편지Письмо к учёному соседу」와 「장편소설, 중편소설, 기타 등등에 가장 많이 등장하는 것Что чаще всего встречается в романах, повестях, и т. п.」이 실림. 이후 모스크바 유머 잡지 《자명종Будильник》, 《관객Зритель》, 《세상사Мирской толк》, 《빛과 그림자Свет и тени》와 페테르부르크 유머 주간지 《파편들Осколки》, 《잠자리》 등에 수많은 유머 단편을 기고하기 시작. 초기에는 주로 '안토샤 체혼테'라는 필명이, 후에는 '비장脾臟 없는 사람', '환자 없는 의사', '아저씨', '발다스토프', '내 형의 아우', '안톤손'을 비롯한 50개 이상의 필명이 사용됨. 특히 '비장 없는 사람'으로 10년간 약 120편의 단편과 유머 단편이 발표됨.

1881년. 형 이반이 학교 교사로 일하던 모스크바 인근의 보스크레센스크에서 저명한 내과의사이자 치킨스카야 병원의 병원장인 파벨 아르한겔스키를 만나게 되고, 이곳에서 실습을 시작함.

1882년. 창작단편집 『장난Шалость』의 집필을 마쳤으나 발행되지 못함. 검열 문제 혹은 경제적 문제가 있었던 것으로 추정됨. 유머 잡지 《파편들》에 유머 단편 기고 시작.

1883년. 「이발소에서В цирульне」, 「관리의 죽음Смерть чиновника」, 「비극 배우Трагик」, 「알비온의 딸Дочь Альбиона」, 「뚱보와 홀쭉이Толстый и тонкий」, 「제목을 고르기 어려운 이야기Рассказ, которому трудно подобрать название」 등 총 100여 편의 유머 단편 기고.

1884년. 모스크바 의과대학 졸업, 의사로 일하기 시작하면서 집필 활동을 병행함. 폐결핵 증상이 나타나기 시작함. 'А. 체혼테'라는 필명으로 최초 단편집 『멜포메네 이야기Сказки Мельпомены』가 출간됨. 희곡 「큰 길에서На большой дороге」, 중편 「사냥터의 드라마Драма на охоте」 발표. 「훈장Орден」, 「앨범Альбом」, 「외과학Хирургия」, 「카멜레온Хамелеон」, 「무서운 밤Страшная ночь」 등 총 70여 편의 유머 단편 기고.

1885년. 《페테르부르크 신문》에 유머 단편 기고 시작. 신문 《새 시대Новое время》의 발행인 알렉세이 수보린을 만남. 「살아 있는 연대기Живая хронология」, 「인간과 개의 대화Разговор человека с собакой」, 「말馬의 성姓Лошадиная фамилия」, 「이상주의자의 기억 중에서Из воспоминаний идеалиста」, 「프리시베예프 하사Унтер Пришибеев」, 「식모가 결혼한다Кухарка женится」, 「소금을 너무 많이 쳤어Пересолил」, 「여자의 행복Женское счастье」, 「쪽지Записка」 등 총 100여 편의 유머 단편 기고.

1886년. 단편집 『다채로운 이야기들Пёстрые рассказы』 발행. 원로 작가인 드미트리 그리고로비치로부터 '단숨에 써버리는 이야기가 아닌, 보다 심사숙고하고 잘 정리된 작품을 위해 당신의 재능을 아끼시오. 그런 작품 하나가 시시각각 신문에 뿌려지는 짧은 이야기들보다 백 배는 더 가치 있게 평가될 것이오'라는 충고가 담긴 편지를 받음. 이를 받아들여서 유머 단편 기고를 줄이기 시작, 이후 보다 진지하고 길이가 긴 작품들을 쓰게 됨.

1886 — 1893년. 《새 시대》에 최초로 안톤 체호프라는 본명으로 기고 시작, 상당한 원고료를 받으며 마감일과 단어수에 제한받지 않고 집필할 수 있게 됨. 이 시기에 체호프의 대표작들이 다수 발표되고, '체호프의 단편'이 러시아 문학사에 새로운 현상으로 떠오르게 됨.

1887년. 단편집 『황혼 속에서В сумерках』 발행. 코믹극 〈이바노프 Иванов〉가 모스크바의 코르시극장에서 초연됨. 러시아 남부 지방과 고향을 여행하고 이때 받은 영감으로 중편 「초원Степь」을 집필함.

1888년. 단편집 『황혼 속에서』로 학술 아카데미의 푸시킨상 수상. 희곡 「곰Медведь」, 중편 「초원」 발표.

1889년. 수정된 희곡 「이바노프」가 페테르부르크 알렉산드라극장에서 상연됨. 둘째 형 니콜라이가 폐결핵으로 사망. 오데사와 얄타로 여행을 떠남. 단편 「내기Пари」, 중편 「지루한 이야기Скучная история」, 희곡 「청혼Предложение」, 「어쩔 수 없이 비극배우Трагик поневоле」, 「결혼식Свадьба」, 「숲의 정령Леший」, 「타치아나 레피나Татьяна Лепина」 발표.

1890년. 단편집 『우울한 사람들Хмурые люди』 발행. 4월에 유형수들의 삶을 연구하기 위해 사할린으로 여행을 떠남. 시베리아를 통한 육로로 82일 만인 6월 23일에 사할린에 도착, 3개월 동안 사할린에 머물렀고, 돌아올 때는 바닷길로 블라디보스토크, 홍콩, 콜롬보, 인도양, 수에즈 운하, 콘스탄티노플을 경유해 오데사에 도착, 12월 19일에 툴라에서 가족을 만남.

1891년. 처음으로 유럽 여행을 떠나 비엔나, 베네치아, 피렌체, 로마, 나폴리, 폼페이, 니스, 몬테카를로, 파리를 방문함. 니제고로드주와 보로네시주에 심한 기근이 들자 빈민 구제를 위한 모금 활동을 펼침. 단편 「아낙들Бабы」, 중편 「결투Дуэль」, 희곡 「기념일Юбилей」 발표.

1892년. 모스크바 근교인 멜리호보에 영지를 구입하고 부모님과 여동생 마리야와 함께 멜리호보로 이주. 툴라주의 콜레라 전염병자들의 치료 활동에 참여. 중편 「6호실Палата №6」과 단편 「뜀박쟁이Попрыгунья」 발표.

1893년. 1890년의 사할린 여행을 토대로 쓴 기행집 『사할린 섬Остров Сахалин』 집필. 중편 「낯모르는 사람의 이야기Рассказ неизвестного человека」, 단편 「큰 볼로쟈와 작은 볼로쟈Володя большой и Володя маленький」 발표.

1894년. 단편 「로트실드의 바이올린Скрипка Ротшильда」, 「대학생Студент」, 「문학 교사Учитель словесности」, 중편 「검은 수도사Чёрный монах」 발표.

1895년. 야스나야 폴랴나로 톨스토이를 만나러 감. 희곡 「갈매기Чайка」 집필. 시인이자 소설가인 이반 부닌과 알게 됨. 중편 「3년Три года」, 단편 「목 위의 안나Анна на шее」, 「아리아드나Ариадна」, 「이마에 하얀 반점이 있는 Белолобый」 발표.

1896년. 알렉산드라극장에서 초연된 〈갈매기〉의 흥행 실패. 멜리호보 종탑 건축을 위한 기금 전달. 단편 「메자닌이 있는 집Дом с мезонином」, 중편 「나의 인생Моя жизнь」, 희곡 「바냐 외삼촌Дядя Ваня」 발표.

1897년. 1차 인구전면조사에서 모스크바주 세르푸호프군 바브키노읍의 인구 조사에 기여한 공로로 동메달을 수상함. 노보셀키 마을의 학교 건축을 위해 기금 전달. 폐출혈이 심해져 의사의 권고로 얄타로 거주지를 옮김. 중편 「농민들Мужики」, 단편 「고향집에서В родном углу」, 「짐마차에서На подводе」, 「침략자Печенег」 발표.

1898년. 체호프의 기부금으로 멜리호보에 학교가 세워짐. 9월에 〈갈매기〉를 연습 중이던 모스크바 예술극장의 여배우 올가 크니페르를 처음 보게 됨. 10월에 아버지 파벨 예고로비치 체호프 사망. 얄타 근교에 별장을 짓기 위해 땅을 구입. 사마라주의 빈민 구제를 위해 모금 활동을 함. 12월에 스타니슬라프스키 감독과 네미로비치-단첸코 감독에 의해 재연출된 〈갈매기〉가 모스크바 예술극장에서 상연되고 대성공을 거둠. 단편 「이오느치Ионыч」, 「소 3부작 : 상자에 든 사람Человек в футляре」, 「구즈베리Крыжовник」, 「사랑에 관하여О любви」, 「실습 중에 있던 일Случай из практики」 발표.

1899년. 출판인 아돌프 마르크스와 전집 출간 계약을 맺고, 제1권이 발행됨. 막심 고리키와 만남. 얄타 근교의 마을 무할라트카에 학교 건축을 위한 기금을 전달하고, 폐결핵 환자들의 요양소 건축을 위한 기금 마련 활동에 참여함. 민중 계몽에 기여한 공로로 성 스타니슬라프 3급 훈장을 받음. 단편 「공무 수행 중По делам службы」, 「선녀Душечка」, 「개를 데리고 다니는 부인Дама с собачкой」 발표.

1900년. 페테르부르크 학술 아카데미의 명예회원으로 선출됨. 희곡 「세 자매Три сестры」, 중편 「골짜기에서В овраге」, 단편 「성탄주간에На святках」 발표.

1901년. 배우 올가 크니페르와 혼인. 모스크바예술극장에서 〈세 자매〉 초연.

1902년. 페테르부르크 학술 아카데미에서 막심 고리키가 제명된 것에 대한 항의의 뜻으로 명예회원직을 반납함. 단편 「주교主敎Архиерей」 발표.

1903년. 마지막 단편 「신부新婦Невеста」, 마지막 희곡 「벚나무 동산Вишнёвый сад」 발표.

1904년. 모스크바 예술극장에서 〈벚나무 동산〉 초연. 건강 악화로 6월 17일 아내 올가와 함께 독일 바덴바일러로 요양을 떠나 그곳에서 7월 15일에 사망. 7월 22일 모스크바 노보데비치 수도원 묘지에 묻힘.

А. Чехов

안톤 체호프의 말

작가는 많이 써야 한다. 하지만 서둘러선 안 된다.

—

쓰지 않을 수 있다면, 쓰지 마라.

—

간결함은 재능의 누이이다.

—

이 세상의 그 어떤 좋은 것도 맨 처음의 원본에 흉이 없었던 것은 없다.

—

아무도 발사할 뜻이 없다면 장전된 총을 무대에 두어선 안 된다.

—

낙관주의자가 되고 싶고 인생을 이해하고 싶다면
사람들이 말하고 쓰는 것을 믿지 말고, 관찰하고 깊이 들여다보라.

—

평범한 사람은 좋은 것이든 나쁜 것이든 밖으로부터 오길 기대하고,
사색하는 사람은 자기 자신에게서 기대한다.

사람은 고난 중에 있을 때에야 자신의 감정과
생각의 주인이 되는 게 얼마나 어려운지 깨닫는다.

—

작가가 되는 게 아주 어렵진 않다. 아무리 못생겨도 짝을 못 찾을 리 없고,
아무리 엉터리여도 그에 걸맞은 독자를 못 찾을 리 없다.

—

마음은 설명될 수 없는 물건이다. 그게 어디에 있는지는 아무도 모르지만,
얼마나 아픈지는 다 안다.

—

내가 일을 하고 있는 건지 쓸데없는 짓을 하고 있는 건지
스스로에게 언제 물어도 이르지 않다.

—

살지도 않은 것 같은데 인생이 지나 버렸다.

—

결국엔 진실이 승리할 거라고들 하지만, 그건 진실이 아니다.

—

나는 고통에는 비명과 눈물로, 비열함에는 분노로,
지긋지긋함에는 증오로 답한다. 이것을 인생이라고 부르는 것 같다.

—

행복한 사람의 문 앞에는 누군가 망치를 들고 서서 늘 문을 두드리며
불행한 사람이 있다고, 짧은 행복 뒤에 불행이 온다고
상기시켜줘야 한다.

대학은 모든 실력을 향상시킨다, 멍청함까지 포함해서.

—

손가락에 가시가 박혔다면 기뻐해라. 눈에 박히지 않은 게 다행이다!

—

하나의 아픔은 다른 아픔을 줄인다. 이빨 아픈 고양이의 꼬리를 밟아라,
그럼 고양이가 좀 나아질 거다.

—

오늘은 아주 좋은 날이다.
차를 마시러 갈 수도, 목매달러 갈 수도 있다.

—

분노는 일종의 소심함이다.

—

고난과 슬픔의 때에도 끊임없는 행복을 느끼기 위해서는
현재에 만족할 줄 알아야 하고,
더 나쁠 수도 있었다는 생각에 기뻐할 줄 알아야 한다.

—

보드카는 하얗지만 코를 빨갛게 하고 평판을 까맣게 한다.

—

돈은 보드카 같아서 사람을 괴짜로 만든다.

—

누군가 담배를 피우지도, 술을 마시지도 않는다면,
그가 인간 말종이 아닐까 하는 생각이 어쩔 수 없이 든다.

모든 걸 알고 모든 걸 이해하는 사람은 바보와 사기꾼뿐이다.

—

사람들이 미치는 것을 방해할 필요는 없다.

—

너의 행동이 누군가를 실망시켰다고 해서 그것이 꼭 나쁜 것은 아니다.

—

"너 자신을 알라." 훌륭하고 유익한 충고이다.
하지만 고대인들이 이 충고를 어떻게 사용해야 되는지
그 방법을 알려 줄 생각을 못했다는 게 아쉬울 뿐이다.

—

예술의 즐거움을 맛본 자에게는 다른 즐거움이 존재하지 않는다.

—

아이들은 거룩하고 깨끗하다.
아이들을 자신의 감정의 장난감으로 삼아서는 안 된다.

—

선한 사람은 개 앞에서도 부끄러움을 느낄 때가 있다.

—

사람은 어느 누구든 노동하고 얼굴에 땀이 나도록 일해야 한다.
그것만이 인생의 유일한 의미와 목적, 행복과 감격이 될 수 있다.

—

타인의 고통에 대한 조롱은 용서되어선 안 된다.

사람은 자신의 아버지와 할아버지가 보고 알았던 것 이상으로
더 많이 보고 알기 위해 애써야 한다.

—

의사나 변호사나 똑같다.
다만 한 가지 다른 것은 변호사는 약탈만 하는데,
의사는 약탈도 하고 죽이기도 한다는 것이다.

—

어쩔 땐 모든 게 잘되는 행복한 사람이 어찌나 싫은지!

—

거짓말은 알코올중독과 같다.
거짓말쟁이는 죽어 가면서도 거짓을 말한다.

—

진딧물은 풀을, 녹은 철을, 거짓말은 영혼을 먹는다.

—

지금이 여름인지 겨울인지 의식하지 않는 사람이 행복하다.

—

사람들이 전부 약속을 하고 한순간에 정직해진다면,
모든 걸 망치게 될 것이다.

—

외로움이 무섭다면 결혼하지 마라.

—

외롭게 사는 사람의 마음엔 기꺼이 꺼내 놓고 싶은 이야기가 항상 있다.

더러운 것에게 더럽지 않기를 요구해서는 안 된다.

—

여자가 남자의 친구가 될 수 있는 건 오직 다음과 같은
순서에 의해서이다. 처음엔 친한 사람, 그다음엔 애인, 그다음에야 친구.

—

가정생활에서 가장 중요한 나사못은 사랑이다.

—

여자는 남자라는 사회가 없으면 시들고,
남자는 여자라는 사회가 없으면 멍청해진다.

—

인간은 모든 게 아름다워야 한다. 얼굴도, 옷도, 마음도, 생각도.

—

아직 사랑을 안 했을 때는 나도 사랑이 무엇인지 잘 알았다.

—

우리는 사랑을 하면 끊임없이 자신에게 질문을 던진다.
진실된 사랑인지 거짓인지, 현명한지 어리석은지,
이 사랑이 무엇으로 이끌 것인지 등등. 이게 좋은지 나쁜지는 모르겠으나
사랑을 방해하고, 만족하지 못하게 하고, 짜증나게 한다는 것은 안다.

—

우리는 먹기 위해 사는 게 아니라 무엇을 먹어야 할지 알기 위해 산다.

—

진실과 아름다움은 인간의 삶에서,
온 땅에서 언제나 가장 중요한 것이었다.